HEYNE
BÜCHER

KATZENKRIMIS

Fünfzehn mörderische Geschichten von

Ruth Rendell
Lilian Jackson Braun
Patricia Highsmith
und anderen

Herausgegeben von Cynthia Manson

Deutsche Erstausgabe

WILHELM HEYNE VERLAG
MÜNCHEN

HEYNE ALLGEMEINE REIHE
Nr. 01/8659

Titel der Originalausgabe
MYSTERY CATS

3. Auflage

Redaktion: Jutta Ressel

Copyright © Davis Publications, Inc., 1991
Copyright © der deutschen Ausgabe 1993 by
Wilhelm Heyne Verlag GmbH & Co. KG, München
Printed in Germany 1993
Quellennachweis: s. Anhang
Umschlagillustration: Robert Crawford
Umschlaggestaltung: Atelier Ingrid Schütz, München
Satz: (1368) IBV Satz- und Datentechnik GmbH, Berlin
Druck und Bindung: Presse-Druck Augsburg

ISBN 3-453-06166-7

Inhaltsverzeichnis

Einleitung

Zwischen den Verfassern und Verfasserinnen von Kriminalgeschichten und Katzen besteht eine dauerhafte Liebesbe-
ziehung. Wie jeder Katzenfreund weiß, spielen Katzen in
vielen Kurzgeschichten und Romanen dieses Genres die
Hauptrolle. Dafür scheint es eindeutige Gründe zu geben:
Katzen haben unverwechselbare und nur ihnen eigentümli-
che Persönlichkeitsmerkmale, die sie zu interessanten und
amüsanten Charakteren für die Kriminalliteratur machen.
Und Katzen leisten Schriftstellern, die ja häufig einer einsa-
men Tätigkeit nachgehen, unaufdringlich Gesellschaft. Gerade dieser hautnahe Kontakt zu Katzen hat Autoren bei-
derlei Geschlechts vermutlich dazu inspiriert, ihren Katzen-
freunden in ihrem Werk eine derart wichtige Position einzu-
räumen.

In dieser Sammlung von Erzählungen stellen uns fünfzehn der besten Autoren und Autorinnen der Kriminalliteratur eine große Vielfalt von Katzen in herausragenden Rol-
len vor. Wir begegnen Katzen, die zur Lösung eines Verbrechens beitragen, Katzen, die ihre Besitzer vor Schaden bewahren, und sogar Katzen, die einen Mörder fangen. Unter
den mitwirkenden Katzenberühmtheiten finden Sie Lilian
Jackson Brauns SuSu, Theodore Sturgeons Fluffy, Edward
D. Hochs Sparkle, Lillian de la Torres Powder Puff, Ruth
Rendells Griselda, Patricia Highsmiths Ming und selbstverständlich Edgar Allan Poes bekannte schwarze Katze. Sie
sollten dieser Aufzählung noch ihre eigene Katze hinzufügen, die sich vielleicht neben Ihnen zusammenrollen
möchte, um sich mit Ihnen zusammen an diesen Geschichten zu erfreuen.

Cynthia Manson
März 1991

SuSu und der Acht-Uhr-Geist

Lilian Jackson Braun

Als meine Schwester und ich aus unseren Ferien zurückkamen und erfuhren, daß unser exzentrischer Nachbar im Rollstuhl in die Psychiatrie eingeliefert worden war, tat es uns leid, aber sonderlich überrascht waren wir nicht darüber. Mr. Van war ein sonderbarer Mensch, es fiel nicht leicht, ihn gern zu haben, und keiner in unserem Wohnhaus schien sich groß darum zu scheren, daß er nicht mehr da war – bis auf unsere Siamkatze. Die Freundschaft zwischen SuSu und diesem Mann war so eng, daß es schon beunruhigend war.

Wenn SuSu nicht gewesen wäre, hätten wir diesen Menschen auch nie kennengelernt, denn wir unterhielten zu unseren Nachbarn nicht gerade die innigsten Beziehungen. Der Wohnblock war riesig, es lebte jede Menge merkwürdiger Gestalten in ihm, und wir hatten das Gefühl, daß es das beste war, sie einfach alle zu ignorieren. Andererseits hatte das alte Haus auch seine Vorteile: große Zimmer, bescheidene Mieten, einen faszinierenden Blick über den Fluß, und am unteren Ende der Straße gab es am Ufer sogar einen kleinen Park. Dort hatten wir Mr. Van zum ersten Mal bemerkt.

Eines Sonntagnachmittags war ich nämlich mit SuSu in diesem Park – eigentlich nicht viel mehr als ein kleiner Grasstreifen längs der alten Kaimauer – spazierengegangen. Manchmal lagen dort ein paar Lastkähne und Schlepper vor Anker, und SuSu, die sich vor diesen Ungetümen in acht nahm, hielt sich deswegen ein bißchen vom Wasser entfernt. Es war einer der letzten schönen Novembertage. Es würde nicht mehr lange dauern, dann war der Fluß zugefroren, eisige Winde würden wehen, und der Park würde den Winter über verlassen daliegen.

SuSu widmete sich gerade ihrer Lieblingsbeschäftigung

und kaute eifrig Gras, als irgend etwas ihre Aufmerksamkeit erregte und sie Richtung Fluß zog. Sie zerrte an ihrer Leine und wollte unbedingt quer über die Grasfläche zum Plankenweg gehen, wo in einem äußerst ungewöhnlichen Rollstuhl ein Mann mittleren Alters saß.

Der Rollstuhl war fast vollständig aus Schmiedeeisen gefertigt, sah aus wie der untere Teil einer dieser alten Sämaschinen, und war mit abgewetztem Plüsch gepolstert. Mit seiner hohen Rückenlehne und den kunstvollen Beschlägen wirkte er wie ein fahrbarer Thron, und der Mann, der diesen königlichen Rollstuhl steuerte, residierte in ihm in der gebieterischen Pose eines Monarchen. Sein Gehabe stand in absurdem Kontrast zu seiner schäbigen Kleidung.

Zu unserer Überraschung war es dieser Mann, der SuSu angelockt hatte. Sie schnurrte ihn an, und der Mann lehnte sich nach vorne und streichelte ihr Fell.

»Sie erkennt mich«, erklärte er uns in überheblichem Tonfall und mit leicht teutonischem Akzent. »In einem früheren Leben war ich selber eine Katze.«

Ich schaute Gertrude an und verdrehte die Augen, doch sie akzeptierte seine Äußerung, ohne mit der Wimper zu zucken.

Der Mann war alles andere als attraktiv, hatte ein spitzes Kinn, viel zu hoch am Kopf sitzende Ohren und Augen, die zu schmalen Schlitzen verengt waren. Wenn er lächelte, wurde alles nur noch schlimmer. Nichtsdestotrotz hielt SuSu ihn für unwiderstehlich. Sie rieb sich an seinen Knöcheln, und er kraulte sie genau an den richtigen Stellen. Die beiden waren ein ungleiches Paar – SuSu mit ihrem üppigen blonden Fell, anspruchsvoll und exklusiv wirkend, und der Mann im Rollstuhl mit seinem abgetragenen Mantel und der von Motten durchlöcherten Reisedecke.

Im Verlauf einer bruchstückhaften Unterhaltung mit Mr. Van erfuhren wir, daß er und sein Begleiter, der den Rollstuhl steuerte, gerade in eine große Wohnung auf unserer Etage gezogen waren, und ich fragte mich, warum die beiden so viele Zimmer benötigten. Was den Begleiter anbetraf, ließ es sich schwer sagen, ob er stumm war oder einfach nur ungesellig. Er war klein und dick, hatte einen runden Kugelkopf, der scheinbar ohne Übergang fest auf seinen Schultern saß, und irgend etwas Unangenehmes in seinem Blick. Mürrisch stand er hinter dem Rollstuhl und schwieg.

Auf dem Rückweg zu unserer Wohnung meinte Gertrude: »Wie gefällt dir unser neuer Nachbar?«

»Ich bevorzuge Katzen, die noch nicht als Menschen wiedergeboren wurden«, antwortete ich.

»Aber er ist nicht uninteressant«, sagte meine Schwester in der ihr eigenen sanften Art.

Einige Abende darauf tranken wir nach dem Essen Kaffee. Auch SuSu war mit ihrem Fressen fertig und putzte sich im gedämpften Schein der Lampe. Als wir ihre grazilen Bewegungen beobachteten, merkten wir, wie sie mit einer ihrer Pfoten urplötzlich mitten in der Luft stehen blieb. Sie verharrte in dieser Position und horchte. Dann drang ein neues, fremdes Geräusch aus ihrer Kehle, das einem melodischen Glucksen ähnelte. Eine Minute später trottete sie ganz zielbewußt zur Haustür. Dort setzte sie sich hin, wartete und horchte weiter, obwohl wir absolut nichts hören konnten. Es dauerte geschlagene zwei Minuten, bis die Klingel schellte. Ich ging zur Tür, öffnete und war nicht allzu erfreut, als ich dort Mr. Van in seinem großherrlichen Rollstuhl sitzen sah.

SuSu sprang ihm auf den Schoß – für sie eine ganz ungewöhnliche Art, auf jemanden zuzugehen. Nachdem Mr. Van ihre Ohren geknetet und ihr Kinn gekrault hatte, schenkte er mir mit zusammengekniffenen Augen ein schwaches Lächeln und sagte: »*Goeden avond.* Ich habe gerade ein paar Kisten ausgepackt und dabei etwas gefunden, das ich Ihnen gerne schenken würde.«

Mit höflichem Erröten überreichte er mir ein kleines, gerahmtes Bild, woraufhin ich mich mehr oder weniger verpflichtet fühlte, ihn hereinzubitten. Mit einigen Schwierigkeiten rollte er seinen gewaltigen Stuhl in die Wohnung; die Gummireifen hinterließen tiefe Rillen in unserem weichen Teppich.

»Wie schaffen Sie es nur, allein mit diesem schweren Stuhl fertig zu werden?« fragte ich. »Der muß doch eine Tonne wiegen.«

»Aber er ist ein wahres Kunstwerk«, erwiderte Mr. Van und strich mit seinen Händen anerkennend über die Plüschpolsterung und die Ziselierungen der Eisenräder.

Gertrude war aufgesprungen und goß ihm eine Tasse Kaffee ein. »Ich wollte, Sie könnten diesem Mann da beibringen, wie man Kaffee zubereitet«, meinte Mr. Van. »Er macht den schlechtesten *Zootje*, den ich je getrunken habe. In Holland mögen wir den Kaffee stark und mit Kaffeeweißer. Doch der Kerl ist ein richtiger *Schmierlapp*. Wenn ich allein klarkäme, würde ich es keine zwei Minuten länger mit ihm aushalten.«

SuSu rieb ihren Kopf an den Hemdknöpfen des Holländers. Er lächelte erfreut und legte dabei eine Reihe kleiner, gleichmäßiger Zähne frei.

»Üben Sie auf Katzen immer diese magnetische Anziehungskraft aus?« fragte ich mit einem Anflug von Schärfe in der Stimme. SuSu verging förmlich vor Wonne, als er sie kräftig im Nacken kraulte.

»Das ist ganz normal«, meinte er. »Ich kann die Gedanken von Katzen lesen, und sie können das bei mir. Wußten Sie, daß Katzen Gedanken lesen können? Man geht zum Kühlschrank, will sich ein Bier holen, und die Katze wird nicht auf ihrem Platz bleiben, sondern in die Küche gesprungen kommen und sich ihr Futter aus dem Kühlschrank holen, ganz gleich, wo sie sich gerade aufhält. Auch wenn sie scheinbar geschlafen hat, Ihre Gedankenwellen haben sie erreicht.«

Gertrude pflichtete ihm bei und meinte, das sei wahrscheinlich tatsächlich so.

»Natürlich ist das so«, erwiderte Mr. Van und setzte sich aufrecht hin. »Alles, was ich sage, stimmt. Katzen wissen mehr als man annimmt. Sie können nicht nur unsere Gedanken lesen, sie können uns sogar Gedanken einflößen. Und sie haben ein Gespür für Dinge, die noch gar nicht geschehen sind, aber bald geschehen werden.«

»Da haben Sie recht«, sagte meine Schwester. »SuSu wußte eine ganze Weile, bevor die Klingel ging, daß Sie heute abend kommen würden.«

»Natürlich habe ich recht. Ich habe immer recht«, meinte Mr. Van. »Meine Großmutter in Vlissingen hatte einen Kater, in den sie ganz vernarrt war, der hieß Zwartje. Nach ihrem Tod kam sie jeden Abend zurück, um ihn zu streicheln. Jeden Abend stand Zwartje dann vor *Grootmoeders* Sessel, streckte sich und schnurrte, obwohl keine Menschenseele zu sehen war. Jeden Abend um acht.«

Nach diesem Besuch bezeichnete ich Mr. Van als ›Großmutters Geist‹, denn auch er machte es sich zur Gewohnheit, mehrere Male die Woche Schlag acht Uhr bei uns zu erscheinen. »Ich habe meinen kleinen Schatz vermißt«, sagte er dann jedes Mal, und SuSu machte einen unheimlichen Wirbel, wenn er kam. Mir war es sehr angenehm, daß er auch immer schnell wieder ging, obwohl Gertrude ihn gewöhnlich dazu aufforderte, noch ein wenig zu bleiben.

Das kleine, gerahmte Bild, das er uns geschenkt hatte, gefiel mir eigentlich nicht besonders. Es war ein Scherenschnitt, der drei Gestalten zeigte: einen Mann mit Zylinder und Gehrock, eine Frau mit Sonnenhut und Reifrock und eine Katze, die ihren Schwanz wie eine Lanze in die Luft streckte. Um meine Schwester zufriedenzustellen, hängte ich es jedoch in der Küche über der Spüle auf.

Eines Abends kam Gertrude ganz aufgeregt von ihrer Arbeit als Bibliothekarin nach Hause. »Der Scherenschnitt ist signiert«, sagte sie, »und ich habe in der Bibliothek nachgeschlagen. Auguste Edouart war ein berühmter Künstler, und unser Scherenschnitt ist über hundert Jahre alt. Er könnte einigen Wert haben.«

»Da habe ich meine Zweifel«, erwiderte ich. »Scherenschnitte wie diesen haben wir früher in der dritten Klasse gebastelt.«

Doch auf Drängen meiner Schwester ging ich mit dem Bild in einen Antiquitätenladen, und der Händler meinte, der Scherenschnitt sei gut und wahrscheinlich seine 150 Dollar wert.

Als Gertrude das hörte, sagte sie: »Wenn der Händler einhundertfünfzig Dollar sagt, dann ist er zweihundertfünfzig wert. Ich meine, wir sollten Mr. Van das Bild zurückgeben. Der arme Mann weiß ja gar nicht, was er da verschenkt hat.«

»Ja«, pflichtete ich ihr bei. »Vielleicht könnte er es verkaufen und sich einen vernünftigen Rollstuhl dafür holen.«

Um acht Uhr gab SuSu wieder glucksende Geräusche von sich und fing an herumzuhüpfen.

»Großmutters Geist kommt«, sagte ich, kurz darauf schellte die Klingel.

»Mr. Van«, sprach ich ihn an, sobald ihm Gertrude seinen Kaffee eingeschenkt hatte, »erinnern Sie sich noch an den Scherenschnitt, den Sie uns geschenkt haben? Wir haben herausgefunden, daß er sehr wertvoll ist, und Sie müssen ihn wieder zurücknehmen.«

»Natürlich ist er wertvoll«, sagte er. »Hätte ich ihn Ihnen geschenkt, wenn es nur *Rommel* gewesen wäre?«

»Kennen Sie sich mit Antiquitäten aus?«

»Meine gute *Mevrouw*, in meiner Wohnung befinden sich Antiquitäten im Wert von einer Million Dollar. Morgen abend müssen Sie beide unbedingt kommen und sich meine Schätze ansehen. Den *Schmierlapp* schicke ich weg, und wir drei gönnen uns eine gute Tasse Kaffee.«

»Was ist eigentlich ein *Schmierlapp*?« fragte ich.

»Nichts besonders Schönes«, erwiderte Mr. Van. »Wenn mich jemand einen *Schmierlapp* nennen würde, würde ich ihm eins auf die Nase geben... Meine Damen, vergessen Sie auch meinen kleinen Schatz nicht, wenn Sie vorbeikommen. Es gibt für die Katze bei mir einige faszinierende Dinge zu entdecken.«

Unsere Katze wußte scheinbar, wovon er sprach.

»SuSu wird sich freuen«, meinte Gertrude. »Sie ist den ganzen Winter nicht aus der Wohnung gekommen.«

»Stricken Sie ihr einen Pullover und nehmen Sie sie bei kaltem Wetter mit in den Park«, kommandierte der Holländer in einem Tonfall, der mich jedes Mal auf die Palme brachte. »Ich wickel' mich oft in eine warme Decke ein und gehe abends in den Park. Das ist gut gegen Schlaflosigkeit.«

»Susu leidet nicht an Schlaflosigkeit«, informierte ich ihn. »Sie schläft zwanzig Stunden am Tag.«

Mr. Van streifte mich mit einem verächtlichen Blick. »Da irren Sie sich. Katzen schlafen nie. Man meint, daß sie schlafen, aber in Wirklichkeit sind sie die wachsamsten Geschöpfe überhaupt. Das ist eines ihrer Geheimnisse.«

Als er gegangen war, sagte ich zu Gertrude: »Der hat sie doch nicht alle beisammen.«

»Er ist einfach ein bißchen exzentrisch«, entgegnete sie.

»Wenn er Antiquitäten im Wert von einer Million Dollar besitzt, was ich bezweifle, warum lebt er dann in diesem heruntergekommenen Wohnblock? Und warum kauft er sich nicht einen Rollstuhl, der sich leichter handhaben läßt?«

»Weil er Holländer ist, nehme ich an.«

»Und was hältst du von diesen albernen Dingen, die er über Katzen erzählt?«

»Allmählich halte ich sie für wahr«, sagte Gertrude.

»Und wer ist dieser Kerl, der bei ihm lebt? Gehört er zu seinem Personal, oder ist er Krankenpfleger, Aufpasser oder was? Ich sehe ihn immer im Fahrstuhl rauf und runter fahren, aber ich habe noch nie erlebt, daß er auch nur ein einziges Wort gesprochen hat. Er scheint nicht einmal einen Namen zu haben, und Mr. Van behandelt ihn wie einen Sklaven. Ich bin nicht sicher, daß wir morgen abend dort hingehen sollten. Mir kommt die ganze Sache komisch vor.«

Nichtsdestotrotz gingen wir hin. Die Wohnung des Holländers war vollgestopft mit Möbeln und allem möglichen Schnickschnack. Mr. Van rief seinem Begleiter zu: »Schaff diesen *Rommel* weg, damit sich die Damen setzen können.«

Mürrisch entfernte der Mann einige Gemälde und Wandbehänge von der Sitzfläche eines geschnitzten Sofas.

»Und jetzt hinaus mit dir«, befahl ihm Mr. Van mit lauter Stimme. »Hol dir ein Bier.« Dann warf er dem Mann eine zerknitterte Dollarnote hin. Jedem Hund hätte man seinen Knochen mit mehr Würde zugeworfen.

Wir saßen auf dem Sofa und tranken Kaffee; SuSu erkundete derweil das Gelände. Dann zeigte uns Mr. Van seine Schätze, steuerte seinen Rollstuhl durch einen wahren Irrgarten aus Möbelstücken. Er zeigte auf einen Chippendale dort und einen Affleck da und einen Newport irgendwo anders. Für ihn mochten es ja durchaus Schätze sein, für mich waren es nur die verstaubten Relikte einer toten Vergangenheit.

»Ich bin Antiquitätenhändler«, erläuterte Mr. Van. »Bevor ich an diesen albernen Rollstuhl gefesselt war, hatte ich einen Laden und war auf allen wichtigen Messen vertreten. Dann... hatte ich einen schweren Verkehrsunfall, und jetzt regle ich die Verkäufe von meiner Wohnung aus. Termine nur nach Vereinbarung.«

»Klappt das auch?« wollte Gertrude wissen.

»Warum nicht? Die Museumsleute kennen mich, und Sammler kommen aus allen Teilen des Landes hierher. Ich kaufe und verkaufe. Und mein Mann, Frank, erledigt die ganze Lauferei. Er ist der perfekte Helfer für einen Antiquitätenhändler – kräftig im Rücken, schwach im Kopf.«

»Wo haben Sie ihn aufgegabelt?«

»Auf einem Schrottplatz. Ich habe ihm gerade soviel beigebracht, daß er mir von Nutzen ist, aber nicht genug, daß er das Wissen für sich nutzen kann. Das ist doch gar nicht so dumm, nicht wahr?« Mr. Van zwinkerte. »Er ist zwar wirklich ein *Schmierlapp*, aber ohne ihn bin ich hilflos... Hoho! Seht nur, mein kleiner Schatz hat eine Entdeckung gemacht!«

SuSu schnupperte an einer Silberschüssel mit zwei Henkeln herum.

Mr. Van nickte anerkennend. »Das ist eine Warmbierschale von Jeremiah Dummer aus Boston, Ende siebzehntes Jahrhundert – für eine bestimmte Dame in Salem. Die Leute erzählten sich, sie sei eine Hexe gewesen. Schaut Euch nur meinen kleinen Schatz an! Sie weiß Bescheid.«

Ich hüstelte und sagte: »Nun, man kann wirklich von Glück sagen, daß Sie Frank haben.«

»Meinen Sie, das wäre mir nicht klar?« erwiderte Mr. Van. »Genau deswegen sorge ich ja auch dafür, daß er so arm bleibt. Würde ich ihn richtig auszahlen, käme er nur auf dumme Gedanken.«

»Wie lange ist der Unfall her?«

»Fünf Jahre, und es war nur der Fehler dieses Idioten! Er war es! Er hat mir das alles angetan!« Die Stimme des Holländers wurde lauter, sein Gesicht lief rot an, als er mit den Fäusten auf die Armlehnen des Rollstuhls einhieb. Dann rieb sich SuSu wieder an seinen Knöcheln, er streichelte sie und beruhigte sich allmählich wieder. »Ja. Fünf Jahre ist es jetzt her«, sagte er. »Fünf Jahre in diesem erbärmlichen Stuhl. Wir fuhren mit dem Kombi zu einer Antiquitätenmesse. Doch dieser *Schmierlapp* mißachtete das Rotlicht – bei achtzig Stundenkilometern – und erwischte einen Laster. Einen Kieslaster!«

»Wie schrecklich!« entfuhr es Gertrude, und sie schlug beide Hände vors Gesicht.

»Ich erinnere mich noch genau daran, wie ich den Wagen für diese Fahrt gepackt habe. Die ganze Zeit habe ich über meine wehen Füße gejammert. Hah! Was würde ich heute nicht alles für wehe Füße geben!«

»Frank wurde nicht verletzt?«

Mr. Van machte eine ärgerliche Geste. »Nur am Kopf. Sie brauchten sechs Stunden, um das Kristallglas aus Waterford aus seinem Schädel zu entfernen. Seitdem ist er ein bißchen *gek*.« Der Holländer tippte sich an die Schläfe.

»Und woher haben Sie diesen ungewöhnlichen Rollstuhl?« fragte ich.

»Meine liebe *Mevrouw*, fragen Sie nie einen Händler, woher er etwas hat«, sagte Mr. Van. »Dieser Stuhl ist einzigartig. 1872 hat man ihn für einen Eisenbahner-Millionär angefertigt. Der Plüsch ist noch original. Wenn man sein Leben schon in einem Rollstuhl verbringen muß, dann sollte man sich einen holen, an dem man auch ein bißchen Spaß hat. Und damit kommen wir zum eigentlichen Zweck Ihres Besuches. Meine Damen, ich wünsche mir, daß Sie mir einen Gefallen tun.«

Mr. Van rollte zu einem Schreibtisch hinüber, Gertrude und ich wechselten besorgte Blicke.

»In diesem Schreibtisch befindet sich mein letztes Testament, das ich geschrieben habe. Ich brauche Zeugen. Ein paar ausgewählte Stücke werde ich den Museen vermachen. Der ganze Rest soll verkauft werden, und der Erlös soll der Gründung einer Stiftung zugute kommen.«

»Was soll mit Frank werden?« wollte Gertrude wissen, die sich um andere immer echte Sorgen macht.

»Bah! Dieser *Schmierlapp* bekommt nichts!... Doch bevor Ihr Damen mir das Papier unterzeichnet, muß ich noch eine Sache hineinschreiben. Wie heißt denn mein kleiner Schatz mit vollem Namen?«

Gertrude und ich zögerten, schließlich sagte ich: »SuSus offizieller Name lautet: Superior Suda von Siam.«

»Gut! Ich werde sie die Superior Suda-Stiftung nennen. Es ist mir ein Vergnügen. Seinen letzten Willen festzuhalten, ist eine abscheuliche Sache, genau wie ein Rollstuhl, also muß man dafür sorgen, daß es ein bißchen Spaß macht.«

»Worin... eh, besteht der Sinn der Stiftung?« fragte ich.

Mr. Van beschenkte uns mit einem wohlwollenden Lächeln. »Sie soll die Forschung fördern«, sagte er. »Ich möchte, daß die Universitäten den äußerst hoch entwickelten sechsten Sinn der Hauskatze untersuchen und dieses Wissen für die Vervollkommnung des menschlichen Geistes nutzbar machen. Meine Damen, mein Vermögen läßt sich zu nichts Besserem verwenden. Der Mensch hinkt Äonen hinter der kleinsten und gebrechlichsten Katze, die sich am Kamin räkelt, hinterher.« Er streifte uns mit einem verschlagenen Blick, seine Pupillen schienen sich zu verengen. »Ich bin in der Position, das zu wissen«, fügte er hinzu.

Wir unterschrieben die Papiere. Was blieb uns auch anderes übrig? Einige Tage darauf fuhren wir in Urlaub. Mr. Van sahen wir nie wieder.

Gertrude und ich verbrachten im Winter immer drei Wochen im Süden und nahmen SuSu mit uns. Als wir zurückkamen, teilte man uns ohne Umschweife die traurige Nachricht über unseren exzentrischen Nachbarn mit.

Wir trafen Frank im Fahrstuhl, und zum ersten Mal sagte er etwas. Das allein war schon ein Schock.

Er sagte: »Sie haben ihn weggebracht.«

»Was soll das heißen? Was sagen Sie da?« Lautstark bestürmten wir ihn gleichzeitig mit unseren Fragen.

»Sie haben ihn weggebracht.« Die Stimme des untersetzten Mannes war hoch und krächzend.

»Was ist mit Mr. Van geschehen?« fragte meine Schwester.

»Er ist durchgedreht. Seine Angehörigen aus Pennsylvania sind gekommen und haben ihn wieder zurück ins Irrenhaus gebracht.«

Ich sah, wie Gertrude zusammenzuckte. Dann sagte sie: »Ist es ernst?«

Frank zuckte mit den Schultern.

»Was geschieht mit den ganzen Antiquitäten?«

»Seine Angehörigen haben mir gesagt, ich soll den ganzen Müll zur Kippe fahren.«

»Aber es sind doch wertvolle Sachen, oder nicht?«

»Nöh. Müll. Er hat jedem diesen Quatsch mit dem Museum und das ganze Zeug erzählt.« Frank zuckte erneut mit den Schultern und tippte sich an die Stirn. »Er war *gek*!«

Verwundert kehrten meine Schwester und ich in unsere Wohnung zurück. Ich konnte es kaum erwarten zu sagen: »Ich habe dir doch gesagt, daß der Holländer nicht alle beisammen hat.«

»Es ist ein Jammer«, meinte sie.

»Was hältst du von den plötzlichen Veränderungen bei Frank? Er wirkt doch jetzt wie ein freier Mann. Es muß fürchterlich gewesen sein, mit diesem alten Geizhals zusammenzuleben.«

»Mr. Van wird mir fehlen«, meinte Gertrude. »Er war sehr interessant. SuSu wird ihn ebenfalls vermissen.«

Doch wie wir später am Abend bemerkten, war SuSu nicht gewillt, ihren Freund im Rollstuhl so leicht aufzugeben wie wir.

Wir packten nach dem Abendessen gerade unsere Reisekoffer aus, als SuSu mit ihrer Demonstration begann. Sie fing an zu glucksen und umherzuhüpfen, wie sie es den ganzen Winter über getan hatte, wenn Mr. Van sich unserer Tür näherte. Gertrude und ich standen da und beobachteten sie, warteten darauf, daß es klingeln würde. Als SuSu voller Erwartung auf die Haustür zuging, folgten wir ihr. Sie benahm sich ganz ungewöhnlich, reckte ihren Kopf nach oben und bewegte ihn in rhythmischen Wellen auf und ab, rollte sich auf den Rücken und räkelte sich genießerisch. Die ganze Zeit schnurrte sie unablässig; die Klingel schellte nie.

Als ich auf meine Uhr blickte, sagte ich. »Acht Uhr. SuSu schwelgt in Erinnerungen.«

»Ist das nicht rührend?« meinte Gertrude.

Es war nicht das Ende von SuSus Darbietungen. Fast jeden Abend um acht lief das gleiche Ritual ab.

»Katzen hassen es, eine Gewohnheit aufzugeben«, bemerkte ich und entsann mich, wie SuSu weiter im Gästezimmer geschlafen hatte, obwohl wir ihr Körbchen schon lange an einen anderen Platz gestellt hatten. »Aber in einer Weile wird sie es vergessen.«

Doch SuSu vergaß nicht. Einige Wochen vergingen, dann hatten wir eine erste Vorahnung vom Frühling: plötzliches Tauwetter setzte ein. Viel zu früh liefen die Leute ohne Mäntel auf die Straße; Autos mit offenem Verdeck fuhren umher, und einige optimistische Fischer tauchten unten am Kai an unserer Straße auf, obwohl immer noch einige Eisbrocken auf dem Fluß trieben.

An einem dieser milden Abende führten wir SuSu im Park aus. Es war ihr erster Frühlingsspaziergang, und wir erwarteten, daß sie sich umgehend auf die vertrockneten Gräser vom letzten Jahr stürzen würde. Doch die alten Kräuter reizten sie überhaupt nicht. Statt dessen zerrte sie an ihrer Leine, zog mich hin zum Plankenweg. Aus reiner Neugier ließen wir sie frei, und dort, am Rande der Kaimauer, machte sie ein weiteres Mal ihre seltsame Vorführung – gurgelte, krümmte ihren Rücken, reckte ihren Hals voller Freude nach oben.

»Sie macht es schon wieder«, sagte ich. »Ich frage mich, was das für einen Grund haben könnte.«

Gertrude meinte leise: »Erinnerst du dich noch an das, was Mr. Van über Katzen und Geister erzählte?«

»Schau dir dieses Tier an! Man könnte schwören, daß sie sich gerade an den Knöcheln von irgend jemandem reibt. Ich wünschte, sie hörte auf damit.«

»Ich frage mich«, sagte meine Schwester sehr langsam, »ob Mr. Van wirklich im Irrenhaus sitzt.«

»Was meinst du damit?«

»Oder liegt er vielleicht – da unten?« Gertrude deutete unsicher hinter den Rand der Kaimauer. »Ich denke, Mr. Van lebt nicht mehr, und SuSu weiß es.«

»Das ist mir zu fantastisch«, erwiderte ich. »Wie könnte es dazu gekommen sein?«

»Ich glaube, Frank hat den armen Mann über die Kaimauer geschubst, mit Rollstuhl und allem drum und dran – vielleicht in einer dieser dunklen Nächte, in denen Mr. Van nicht schlafen konnte und darauf bestand, in den Park geschoben zu werden.«

»Also wirklich, Gertrude . . .«

»Kannst du dir das nicht vorstellen? . . . Eine kalte Nacht. Am Ufer keine Menschenseele. Mr. Van ist mit einer Decke an den Rollstuhl gefesselt. Na klar, der Stuhl würde doch wie ein Stück Blei untergehen. Wie schrecklich! Das eiskalte Wasser, der arme, hilflose Mann!«

»Ich kann es einfach nicht . . .«

»Jetzt ist Frank frei, und ihm gehören die ganzen Antiquitäten. Keiner kümmert sich um die Sache, keiner stellt irgendwelche Fragen. Frank kann alles verkaufen und ist für den Rest seines Lebens saniert. Weißt du, was eine vollständige Newport-Kommode wert ist? Ich habe es in der Bibliothek einmal nachgeschlagen. Eine Kommode wie die, die wir in Mr. Vans Wohnung gesehen haben, ist auf einer Auktion im Osten für 40 000 Dollar verkauft worden.«

»Aber was ist mit seinen Familienangehörigen in Pennsylvania?«

»Ich bin sicher, daß Mr. Van nicht einen einzigen Familienangehörigen hat – weder in Pennsylvania noch irgendwo sonst.«

»Nun, hast du dann einen Vorschlag, was wir tun sollen?« Ich war in Rage geraten. »Sollen wir es der Hausverwaltung melden? Die Polizei benachrichtigen? Ihnen erzählen, daß wir den Verdacht haben, der Mann sei ermordet worden, weil unsere Katze jeden Abend um acht seinen Geist sieht? Man würde uns für zwei Damen mittleren Alters halten, die ein bißchen *gek* geworden sind.«

Tatsächlich hatte ich allmählich das Gefühl, Gertrude sei auch nicht mehr ganz richtig im Kopf – bis die nächste Morgenzeitung kam.

Ich überflog sie am Frühstückstisch, da sprang mir unten auf Seite sieben ein kleiner Artikel in die Augen. War es denn die Möglichkeit?

»Hör dir das mal an«, sagte ich zu Gertrude. »Die Leiche eines noch nicht identifizierten Mannes ist an einer kleinen Insel flußabwärts von der Strömung an Land gespült worden. Die Polizei sagt, sie habe offensichtlich mehrere Wochen unter Wasser gelegen und sei wahrscheinlich durch das Eis am Auftauchen gehindert worden... Bei dem Toten handelt es sich um einen fünfundfünfzigjährigen Behinderten... Eine Person, auf die diese Beschreibung zutreffen würde, ist bisher nicht als vermißt gemeldet worden.«

Einen Augenblick lang starrte Gertrude unbewegt auf die Kaffeekanne. Dann sprang sie von ihrem Stuhl auf und ging zum Telefon.

»Jetzt muß die Polizei nur noch im Fluß unterhalb der Kaimauer am Ende der Straße nach einem antiken Rollstuhl suchen«, meinte sie mit einem leichten Zittern in der Stimme. »Einen schmiedeeisernen Rollstuhl. Mit Originalplüsch.« Sie blinzelte in Richtung Telefon. »Kannst du für mich wählen?« fragte sie mich. »Ich kann kaum noch die Ziffern erkennen.«

Deutsch von Gunther Seipel

Die Katze von Miß Paisley

Roy Vickers

Es gibt Menschen, die haben an Katzen einen Narren gefressen, und Menschen, die sie körperlich, ja sogar moralisch
verabscheuen. Die Vorstellung, daß es Katzen gibt, die
Menschen beeinflussen, hält sich hartnäckig – meist sind es
alte, alleinstehende Frauen, auf die sie ihren Einfluß aus-
üben, und im allgemeinen haben sie nichts Gutes im Sinn.
Es stimmt auch, daß die Katze von Miß Paisley der unmittel-
bare Anlaß dafür war, daß die gefühlsmäßig ausgezehrte
alte Jungfer einen besonderen Grad an pervertierter Größe
erreichte – oder an stark ausgeprägter Kindlichkeit, je nach
Standpunkt. Doch das läßt sich alles erklären, ohne dabei
Zuflucht zur Mystik zu nehmen. Das Verhalten der Katze
wich die ganze Zeit über in nichts von anderen Tieren dieser
Art ab.

Die Katze von Miß Paisley sprang in deren Leben, als die
alte Dame vierundfünfzig war, und die Katze selbst wahrscheinlich zwei. Miß Paisley erfreute sich körperlicher Gesundheit und war eine aktive Frau. Nirgendwo erregte sie
Anstoß, immer war sie sauber angezogen, nie schlug sie
über die Stränge. Sie war die Tochter eines wohlhabenden
Geschäftsmannes – ihre Mutter war gestorben, als sie noch
ein kleines Kind war. Ihre frühen Jahre hatte sie in der Blü-
tezeit der Mittelschicht verbracht; einer Zeit, in der jede Vor-
ortvilla wie ein Herrenhaus aussah. Waren diese Bauten
auch von den ursprünglichen Mietern verlassen, ging doch
immer noch ein halbes Dutzend diensteifriger Händler aus
und ein, ganz zu schweigen vom ständig dort lebenden
Hauspersonal.

Das junge Fräulein Paisley war achtzehn und besuchte in
Paris ein Mädchenpensionat, als sich ihr Vater eine Lungen-
entzündung zuzog und mitten in einer Phase der Umstruk-

turierung seines Geschäftes verschied. Miß Paisley erbte
das Mobiliar des Hauses, einige hundert Pfund Bargeld
und eine jährliche Rente von 120 Pfund.

Ihre Verwandten, die in den unterschiedlichsten Teilen
des Landes lebten, kamen zu diesem Anlaß alle angereist.
Ohne daß ein Spezialist hinzugezogen worden wäre, er-
klärten sie das Mädchen für jede Form einer weiterführen-
den Erziehung oder Ausbildung ungeeignet und beschlossen unter sich, daß sie schleunigst unter die Haube gehöre
– was nicht allzu schwierig zu werden versprach. Miß Paisley war zwar nie und nirgends Ballkönigin gewesen, aber
sie sah gut aus, hatte das Übliche gelernt und besaß den
nötigen Anstand.

Bei ihrer ersten Besuchsrunde nahm sie die warmherzigen Beteuerungen, den anderen willkommen zu sein, für
bare Münze – obwohl sie nicht übermäßig an Selbstgefällig-
keit litt. Ihr Vater war es gewesen, der ihr die Vorstellung
vermittelt hatte, daß schon ihre reine Anwesenheit ein Se-
gen war. Auch die Erziehungsmethoden des Mädchenpen-
sionats beruhten auf einer ähnlichen Annahme.

Während der zweiten Besuchsrunde, die im Abstand
von sechs Monaten folgte, entdeckte sie, daß man ihre Anwesenheit eher duldete als begrüßte. Das war eine harte
Wahrheit, und sie versuchte umgehend, vor ihr zu flüchten.

Es folgte eine längere Zeit, in der sie sich als Kinderfräu-
lein betätigte und alten Damen Gesellschaft leistete. Die
Kinder machten sehr viel Arbeit, die alten Damen waren
sehr enttäuschend.

Ihre Knauserigkeit und die alten Damen verwandelten
sie in ein bescheidenes Wesen, eine Frau, die für die Kru-
men des Lebens noch dankbar war. In ihren frühen Zwan-
zigern fand sie eine feste Anstellung als Sekretärin bei einer Behörde. Sie zog nach Rumbold Chambers in Marpleton, etwa fünfzehn Meilen außerhalb von London und eine
Meile von dem Haus entfernt, das einmal ihrem Vater gehört hatte. ›Chambers‹ – mit diesem vornehmen Wort aus
der Zeit König Eduards wurden Kleinstwohnungen be-

24

zeichnet, die zu jener Zeit ihre besten Tage bereits hinter sich hatten und denen weitaus schlechtere noch bevorstanden.

Die Miete verschlang fast die Hälfte ihrer Jahresrente, doch die Chambers hatten ihrer Meinung nach Stil. Von ihrer Kleinstwohnung konnte man über den alten Friedhof hinweg auf die Flußbrücke aus dem siebzehnten Jahrhundert blicken. Miß Paisley mietete die Wohnung auf Lebenszeit. Und so wohnte sie 32 Jahre später, als die Katze kam, immer noch dort.

Aus dem Möbellager nahm sie so viele Möbel in ihre Wohnung mit, wie nur hineinpaßten. Sechs vergrößerte Fotografien vom Haus und Garten ihres Vaters in etwas pompösen Bilderrahmen schmückten die Wände.

Das Radio setzte sich durch; der Tonfilm kam auf; die zivile Luftfahrt kam in Gang – alles Ereignisse, die ihr Leben so gut wie gar nicht berührten. In Marpleton und dem ganzen Viertel machte sich Leichtindustrie breit. Alle drei Monate ging sie an ihrem alten Zuhause vorbei, bis es abgerissen wurde, um einem Fabrikgebäude Platz zu machen.

Wenn sie sich auch keine Feinde gemacht hatte, Freunde hatte sie mit Sicherheit auch nicht gewonnen. Das Mädchenpensionat hatte ihre natürliche Fähigkeit zur Geselligkeit erfolgreich verkümmern lassen. Am Ende ihres Arbeitstages tauchte sie immer etwas über dreißig Jahre in ihre Vergangenheit zurück.

Als die Katze erschien, führte Miß Paisley bereits lebhafte Selbstgespräche, wie es bei alleinlebenden Menschen häufig der Fall ist.

»Ich glaube manchmal wirklich, daß Vater einen Fehler gemacht hat, als er das behielt, um eine Rasenfläche zum Krocketspielen daraus zu machen. Krocket ist doch etwas dermaßen Altmodisches... *Oh!* Wie in aller Welt kommst du denn hierher?«

Offensichtlich war die Katze auf die Fensterbrüstung geklettert – die ein ganzes Stockwerk plus eineinhalb Meter über dem Erdboden lag. »In Chambers sind Haustiere verboten, du mußt also wieder verschwinden... Geh weg, bitte. *Huschhuschhusch!*«

Die Katze blinzelte, dann kletterte sie etwas unbeholfen in das Zimmer.

»Was bist du nur für eine häßliche Katze! Ich erinnere mich noch gut an Tante Lisas Perserkatze. Die war einfach wunderschön; der Wirbel, den die Leute um sie machten, nahm schon groteske Formen an. Ich nehme nicht an, daß irgend jemand auf die Idee käme, *so etwas wie dich* streicheln zu wollen. Die Leute dulden dich, aber eigentlich wünschen sie, daß es dich gar nicht gibt. Armes Ding!« Die Katze saß auf ihren Hinterbacken, den Blick fest auf Miß Paisley geheftet. »Na gut, ich denke, du kannst zum Tee bleiben. Ich habe keinen Fisch, aber dafür noch etwas Heringspaste, die ich vergessen habe wegzuwerfen – und etwas Milch von gestern.«

Miß Paisley begann Tee zu kochen. Es war Samstagnachmittag. Schokoladenkekse und zwei Sahnetörtchen, das gab es heute. Schokoladenkekse und zwei Stück Baisergebäck, das war für Sonntag. Als das Wasser im Kessel kochte und sie den Tee aufgoß, kratzte sie eine nahezu leere Dose Heringspaste aus und verteilte deren Inhalt auf einer dünnen Scheibe trockenem Brot. Sie legte ein Stück Zeitung auf den Fußboden. Der Teppich war vor vierunddreißig Jahren aus dem alten Salonboden herausgeschnitten worden. Die Katze, die ihr bei ihren Verrichtungen zusah, schnurrte anerkennend.

»Armes Ding! Nun übertreib es mal nicht mit deiner Dankbarkeit«, sagte Miß Paisley, und stellte die Heringspaste und eine Untertasse mit Milch von gestern auf das Zeitungspapier.

Die Katze senkte den Kopf, schnupperte an der Heringspaste, rührte sie aber nicht an. Sie probierte die Milch, leckte einmal daran, dann setzte sie sich wieder auf ihre Hinterbacken und starrte auf Miß Paisley.

Der starre Blick der Katze von Miß Paisley hatte für Menschen nichts Angenehmes. Es war natürlich ein ganz normaler Katzenblick aus ebenfalls ganz normalen Katzenaugen, obwohl letztere nicht unbedingt so normal aussahen, denn eine Strähne aus weißem Fell verlief von einem Augenlid zum gegenüberliegenden Ohr und verbreiterte sich dann zu einem großen Flecken auf dem Rücken. Eine durch ein Luftgewehr verursachte Verletzung machte eine Wange etwas kürzer als die andere und legte ein kleines Stück Zähne frei, wodurch das ganze Gesicht den Ausdruck eines höhnisch grinsenden Menschengesichtes annahm. Bedenkt man dann noch, daß die Katze ein steifes linkes Vorderbein hatte, wodurch ihr Gang arg unbeholfen wurde, dann kann man sich ein Bild davon machen, wie unansehnlich sie war – eine ewige Verlockung für schießwütige Jugendliche.

»Zu allem Überfluß bist du auch noch eine dumme Katze«, meinte Miß Paisley, »und scheinst deine Chancen nicht gut zu nutzen.«

Die alte Dame setzte sich hin, um Tee zu trinken. Die Katze sprang auf den Tisch, schnappte sich eines der beiden Sahnetörtchen, kletterte vorsichtig herunter und verzehrte es auf dem Teppich, etliche Zentimeter von der Zeitung entfernt.

Dieses Mal war es Miß Paisley, die ihr Gegenüber nicht aus den Augen ließ.

»Das ist ja wohl ein äußerst ungewöhnliches Verhalten«, ereiferte sie sich. »Du drängst dich mir auf, obwohl ich gar nicht darum gebeten habe; ich tue dir jeden Gefallen…«

Die Katze hatte das Stück Sahnegebäck verzehrt. Miß Paisleys Blick war noch immer auf sie geheftet. Dann richteten sich ihre Augen auf ihre eigene Hand, die sich ganz unabhängig von ihrem Willen zu bewegen schien. Sie beobachtete, wie sie das zweite Stück Sahnegebäck nahm und der Katze hinunterreichte, die es ihr aus den Fingern riß.

Sie nahm die Untertasse unter ihrer noch immer leeren Teetasse weg, goß frische Milch hinein und stellte sie auf den Boden. Dann lauschte sie ganz fasziniert, wie die Katze sie aufschleckte. Ihr Herz schlug schneller, so aufgeregt war sie über die große Entdeckung, die sie gemacht hatte.

Das erste Mal seit über dreißig Jahren brach sie in Tränen aus.

»Geh weg!« schluchzte sie. »Ich will dich nicht. Es ist zu spät – *Ich bin 54!*«

Als sich ihr Atem wieder beruhigt hatte, hatte sich die Katze auf dem Chesterfield zusammengerollt, der eigentlich Miß Paisley als Bett diente.

Es dauerte über einen Monat, bis Miß Paisley sich sicher war, daß sie hoffte, die Katze würde sich bei ihr häuslich niederlassen. Ihrem Verhalten fehlte jeglicher Anflug von Sentimentalität, die man mit einer alten, alleinstehenden Dame und ihrer Katze sonst gern assoziiert. Miß Paisley respektierte sie als Katze und schrieb ihr keine menschlichen Eigenschaften zu. Die Beziehung zwischen beiden war viel zu subtil, als daß es nötig gewesen wäre, sich irgend etwas vorzumachen. Zugegebenermaßen unterhielt sie sich ziemlich häufig mit dem Tier. Doch sie sprach mit ihm wie mit einer Zimmergefährtin, bei der man nie so recht wußte, ob sie zuhörte oder nicht. In dieser Hinsicht ließ sich die Rolle der Katze mit der eines Menschen vergleichen, der dafür bezahlt wird, einem Gesellschaft zu leisten.

»Entschuldigen Sie, Madam!« Jenkins, der Aufpasser und Mieteneintreiber, der an die Stelle des Pförtners aus glorreicheren Zeiten getreten war, hatte Miß Paisley im engen Flur angehalten. »Gehört diese Katze mit der schwarzweißen Schnauze vielleicht Ihnen?«

Vor einem Monat hätte Miß Paisley noch ganz aufgeregt nach einer Entschuldigung für ihren Verstoß gegen die Hausordnung gesucht und versprochen, die Vorschriften augenblicklich zu befolgen.

»Es ist meine Katze, Jenkins. Und ich wäre sehr froh, wenn ich Ihnen eine halbe Krone in der Woche für alle Unannehmlichkeiten zahlen könnte, die sie Ihnen vielleicht bereitet.«

»Das ist sehr freundlich, Madam, vielen Dank. Doch ich wollte eigentlich erzählen, daß ich gesehen habe, wie sie mit einem Stück Fisch in der Schnauze aus Mr. Rinditchs Fenster gesprungen ist – Fisch, der noch von Mr. Rinditchs Frühstück übrig war.« Er blickte ins Treppenhaus hinunter und vergewisserte sich, daß Mr. Rinditchs Tür geschlossen war. »Sie wissen doch wohl, was Mr. Rinditch macht!«

Miß Paisley wußte, daß er geschäftsmäßig Wetten für Pferderennen abschloß und einige Laufburschen bezahlte, die die gesetzten Beträge einsammelten. Sie wußte auch, daß Jenkins ihm mit großer Ehrfurcht begegnete, da Rinditch der einzige Bewohner des Hauses mit einer finanziellen Basis war. Mr. Rinditch war ein stämmiger, untersetzter Mann mit einem breiten Gesicht und mürrischer Miene und einem ungeheuer breiten Nacken. Miß Paisley fand, daß er etwas Ungehobeltes hatte, was für sie eine Charaktereigenschaft darstellte. Die anderen Bewohner hingegen waren für sie einfach nur gewöhnliche Leute, wofür sie nichts konnten.

»Ich werde ihr richtiges Katzenfutter zu fressen geben, dann wird sie nicht mehr stehlen.«

»Danke, Madam.«

Das ›Madam‹ kostete Miß Paisley etwa vier Pfund im Jahr. Keine der anderen Frauen war eine ›Madam‹, keiner der Männer war ein ›Sir‹ – nicht einmal Mr. Rinditch. Zwei Pfund zu Weihnachten und etwas über eine halbe Krone in der Woche für kleine und überwiegend überflüssige Dienste. Für Miß Paisley war das eine lohnende Investition. Sie träumte davon, als Emigrantin wieder einen Lebensstil auffrischen zu können, der, was sie allerdings nicht wußte, in England praktisch nicht mehr existierte. Ihre mehr als dreißig Jahre währende Tätigkeit als ungelernte Büroangestellte schien nur ein vorübergehender Notbehelf gewesen zu sein. Durch die Katze eignete sie sich zwar eine neue Philosophie an; ihr Traum jedoch blieb unberührt.

»Ich muß dir jetzt das Fleisch kleinschneiden«, erläuterte sie dem Tier an jenem Abend, »und davor graut es mir. Du mußt wissen, mit rohem Fleisch hatte ich noch nie zu tun. Bei meiner Erziehung hielt man es *nicht* für nötig, mich damit in Berührung kommen zu lassen. Obwohl ich mich daran erinnern kann, daß einmal bei einem Picknick am Fluß zwei Diener mit dem Freßkorb herübergefahren sind...«

Sie mußte Jenkins um Rat fragen. Er lieh ihr ein Messer – ein furchterregendes Ding mit schwarzem Griff und spitz zulaufender Klinge. Es stamme aus Frankreich, hatte er ihr erzählt, und sei bei jedem Haushaltswarenhändler zu bekommen. Am nächsten Tag kaufte sie sich eins. Doch der schauerliche Akt, das Fleisch zu bearbeiten, blieb ihr nicht erspart. Sie opferte etwas mit hohem Erinnerungswert: ein Paar Lederhandschuhe, die sie während ihrer Schulferien zum Reiten benutzt hatte.

Am dritten Tag des vierten Monats kam die Katze nicht zur gewohnten Zeit zum Essen. Miß Paisley war beunruhigt. Sie ging eine Stunde später ins Bett als gewöhnlich, lag dann bis zur Dämmerung wach und kämpfte mit der mittlerweile nicht mehr zu übersehenden Tatsache, daß die Katze für sie zur Notwendigkeit geworden war. Den Grund dafür konnte sie allerdings nicht ergründen. Sie wußte, wie sehr einige alte Jungfern für ihre Katzen schwärmten, sie unaufhörlich liebkosten und sich mit ihnen wie mit einem Baby unterhielten. Ihrer Katze gegenüber hegte sie keine derartigen Gefühle. Sie wußte, sie war ziemlich dreckig und hatte sie eigentlich noch nie gern berührt. An sich mochte sie überhaupt keine Katzen. Doch diese besondere Katze hatte irgend etwas...

Kurz nach Einbruch der Dämmerung schlüpfte das Tier durch das offene Fenster. Miß Paisley erhob sich und deckte das Fleisch auf. Die Katze gähnte, reckte sich und würdigte es keines Blickes. Dann sprang sie auf das Fußende des Bettes, drehte sich einmal im Kreis und legte sich hin. Bevor Miß Paisley ihren Kopf wieder auf das Kissen sinken ließ, war die Katze bereits eingeschlafen. Nun kannte die alte Dame Katzen gut genug, um zu wissen, daß ihre Katze irgendwo anders gefressen haben mußte, woraus sie den alarmierenden Schluß zog, daß eine Katze, die einmal herumgestreunt war, das auch noch ein zweites Mal tun würde.

Am darauffolgenden Tag kaufte sie ein Halsband, ließ ihren Namen und ihre Adresse eingravieren und in Klammern dazusetzen: *Ein Pfund Belohnung fürs Zurückbringen.*

Sie konnte über Ausgaben dieser Art ohne Unbehagen nachdenken, denn sie hatte in den über dreißig Jahren mehr als 500 Pfund zusammengespart.

Abends legte sie der Katze das Halsband an. Das Tier zerrte es sich umgehend wieder vom Kopf. Miß Paisley löste den speziellen Sicherheitsverschluß und unternahm einen neuen Versuch – erst nach insgesamt fünf Wiederholungen unterließ sie jede weitere Anstrengung.

»Eigentlich hast du mir ja beigebracht, wie man mit einer solchen Situation umgeht«, sagte sie am nächsten Abend. »Du hast die Heringspaste und die Milch von gestern verschmäht. Recht so! Jetzt wäre es doch sehr schade, wenn wir uns streiten müßten und einander nicht mehr sehen würden, aber... ohne Halsband kein Fleisch!«

Nach einigen unbedeutenden, anfänglichen Mißverständnissen akzeptierte die Katze das Halsband für die Dauer der Mahlzeit. Am dritten Abend vergaß sie, es nach dem Fressen herunterzukratzen. Nach einer Woche zeigte sich bei sorgfältiger Betrachtung, daß die Katze das Halsband völlig vergessen hatte. Selbst wenn sie sich kratzte und dabei mit ihm in Berührung kam, unternahm sie keinerlei Versuche mehr, es zu entfernen. Von nun an trug sie das Halsband ihr ganzes Leben lang.

Nach dem Vorfall mit dem Halsband hatte die Beziehung zwischen Miß Paisley und ihrer Katze eine solidere Grundlage als vorher. Die alte Dame kleidete sich neu ein – unter anderem kaufte sie einen Hut, der eigentlich für viel jüngere Frauen gedacht war, und einen Lumberjack aus Wildleder, der genauso grün war wie die Augen einer Katze. Ein ruhiger Monat folgte, auf den nur durch Jenkins' Mahnung, die Katze habe ihre Gewohnheit, Mr. Rinditchs Zimmer einen Besuch abzustatten, nicht aufgegeben, ein Schatten fiel. Miß Paisley bemerkte etwas Schwärmerisches in der Art und Weise, auf die Jenkins ihr das mitteilte – ganz so, als ob er sich freue, ihr das zu erzählen. Das erste Mal kam ihr der Verdacht, daß das ›Madam‹ ironisch gemeint sein könnte und Jenkins eher belustigt war.

Am nächsten Samstag bewies es sich, daß Jenkins zumindest in dieser Angelegenheit die Wahrheit gesagt hatte. Miß Paisley kam samstags normalerweise kurz nach eins nach Hause. Während sie das Treppenhaus im Erdgeschoß durchquerte, öffnete sich die Tür zu Mr. Rinditchs Zimmer. Mr. Rinditchs Fuß wurde sichtbar, Miß Paisleys Katze ebenfalls. Das Tier wurde etwa eineinhalb Meter weit quer durch den Flur geschleudert. Als sie gegen die Täfelung der Stiege prallte, spürte Miß Paisley den heftigen Schmerz an ihren eigenen Rippen. Sie rannte nach vorne, versuchte, ihre Katze hochzuheben. Die Katze fauchte sie an, dann humpelte sie weg. Für einen Augenblick starrte Miß Paisley hinter ihr her. Das Verhalten des Tieres überraschte und verletzte sie. Urplötzlich hellte sich ihr Gesicht auf.

»Mitleid willst du keines«, murmelte sie. Sie warf ihren Kopf zurück; ihre Augen funkelten; ein für sie unbekanntes Glücksgefühl durchströmte sie. Dann klopfte sie an Mr. Rinditchs Tür. Als das breite, mürrische Gesicht auftauchte, sah sie ihn mit katzenhaft starrem Blick an.

»Sie haben meine Katze getreten!«

»Ihre Katze war das also. Dann wäre ich Ihnen dankbar, wenn Sie sie von meinem Zimmer fernhalten würden.«

»Ich bedaure den Fehltritt...«

»Ich auch. Wenn ich das Vieh noch einmal hier drin erwische, dann wird es am nächsten Pfosten dafür baumeln. Dann habe *ich* Ihnen etwas mitzuteilen.« Mr. Rinditch knallte die Tür zu.

Miß Paisley, die Cockney noch nie verstanden hatte, fragte sich, was er ihr wohl hatte sagen wollen. Da die Interpretation den Rahmen dessen, was sie zu akzeptieren bereit war, bei weitem überschritt, beruhigte sie sich damit, daß seine Worte keinen Sinn ergaben. Sie begann die Kühnheit zu bewundern, mit der sie einem so ungehobelten und rauhen Gesellen wie Mr. Rinditch entgegengetreten war, was von seiner Seite gut in eine handfeste Auseinandersetzung hätte ausarten können.

Die Katze war mittlerweile die Treppe hinaufgelaufen und erwartete Miß Paisley an der Wohnungstür. Immer noch ließ sie keinen an sich heran. Als Miß Paisley, kurz bevor sie das Mittagessen zubereiten wollte, in ihrem Sessel Platz genommen hatte, sprang die Katze das erste Mal auf ihren Schoß. Sie gab ein Knurren von sich, hatte ihre richtige Lage noch nicht gefunden, und verschaffte sich mit ihren Krallen, die durch Miß Paisleys Kleid drangen und sie kratzten, zunächst einen sicheren Stand. Dann machte es sich das Tier gemütlich, schnurrte ein wenig und schlief ein. Die Uhr im Eßzimmer schlug zwei: Miß Paisley merkte, daß sie gar nicht hungrig war.

Am Sonntag kehrte die Katze wieder zu ihren gewohnten Verhaltensweisen zurück. Nichts schien sich verschlechtert zu haben. Gierig machte sie sich über ihre Ration Fleisch her und vergriff sich an Miß Paisleys Baisergebäck. Doch die grobe Brutalität von Mr. Rinditch machte das nicht wett. Am Montagmorgen hielt Miß Paisley Jenkins auf dem Treppenabsatz zum ersten Stock an und fragte nach dem vollen Namen von Mr. Rinditch. Sie erklärte ihm auch ihr Vorhaben: Sie wollte diesen Mann wegen Tierquälerei belangen.

»Entschuldigen Sie, wenn ich mir dazu eine Bemerkung erlaube, Madam, aber Sie werden *ihn* nicht behelligen können, indem sie ihm zehn Schilling Strafe einhandeln. Für seine Geldeintreiber zahlt er jeden Monat immerhin etwa 50 Pfund Strafe – und macht sich genauso wenig Gedanken darüber wie Sie über das Fahrgeld für den Zug.«

Miß Paisley geriet leicht aus der Fassung, Jenkins gewann an Größe.

»Sie wären bestimmt überrascht über das viele Geld, das sich auf diese Weise machen läßt, Madam. Wenn er den Abend vor einem großen Rennen um sechs nach Hause kommt, hat er mehr als zweihundert Pfund in seiner Tasche. Um Viertel vor acht geht er dann wieder weg, dreht eine Runde durch die Kneipen, kommt um halb elf zurück und hat dann noch einmal soviel Bargeld dabei.«

Die Höhe der Strafe spielt keine Rolle, sagte sich Miß Paisley. Es ging ihr ums Prinzip. Der Rechtsanwalt, den sie in ihrer Mittagspause konsultierte, war jedoch unfähig, dieses Prinzip zu erkennen. Er sagte ihr, daß sie ihre Behauptungen nicht beweisen könne und daß sie, da zugegebenermaßen bei der Katze nicht die geringste Spur des Angriffs zu sehen war, »vor Gericht nur ausgelacht würde.«

Noch nie hatte jemand so etwas zu ihr gesagt. Sie nahm es dem Mann übel; über den Groll hinaus verspürte sie jedoch auch einen Anflug von Angst.

Als sie zu Hause ankam, kauerte die Katze auf dem äußersten Ende des Schreibpultes. Sie nahm keine Notiz von ihr, doch Miß Paisley konnte nicht länger warten, sich Luft zu machen. »Man will uns vor Gericht auslachen«, sagte sie. »Mit anderen Worten: Mr. Rinditch kann einfach auf uns herumtrampeln, und das Gesetz lacht uns noch aus! Ich glaube fast, unsere Schmerzen müssen auf Außenstehende sehr komisch wirken.«

In ihrem ganzen Leben hatte es jedoch kaum einen unglücklicheren Moment für eine derartige Bemerkung gegeben. Wenn sie nicht nur Augen für ihr eigenes Innenleben gehabt hätte, wäre sie in der Lage gewesen, die richtigen Schlüsse aus dem Verhalten der Katze zu ziehen. Dann hätte sie auch nicht übersehen können, daß deren Position auf dem Schreibpult eine strategische war. Sie redete immer noch von ihrem Gespräch mit dem Rechtsanwalt, als die Katze einen Satz machte und sich ihr dann mit einer zappelnden Maus in der Schnauze zuwandte.

»Ach du liebe Güte!« entfuhr es ihr. Mit einem Seufzer stellte sie sich der Situation. Miß Paisley hatte keine physiologische Angst vor Mäusen – sie hielt sie vielmehr für niedliche, kleine Viecher und wäre ihnen eher mit Wohlwollen begegnet, wären ihnen nicht so unhygienische Angewohnheiten zueigen.

Weniger aus direkter Erfahrung als aufgrund des gängigen Klischees wußte Miß Paisley, wie Katzen mit Mäusen umspringen. Und doch wurde sie davon völlig überrascht und geriet in einen unlösbaren Konflikt.

»Tu's nicht – oh, laß das! Hör auf! Kannst du es denn nicht einsehen? . . . Wir sind nicht besser als Mr. Rinditch! Oh, Gott, bitte laß sie damit aufhören! Ich kann es nicht ertragen. Ich *muß* es auch nicht ertragen! Nutzen Gebete denn auch nichts mehr? Lachst selbst Du?«

Es war ihr noch nicht möglich, ihren Körper zu irgendwelchen Bewegungen zu veranlassen. Das eisige Gefühl im Rücken verwandelte sich in Hitze und dehnte sich mit einem Prickeln über den ganzen Körper hin aus. In ihren Ohren knisterte es, als ob trockene Gräser brennen würden.

Dann ging ihr Atem wieder leichter. Das uralte Ritual hatte zunächst ihre Aufmerksamkeit, dann ihr Interesse geweckt.

Nach einigen Minuten fing Miß Paisley leise an zu kichern. Dann wurde das Kichern lauter. Die Katze, ein Tier, das bei den Menschen so viele Illusionen über sich hervorrufen kann, schien mit der Maus extra für sie eine Vorstellung zu geben und dabei mit allen Mitteln zu versuchen, sie zum Lachen zu bringen.

Irgendwann lachte Miß Paisley.

Es gab auch ganz normale Zeiten; Monate, in denen nichts passierte und in denen ein Tag wie der andere war. Und Miß Paisley hielt sich für eine ältere Frau, die sich zufälligerweise eine Katze hielt.

Sie war sich sicher, daß die Katze ganz schön herumstreunte und manchmal auch bei unbekannten Personen irgendwelche Nahrungsmittel erbettelte oder sie ihnen wegnahm. Sie war aber beinahe davon überzeugt, daß das Tier seine gefährliche Angewohnheit, Mr. Rinditchs Wohnung einen Besuch abzustatten, abgelegt hatte. Eines Abends im Frühsommer, ungefähr zwei Wochen vor dem nahenden Ende, wurden jedoch all ihre diesbezüglichen Hoffnungen zunichte gemacht.

Die Katze war nach ihrer Abendmahlzeit gegen halb neun nach draußen gegangen. Miß Paisley schaute aus dem Fenster und wartete untätig auf ihre Rückkehr. Sie sah die Katze oben auf der Mauer, die den Hof vom alten Friedhof abtrennte, und winkte ihr zu; die Katze starrte zurück, dann fuhr sie fort, sich zu putzen, eine Angelegenheit, die zehn Minuten in Anspruch nahm. Kurze Zeit darauf glitt das Tier über den Werkzeugschuppen nach unten, doch statt auf dem direkten Weg zum Abflußrohr hinüberzulaufen, das an

Miß Paisleys Fensterbank vorbeiführte, lief es in eine andere Richtung. Als sich Miß Paisley aus dem Fenster lehnte, konnte sie in spitzem Winkel auf Mr. Rinditchs rückwärtiges Fenster sehen.

Sie eilte die Treppe hinunter, den Flur entlang, an Mr. Rinditchs Wohnung vorbei, zur Tür, die auf den Hof führte, an den sechs Aschentonnen entlang und kam dann an Mr. Rinditchs Fenster, das unten etwa fünfundvierzig Zentimeter offenstand. Sie konnte die Katze auf Mr. Rinditchs Bett sitzen sehen. Miß Paisley wußte, daß sie sie so kurz nach der Abendmahlzeit nicht mit Nahrungsmitteln locken konnte. So rief sie das Tier zunächst mit ihrer ganzen Überredungskunst, später mit wachsender Verzweiflung.

»Wir sind in großer Gefahr«, flüsterte sie. »Kümmert dich das gar nicht?«

Die Katze starrte sie an, dann schloß sie die Augen. Miß Paisley begutachtete das Zimmer. Es war spärlich eingerichtet, das Mobiliar jedoch war nicht gerade billig. Die Wandtäfelung war mit Kalendern und metallenen Kleiderhaken verunstaltet.

Die Fensterbrüstung lag fast eineinhalb Meter über dem Erdboden. Miß Paisley steckte ihre Schultern durch das offene Fenster, dann zwängte sie sich hinein, packte die Katze mit einem Finger unter dem Halsband am Kragen und lockerte den Griff erst, als sie wieder auf dem Hof in Sicherheit war. Sie versäumte es, das Fenster wieder in die Normalposition zurückzuschieben. Ohne irgend jemandem zu begegnen, erreichten die beiden ihre Wohnung.

In den letzten beiden Wochen, die ihnen noch blieben, erteilte die Katze Miß Paisley, wie sie es selbst formulieren würde, ›ihre letzte Lektion‹.

Miß Paisley kam gerade von der Arbeit zurück; es war ein warmer Abend. Als sie noch knappe 50 Meter von den Chambers entfernt war, sah sie die Katze auf dem Gehsteig in der Sonne liegen. Aus der anderen Richtung kam ein Mann mit einem Labrador an der Leine. Plötzlich machte der Hund einen Satz und riß sich samt der Leine los.

»*Gefahr!* Lauf weg!« schrie Miß Paisley.

Die Katze erblickte ihren Feind eine Sekunde zu spät. Darüber hinaus machte ihr das steife Bein jede Flucht unmöglich. Während Miß Paisley vorwärtsrannte und den heißen Atem des Hundes schon hinter sich zu spüren glaubte, bereitete sie sich innerlich darauf vor, sich alle Knochen zu brechen. Und dann passierte das Unglaubliche: Der Hund sprang von der Katze weg, jagte immer im Kreis herum und jaulte auf vor Schmerz, während sich die Katze oben an einen in der Nähe gelegenen Torpfosten klammerte.

Der Mann hatte die Leine wieder an sich genommen und beruhigte den Hund. Wieder schickte Miß Paisley ein Stoßgebet gen Himmel, dieses Mal ein Dankgebet. Dann gewann jedoch jahrelange Gewohnheit Oberhand über die Lektion, die ihr die Katze ihrer Meinung nach gerade erteilt hatte.

»Ich fürchte, Sir, meine Katze hat Ihren Hund verletzt. Das tut mir sehr leid. Wenn ich irgend etwas für Sie tun kann...«

»Das ist schon in Ordnung, Miß«, erwiderte eine freundliche Stimme in reinstem Cockney. »Es geschieht ihm ganz recht. Er hat es ja drauf angelegt.« Der Hund blutete unten am Hals; auf seiner Brust waren zwei lange Striemen zu erkennen. »Genauso müssen Katzen kämpfen – von unten kommen und nach *oben* schlagen, genau!«

»Ich habe etwas Jod in meiner Wohnung...«

»Der braucht so was nicht! Vielleicht hat ihm Ihre Katze erspart, daß ihm die nächste ein Auge auskratzt. Machen Sie sich darüber keine Gedanken, Miß!«

Miß Paisley verbeugte sich. Ihre sozialen Wertmaßstäbe, auf denen auch ihre moralischen Werte beruhten, waren in hohem Maße durcheinandergeraten. Das Cockney des Mannes ließ sich genauso wenig übersehen wie die Vorzüglichkeit seiner Manieren. Miß Paisleys Welt änderte sich viel zu schnell für sie.

Sechs weitere Tage und Nächte genoß sie die Gesellschaft der Katze. Dazu ließen sich auch die viereinhalb Tage im Büro zählen, da sie ihre Arbeit ganz automatisch verrichten konnte und ihre innere Aufmerksamkeit dabei nicht von der Beziehung abgelenkt wurde. Sie hatte diese Beziehung nie näher bestimmt, ja nicht einmal die Merkwürdigkeit wahrgenommen, daß sie der Katze gar keinen Namen gegeben hatte...

Es war Dienstagabend. Als Miß Paisley nach Hause kam, war die Katze nicht da.

»Du kommst wieder zu spät zum Essen«, murrte sie. »Wie der Zufall es will, gebe ich dir heute abend noch eine Frist von zehn Minuten.« Sie hatte eine Illustrierte abonniert, und schon vor einiger Zeit wäre es fällig gewesen, das Abonnement zu erneuern. Sie füllte das entsprechende Formular aus und ging dann nach draußen, um sich eine Postanweisung zu besorgen.

Unten im Flur hörte sie Mr. Rinditchs Stimme durch die verschlossene Wohnungstür hindurch – offensichtlich fluchte er vor sich hin. Dann hörte sie einen gedämpften, pfeifenden Laut, als ob ein Strick kräftig über etwas Metallisches gezogen würde. Ein komisches, keuchendes Grunzen und Kratzgeräusche an Holz folgten – ein Kratzen, wie es Katzenkrallen an einer Holztäfelung verursachen, wenn die Katze ein Stück über dem Boden hängt.

Miß Paisley blieb stehen, hielt den Atem an. Sie war wie gelähmt von einem Gefühl der Dringlichkeit, dessen Ursache sich ihrer Vorstellungskraft entzog. Sie schien in sich eingesperrt zu sein, ohne den Wunsch empfinden zu können, zu flüchten. Die Kratzgeräusche wurden leiser und leiser, bis sie so leise waren, daß sie bezweifeln konnte, sie überhaupt gehört zu haben.

»Du bildest dir nur etwas ein«, sagte sie sich.

Dann lächelte sie und setzte sich wieder Richtung Postamt in Bewegung. Ihr Lächeln wurde starr. Man muß in jeder Hinsicht vorsichtig sein, sagte sie sich. Wenn sie jedes Mal, wenn ihr danach war, mit ihren Nachbarn einen Streit über alles und jedes vom Zaun brach, und dabei nicht die Spur eines Beweises für ihre Behauptungen hatte, dann würden die Leute bestimmt bald behaupten, sie sei eine alte

Schrulle. Sie wünschte sich, mit dem Lächeln aufhören zu können.

Die Postanweisung wurde besorgt und abgeschickt, dann kehrte sie in ihre Wohnung zurück. Sie beruhigte sich damit, daß doch überhaupt nichts passiert sei. Wenn man darüber erst eine Übereinkunft erzielt hatte, konnte alles seinen gewohnten Gang nehmen.

»Noch immer nicht zu Hause! Na gut, ich werde nicht auf dich warten. Ich werde dein Fleisch jetzt kleinschneiden, und wenn es vertrocknet, dann hast du dir das nur selbst zuzuschreiben.« Sie zog die Handschuhe an, mit denen sie vor 37 Jahren die Zügel gehalten hatte. »Über ein Jahr ist es jetzt her! Mittlerweile muß ich die Handschuhe mehr als 300 mal benutzt haben, um dein Fleisch zu zerschneiden, und sie zeigen nicht die geringsten Abnutzungserscheinungen. Solche Handschuhe bekommt man heutzutage gar nicht mehr. Lachs aus der Dose schmeckt mir gar nicht. Ich denke, ich mache mir ein Omelett.«

Sorgfältig bereitete sie sich das Omelett zu, aß es dann sehr rasch auf. Als sie ihren Kaffee ausgetrunken hatte, ging sie zum Bücherschrank über dem Schreibpult. Mehr als zehn Jahre hatte sie diese Glastüren nicht mehr geöffnet. Sie nahm den *Ivanhoe* heraus; ein Buch, das ihr Vater ihrer Mutter vor ihrer Hochzeit geschenkt hatte.

Um Viertel nach zehn klappte sie das Buch zu.

»Du weißt, daß ich nie auf dich gewartet habe! Und ich werde auch jetzt nicht damit anfangen.«

Normalerweise ließ sie die Vorhänge ein wenig offen – so weit, daß gerade eine Katze hindurchpaßte. Doch an diesem Abend zog sie sie ganz zu. Als sie ins Bett ging, konnte sie bald darauf durch die Ritzen an den Befestigungsringen das Mondlicht sehen... und dann das Tageslicht.

Am nächsten Morgen vermied sie es nach besten Kräften, Jenkins zu begegnen. Als ob er ihr jedoch aufgelauert hätte, trat er plötzlich aus dem Stauraum unterhalb der Treppe hervor.

»Guten Morgen, Madam! Ich habe ja Ihre kleine Miezekatze heute morgen noch gar nicht gesehen.«

Kleine Miezekatze! Was für eine widerliche Art, über ihre Katze zu reden!

»Ich mache mir da überhaupt keine Sorgen, Jenkins. Sie ist öfters für einige Tage allein unterwegs. Ich bin heute morgen ein bißchen spät dran.«

Es war nicht später als sonst auch – sie kam die übliche Zeit vor Abfahrt ihres normalen Zuges nach London an. Im Büro erschienen ihr die Kollegen und Kolleginnen lebhafter zu sein als sonst. Gesprächsfetzen drangen bis zu Miß Paisley durch. »Wenn *Lone Lass* morgen nicht gewinnt, dann verbringe ich meinen Sommerurlaub in London.« Es ging natürlich um ein Rennpferd. Morgen sollte eines der sogenannten klassischen Rennen stattfinden, aber ihr fiel nicht ein, um welches es sich handelte. Das Rennen erinnerte sie jedoch an Mr. Rinditch. Was für ein niederträchtiger, ungehobelter Mann er doch war! Dann wanderten ihre Gedanken zu dem äußerst netten Herrn, dem der Hund gehörte. Ein geborener Gentleman. »*Von unten kommen und nach OBEN schlagen!*«

In der Mittagspause ging sie nicht nach draußen. Daher kaufte sie auch kein Fleisch für die Katze.

An jenem Abend kurz vor acht hörte sie Jenkins' Fußtritte auf der Treppe. Er klopfte an ihrer Tür.

»Guten Abend, Madam! Ich hoffe, daß ich Sie nicht weiter störe, aber wenn Sie ein paar Minuten erübrigen können, möchte ich Ihnen etwas zeigen.«

Auf dem Weg nach unten wußte Miß Paisley plötzlich, wie es um sie und Jenkins stand. Madam! Sie konnte jetzt die Verachtung in seiner Stimme hören, die unzählige Male, bei denen er schallendes Gelächter mit seinen Anekdoten über die Büroangestellte, die sich bei vorübergehenden Kümmernissen mit dem Gehabe einer Lady zierte, hervorgerufen hatte. Doch mittlerweile war sie selbst für ihre Würde verantwortlich.

Jenkins führte sie den Flur entlang durch die Tür zum Hof zu den sechs Aschentonnen. Dann hob er einen der Deckel hoch. Ganz oben auf dem Abfall lag der Kadaver ihrer Katze. An ihrem Hals war eine giftgrüne Schnur befestigt.

»Nun, Jenkins?« Ihr starres Lächeln machte ihn allmählich nervös.

»Kurz nachdem Sie gestern nach Hause gekommen sind, war sie wieder in Mr. Rinditchs Zimmer. Sie können sich eigentlich nicht groß beschweren, nachdem Sie wußten, was er zu tun beabsichtigte. Und wenn man ein Tier richtig erhängt, so wie hier, dann hat das mit Quälerei nichts zu tun. Ich denke nicht, daß es der armen Miezekatze überhaupt weh getan hat. Er hat einfach die Schnur über einen Kleiderhaken gezogen, und schon war alles vorbei.«

»Das ist unerheblich.« Sie wußte, daß ihre kalte Gleichgültigkeit dem Helfer von Mr. Rinditch den sadistischen Genuß verdarb, den dieser sich versprochen hatte. »Woher wissen wir, daß Mr. Rinditch dafür verantwortlich ist? Es könnte doch auch jeder andere im Haus gewesen sein, Jenkins.«

»Ich sage Ihnen, er war es! Gestern abend, als meine Alte wie immer mit dem Abendessen zu ihm hineinging, sah sie ein Stück dieser Schnur unter seinem Bett hervorlugen. Und an der Stelle vom Kleiderhaken, an der die Schnur sich aufgescheuert hat, hing ein kleiner grüner Fussel. Als meine Alte dann das Geschirr abräumte, hat sie noch ein bißchen weiter herumgeschnüffelt und im Papierkorb das Halsband der Katze gefunden. Das Metall in diesem Halsband macht es nämlich unmöglich, eine Katze zu erhängen. Sie sagte, der Riemen sei zerschnitten worden – wahrscheinlich mit einem Rasiermesser.«

Miß Paisley warf einen zweiten Blick in die Aschentonne. Sicherlich, das Halsband war entfernt worden. Jenkins, der sie beobachtete, hatte den Eindruck, sie wolle ihm immer noch nicht glauben. Wie alle gewohnheitsmäßigen Lügner, war er immer übermäßig darum besorgt, die Richtigkeit seiner Worte unter Beweis zu stellen, wenn er einmal zufällig die Wahrheit sagte.

»Wenn man es sich recht überlegt, dann wird sich das Halsband noch in diesem Papierkorb befinden«, sagte er hauptsächlich zu sich selbst. »Passen Sie auf! Er stellt den Papierkorb ja nah genug ans Vorderfenster. Kommen Sie doch mit vors Haus; vielleicht können Sie sich dann selbst überzeugen.«

Der Papierkorb bestand aus Weidengeflecht, durch dessen Zwischenräume Miß Paisley genug vom Halsband erkennen konnte, um nicht mehr daran zu zweifeln.

Sie konnte sich zuhören, wie sie mit Jenkins plauderte, genau wie sie zusehen konnte, wie sie an den Aschentonnen stand und wußte, was sich unter dem Deckel befand, bevor Jenkins ihn noch hochgehoben hatte. Wie leicht es doch war, Ruhe zu bewahren, wenn man einen festen Entschluß gefaßt hatte.

Als sie in ihr Zimmer zurückkehrte, war es erst fünf nach acht. Egal. Die Ruhe würde so lange anhalten, wie sie sie brauchte. In zwei Stunden und fünfundzwanzig Minuten würde Mr. Rinditch heimkommen. Es lief ihr kalt den Rücken hinunter. Sie zog ihren Lumberjack aus grünem Wildleder an, dann saß sie kerzengerade in ihrem Sessel, die Finger in die Falten der Polsterung gekrallt.

»Bevor Mr. Rinditch zurückkommt, möchte ich, daß du weißt, daß ich gehört habe, wie du mit den Krallen an seiner Wand gekratzt hast. Da warst du noch am Leben. Wir haben bereits der Tatsache ins Auge geschaut, daß du jetzt noch lebendig wärst, wenn ich an die Tür gehämmert und – Radau geschlagen hätte. Wir werden uns nicht darüber streiten. Auf beiden Seiten haben wir uns eine Menge zu sagen, daher werden wir nicht in gegenseitigen Beschuldigungen schwelgen.«

Bis zwanzig nach zehn saß Miß Paisley schweigend da; dann stand sie auf und zog sich ihre Reithandschuhe an, so wie sie es immer getan hatte, wenn sie das Fleisch für ihre Katze kleinschneiden wollte. Das Messer lag an seinem üblichen Platz auf dem Regal. Ihre Hand umklammerte den Griff, als ob jemand versuchen würde, es ihr wegzunehmen.

»›Von unten kommen und nach OBEN schlagen!‹«, flüsterte sie – dann verlor sie wieder die Gewalt über ihre Körperbewegungen. Sie packte den Griff des Messers fester, konnte es aber nicht vom Regal heben. Sie hatte die Vorstellung, ihre Muskeln zu gebrauchen, mit der ganzen Kraft ihres Armes gegen ein unglaublich schweres Gewicht anzugehen. Undeutlich vernahm sie, wie Mr. Rinditch nach Hause kam und seine Tür zuschlug.

»Ich habe zugelassen, daß ich mich aufrege! Ich muß mich wieder beruhigen.«

Mit Handschuhen und im Lumberjack kehrte sie zu ihrem Sessel zurück.

»In meinem Alter kann ich lebenslange Gewohnheiten nicht mehr ändern, und wenn ich es versuche, dann werde ich innerlich zerrissen. Ich habe dir damals gesagt, daß du zu spät gekommen bist. Du hättest nicht in Mr. Rinditchs Zimmer gehen dürfen. Er hat dich voller Bosheit getötet, und ich habe dich hintergangen – o ja, das habe ich getan! – und jetzt kann ich nicht einmal mehr beten.«

Miß Paisley stand innerlich vor immer neuen Rätseln; Alpträume nahmen Gestalt an, mit denen sie von ihrer freundlichen Erziehung her nicht umgehen konnte. Als sie sich wieder voll ihrer Umgebung bewußt wurde, war es Viertel vor drei in der Frühe. Das elektrische Licht brannte, und sie trug weder Handschuhe noch die grüne Wildlederjacke.

»Ich kann mich nicht daran erinnern, das Licht eingeschaltet zu haben – ich bin viel zu müde, um mich an irgend etwas zu erinnern.« Morgen würde sie einfach liegenbleiben und sich einen Tag freinehmen. Sie zog sich aus und ging ins Bett. Es war seit über einem Jahr das erste Mal, daß sie ohne irgendeinen Gedanken an die Katze einschlief.

Kurz nach sieben wurde sie von einer Reihe ungewohnter Geräusche geweckt – Lärm im Flur, laute Stimmen, auf den Treppen ein ständiges Kommen und Gehen. Im Erdgeschoß hörte sie, wie Mrs. Jenkins gleichzeitig weinte und schrie – eine Angewohnheit von Menschen der Arbeiterklasse, die Miß Paisley sehr gegen den Strich ging. Eine Stimme, die sie als die des Kesselschmieds vom Dachgeschoß identifizierte, rief quer durchs Treppenhaus zu seiner Frau nach oben.

»Mensch, Emma, sie haben ihn weggebracht. In Handschellen!«

Miß Paisley legte ihren langen Wintermantel an, schlug den Kragen bis zum Kinn hoch und öffnete die Tür.

»Was hat der ganze Krach zu bedeuten?«

»Der Buchmacher vom Erdgeschoß, Miß. Irgend jemand hat ihm in der Nacht die Kehle durchgeschnitten. Die Polizei hat Jenkins mitgenommen.« Dann fügte er hinzu: »Mit Handschellen und allem drum und dran.«

»Oh!« erwiderte Miß Paisley. »Verstehe!«

Sie schloß die Tür, zog sich an und putzte sich mit größerer Sorgfalt als gewöhnlich heraus. Sie erinnerte sich daran, wie sie versucht hatte, das Messer zu holen, entsann sich auch, wie sie sich in einem Rausch der Selbstverachtung hinsetzte und dann in einem geistigen Nebel herumtappte, der Zeit und Raum verhüllte. Doch durch den Nebel drangen einige Signale. ›Von unten kommen und nach OBEN schlagen!‹ war eins von ihnen; mit diesem Satz kam ein Gefühl ungeheuren Stolzes. Und war da nicht noch ein anderes Signal? Eine vage Erinnerung an ein Schleichen im Dunkeln, wie eine Katze – bis zum Fluß. Warum der Fluß? Daran, wie sie ihre Hände im kalten Wasser abspült. In ihren Sessel zurückkehrt. Zurück. *Ein Pfund Belohnung fürs Zurückbringen.* In ihrem Kopf begann sich alles zu drehen. Jedenfalls hatte ›irgend jemand ihm in der Nacht die Kehle durchschnitten‹.

Alles andere als niedergeschlagen entdeckte Miß Paisley, daß sie die Kraft zum Beten wiedergefunden hatte.

»Ich habe einen Mord begangen. Ich sehe daher ein, daß es absurd ist, um irgend etwas zu bitten. Doch ich muß die nächsten paar Stunden wirklich Ruhe bewahren. Bitte, hilf mir dabei; den Rest schaffe ich allein.«

Auf der zuständigen Polizeiwache faßte Miß Paisley in treffender Weise die Ereignisse zusammen, die zur Vernichtung ihrer Katze geführt hatten, und ihre daran anschließenden Handlungen, die sie ›in einem Trancezustand‹ ausgeführt hatte.

Der diensthabende Polizist unterdrückte ein Gähnen. Er setzte ein Protokoll auf und stellte ihr eine ganze Reihe Fragen bezüglich ihrer Identität und ihres Berufes, allerdings keine über den Mord. Als er alle Antworten niedergeschrieben hatte, las er sie laut vor.

»Und Sie sagen aus, Miß Paisley, daß Sie es waren, die William Rinditch getötet hat, in – in einem Trancezustand, sagten Sie, nicht wahr?«

Miß Paisley bestätigte das und unterschrieb ihre Aussage.

»Momentan hat der Inspektor viel zu tun«, erklärte der Polizist. »Ich muß Sie also bitten, im Wartezimmer Platz zu nehmen.«

Miß Paisley, die erwartet hatte, daß die Unterredung in Handschellen enden würde, klammerte sich an ihre innnere Ruhe und setzte sich für über eine Stunde ins unverschämterweise unbewachte Wartezimmer. Dann wurde sie widerwillig aufgefordert, einen Polizeiwagen zu besteigen, der sie zum Polizeipräsidium fuhr.

Oberinspektor Green, der bei Scotland Yard ausgebildet worden war, hatte es in seiner Laufbahn schon mit einer ganzen Reihe von Hysterikern, die sich selbst eines Mordes beschuldigten, zu tun gehabt. Er wußte, daß jeder vierte von ihnen behauptete, den Mord im Trancezustand begangen zu haben – und wußte auch, daß diese Leute äußerst unangenehm werden konnten, wenn sie den Eindruck hatten, nicht ernstgenommen zu werden.

»Miß Paisley, Sie glauben, daß Rinditch Ihre Katze umgebracht hat, weil Jenkins Ihnen das erzählt hat?«

»Keineswegs!« Sie beschrieb das Halsband der Katze und die Art und Weise, auf die sie getötet wurde. Dazu war es erforderlich gewesen, das Halsband abzunehmen. Einzelheiten über den Papierkorb folgten.

»Wenn Jenkins die Wahrheit gesagt hat, dann müßte sich das Halsband folglich noch in diesem Papierkorb befinden.«

Umgehende Nachforschungen ergaben jedoch, daß sich kein Katzenhalsband im Papierkorb befand; auch in der übrigen Wohnung war keins. Miß Paisley war erstaunt – sie wußte genau, daß sie es in diesem Papierkorb gesehen hatte.

Das Gespräch wurde in ihrer Wohnung fortgesetzt. Die

alte Dame erklärte, sie habe die Absicht gehabt, Mr. Rinditch zu töten, als er um halb elf nach Hause kam, daß sie aber zu jenem Zeitpunkt nicht genügend darauf vorbereitet gewesen war. Sie wußte nicht, um wieviel Uhr sie ihn dann getötet hatte, wußte jedoch, daß es nicht später als Viertel vor drei in der Früh gewesen sein konnte. Tatwerkzeug war das Messer, das sie sonst ausschließlich zum Kleinschneiden des Fleisches für die Katze verwendete.

»An die Tat selbst habe ich nicht die geringste Erinnerung, Inspektor. Ich kann lediglich sagen, daß ich es mir fest in den Kopf gesetzt hatte, ganz nah an ihn heranzukommen und nach oben zu schlagen.«

Der Inspektor blickte sie verständnislos an, zögerte, und versuchte es dann auf eine andere Tour.

»Sie sagten jedenfalls, es sei nach halb elf gewesen – nachdem er zur Nacht die Tür zugesperrt hatte. Wie sind Sie denn hereingekommen?«

»Das kann ich auch nicht sagen. An seine Tür kann ich unmöglich gehämmert haben, dann hätte mich ja noch jemand anders gehört. Ich könnte – ich muß – durchs Fenster hineingeklettert sein. Ich bedaure, Ihnen mitteilen zu müssen, daß ich auf diese Weise schon einmal in seine Wohnung eingedrungen bin, um meine Katze herauszuholen, die nicht kommen wollte, als ich sie rief.«

»Und wie sind Sie auf den Hof gekommen? Die Hoftür ist doch nachts ebenfalls verschlossen.«

»Wahrscheinlich hat Jenkins den Schlüssel steckenlassen – er ist sehr nachlässig.«

»Sie haben also überhaupt keine Erinnerung an das Verbrechen selbst? Sie versuchen demzufolge, mir eine Darstellung von dem zu geben, was Sie Ihrer Meinung nach getan haben könnten?«

Miß Paisley erinnerte sich noch, daß sie um Ruhe gebetet hatte.

»Ich bezweifle ganz und gar nicht, daß das, was Sie sagen, stichhaltig klingt, Inspektor. Doch ich möchte darauf hinweisen, daß es doch zumindest etwas ungewöhnlich für eine Frau mit meiner Vorgeschichte und meinen Gewohnheiten wäre, mich fälschlicherweise eines Verbrechens zu bezichtigen, nur um auf mich aufmerksam zu machen. Ich bitte Sie, mir zu glauben, daß ich ungefähr um halb elf in jenem Sessel saß, und daß ich mich als nächstes deutlich daran erinnern kann, um Viertel vor drei wieder in jenem Sessel zu sitzen. Es gab auch noch andere Anzeichen...«

»Ganz genau! Wir nehmen Ihnen ab, daß Sie aus jenem Sessel aufgestanden sind – obwohl Sie sich nicht daran erinnern. Sie mögen auch noch andere Dinge getan haben, aber ich werde Ihnen beweisen, daß Sie Rinditch *nicht* getötet haben. Lassen Sie uns zunächst einmal die Mordwaffe begutachten.«

Miß Paisley ging zum Schränkchen.

»Es ist nicht da!« rief sie. »Oh, natürlich! Ich muß es... ich meine, haben Sie das Messer denn nicht *gefunden*?«

Inspektor Green war enttäuscht. Er hätte die Angelegenheit sofort auf sich beruhen lassen können, wenn sie ihm jetzt das Messer gezeigt hätte – das tatsächlich in der Leiche des Toten gefunden worden war. Es war ein Messer, wie man es in jedem Haushaltswarenladen im Land kaufen konnte, und aus dem sich daher nicht viele Rückschlüsse ziehen ließen.

»Wenn sie Rinditchs Zimmer betreten hätten, dann hätten Sie doch überall Fingerabdrücke hinterlassen...«

»Aber ich hatte doch Reithandschuhe aus Leder an...«

»Zeigen Sie uns die doch bitte, Miß Paisley.«

Miß Paisley ging zum Schrank zurück. Sie sollten eigentlich im obersten Regal liegen. Doch da waren sie nicht.

»Ich habe keine Ahnung, wohin ich sie gelegt habe«, meinte sie stockend.

»Das macht nichts«, seufzte Green. »Doch ich will Ihnen noch folgendes verraten, Miß Paisley. Der Mann – oder, wenn Sie so wollen, die Frau – der oder die Rinditch getötet hat, hat auf jeden Fall einige recht große Flecken auf seiner oder ihrer Kleidung abbekommen.«

»Aber nicht bei einem Lumberjack«, murmelte Miß Paisley.

»Welchem Lumberjack?«

»Oh! Ich vergaß, es zu erwähnen – oder hatte vielmehr noch nicht die Gelegenheit dazu. Als ich mich um halb elf in jenen Sessel setzte, trug ich einen grünen Lumberjack aus Wildleder. Als ich dann am frühen Morgen wieder zu mir kam, trug ich ihn nicht mehr.«

»Dann müßten wir doch irgendwo in dieser Wohnung einen Lumberjack für Frauen mit großen Blutflecken finden. Ich schaue mal unter allen Möbeln nach. Sie suchen in den Schränken.«

Die Suche verlief ergebnislos. Miß Paisley fühlte sich in die Enge getrieben und drehte sich um.

»Sie glauben mir nicht!«

»Ich glaube, Sie sind überzeugt von allem, was Sie sagen, Miß Paisley. Sie hatten das Gefühl, den Mann umbringen zu müssen, der Ihre Katze getötet hat. Sie wußten, daß Sie eine Sache wie einen Mord, und dazu noch mit einem Messer, nicht durchstehen würden. Sie sind also geistig weggetreten, oder wie immer man so etwas nennt, und dabei haben Sie sich selbst eingeredet, den Mord begangen zu haben.«

»Dann wurden mein Fleischmesser, meine alten Reithandschuhe und mein Lumberjack also versteckt, um Sie zu täuschen?« Miß Paisleys Stimme wurde schrill.

»Nicht um mich zu täuschen, Miß Paisley. Um sich selbst zu täuschen! Wenn Sie meine Meinung hören wollen: Sie haben das Messer und die Handschuhe und die Jacke versteckt, weil sie *keine* Blutflecken hatten.«

Miß Paisley fühlte sich ein wenig schwindelig.

»Sie brauchen sich keine grauen Haare wachsen zu lassen, weil Sie ihn *nicht* umgebracht haben«, sagte er und lächelte innerlich. »Heute morgen um sieben überraschte ein Polizist Jenkins bei dem Versuch, eine Tasche im Fluß zu versenken. Die Tasche gehörte Rinditch, und er hatte sie nachts immer unter seinem Bett liegen. Und Jenkins war im Besitz von über 230 Pfund Bargeld, deren Herkunft er nicht erklären kann.«

Miß Paisley sagte nichts mehr dazu.

»Haben Sie vielleicht immer noch das unbestimmte Gefühl, Rinditch getötet zu haben?« Miß Paisley nickte bestätigend. »Dann bedenken Sie doch folgendes: Wenn das Gehirn einem einmal einen Streich gespielt hat, dann kann es einem auch noch einen zweiten spielen – wie jetzt.«

Inspektor Green war sehr verständnisvoll und freundlich gewesen, sagte sich Miß Paisley. Es war ihre Pflicht, sich mit seiner Entscheidung abzufinden und seine Interpretation ihrer Handlungen zu akzeptieren, besonders da es keinerlei Alternativen dazu gab. Der niederträchtige Jenkins – ein abscheulicher Mann – würde wahrscheinlich gehängt werden. Irgendwie, sann Miß Paisley, kam doch noch alles zu seinem richtigen Ende.

Ein einziges Mal wurde Jenkins dem Richter vorgeführt. Dann wurde er wegen Mordes angeklagt; im Herbst würde man ihm im Old Bailey den Prozeß machen. Miß Paisley verfolgte die Sache nicht weiter.

Eines Abends Anfang Herbst saß sie in ihrem Sessel und ließ noch einmal den Disput über die Entscheidung ihres Vaters für den Krocketrasen aufleben. Hatte er da einen Fehler begangen? In ihrem Eifer krallte sie ihre Hände in die Falten der Polsterung. Da berührten ihre Finger einen harten Gegenstand. Sie zog ihn mit dem Finger heraus. Es war das Halsband ihrer toten Katze.

Sie hielt es in beiden Händen. Lebhaft erinnerte sie sich jetzt daran, wie sie, Jenkins neben sich, durch Mr. Rinditchs Fenster geschaut und das Halsband im Papierkorb hatte liegen sehen... Der Verschluß war noch zugeschnallt. Das Leder war wie von einem Rasiermesser zerschnitten worden. Sie las die Inschrift: ihren eigenen Namen und ihre Adresse und – *Ein Pfund Belohnung fürs Zurückbringen*.

»Ich habe es doch aus dem Papierkorb genommen – *hinterher*!« Sie durchlebte noch einmal den ekstatischen Augenblick, in dem sie Rinditch getötet hatte. Jede Einzelheit stand ihr jetzt kristallklar vor Augen. Nach *OBEN* schlagen – wie es die Katze getan hatte – und dann in Sicherheit springen. Sie hatte sich einen Handschuh ausgezogen, um das Halsband aus dem Papierkorb zu holen und es unter den Kragen ihres Pullovers zu stopfen. Dann hatte sie, bevor sie den Raum verließ, den Handschuh wieder angezogen und war zum Fluß gegangen. Wieder in ihren Sessel zurückgekehrt, hatte sie das Halsband aus dem Pullover geholt.

Die Hochstimmung, die ihr bei ihrem ersten Besuch bei der Polizei Kraft gegeben hatte, war verflogen. Ganz starr stand sie da, genau wie im Treppenhaus, als sie das Kratzen an der Wandtäfelung gehört hatte und sich weigerte, eine unerträgliche Wahrheit anzuerkennen. Wieder hatte sie den Eindruck, in sich wie eingesperrt zu sein, und merkte jetzt, daß sie nicht vor sich weglaufen konnte.

Das Halsband blieb – ein unwiderlegbares Beweisstück, dessen Existenz sich jedoch verleugnen ließ.

»Wenn ich es als Erinnerungsstück behalte, dann bringt es mich bald völlig durcheinander. Dann fängt alles wieder von vorne an, und ich beschuldige mich wieder des Mordes. Was sagte der freundliche Inspektor doch gleich: ›Wenn das Gehirn einem einmal einen Streich gespielt hat, dann kann es einem auch noch einen zweiten spielen.‹«

Als sie das Halsband in ihre Handtasche steckte, in den Mantel schlüpfte und hinausging, lächelte sie. Dieses Mal wählte sie den kürzesten Weg zur Brücke aus dem siebzehnten Jahrhundert. Sie ließ das Halsband in den Fluß fallen und wußte, daß es durch das Metall darin untergehen würde – ganz anders als der blutbefleckte Lumberjack und die Reithandschuhe, die sie, wie sich Miß Paisley ganz plötzlich erinnerte, mit Steinen hatte beschweren müssen – mit Steinen, die sie aus der Erde des alten Friedhofs gescharrt hatte...

Deutsch von Gunther Seipel

Arnold

Fred Hamlin

Den ersten Polizeiwagen höre ich Samstag morgen, als ich gerade von einer Notfahrt zum Drugstore zurückkomme und Aspirin und Katzenfutter besorgt habe. Das Aspirin ist für mich, das Katzenfutter für Arnold. Arnold kann übrigens sprechen. Die Konsonanten fallen ihm zwar noch etwas schwer, und er hat den ausgeprägten Akzent einer Siamkatze, doch daß er spricht, daran besteht kein Zweifel. Sein Lieblingswort ist »Kaaauuunn!«, was vielleicht zur Erklärung seiner siebzehn Pfund Lebendgewicht beiträgt und auch erklärt, warum ich es so eilig habe, Katzenfutter zu besorgen.

Das Aspirin muß sein, weil gestern in dem Haus, in dem wir wohnen, die Abschiedsparty für Sam Archibald stattfand, übrigens ein voller Erfolg. Wir leben in einem südkalifornischen Wohnhaus, d. h. in einem zweistöckigen, U-förmig um den Swimming-pool herum angeordneten Gebäude mit zwei Palmen, einem tropischen Namen und häufigen Partys. Ich bin vor zwei Jahren direkt vom College kommend dort eingezogen. Die Party für Sam war noch wilder gewesen als die meisten Partys hier, und seine letzte offizielle Tätigkeit als Wohnungsinhaber bestand darin, von meinem Balkon aus in den etwa eineinhalb Meter vom Haus entfernt liegenden Swimming-pool zu springen. Er schafft es zwar nur ein Meter siebenunddreißig weit, hatte aber genug Wein intus, um lachend wieder aufzustehen. Man wird Sam vermissen. Mittlerweile tun mir die Augenlider weh.

Die schwarz-weiße Limousine, die mit vollem Sirenengeheul an mir vorbeirast, bessert diesen Zustand nicht. Ich bin erleichtert festzustellen, daß dieser Lärm nicht aus dem Innern meines Schädels stammt, eine Möglichkeit, die sich nie mit Sicherheit ausschließen läßt. Als der zweite Polizeiwagen vorbeirast, versuche ich es mit dem Radio, aber das einzige, was ich hereinbekomme, ist irgendeine Rockgruppe, die in meinem gegenwärtigen Zustand wie ein Stapel Metalltabletts klingt, die man in einem Restaurant auf den Boden fallen läßt.

Als ich dann zwei Häuserblocks von meinem Apartment entfernt um die Ecke biege, sehe ich die beiden Polizeiwagen wieder. Daneben stehen zwei weitere, und alle zusammen bilden sie zwischen mir und dem Apartment eine Art Straßensperre. Man läßt mich anhalten.

»Es tut mir leid, Sir, aber diese Straße ist vorübergehend für den Durchfahrtsverkehr gesperrt«, sagt der Polizist. Er hat klare Augen, einen dreißig Dollar teuren Haarschnitt und militärisch strenge Falten in seinem maßgeschneiderten Diensthemd.

Man sagt nicht sehr häufig ›Sir‹ zu mir; auf den Zustand meines Kopfes hat es eine leicht lindernde Wirkung.

»Ich wohne in Tropical Towers, Apartment 24.«

»Kann ich bitte mal Ihren Führerschein sehen?«

Ich ziehe ihn heraus. »Worin besteht denn das Problem, Herr Polizist?«

»Ein bewaffneter Raubüberfall in der Sparkasse von Palm Paradise. Zeugen haben gesehen, wie der Mann in diese Richtung lief. Er hat auf seiner Flucht einen Wachmann angeschossen, daher wissen wir, daß er bewaffnet ist. Der Wachmann wird es überleben, aber wir müssen vorsichtig sein. Wir haben das ganze Gebiet abgeriegelt.«

»Heißt das, daß ich nicht in mein Apartment kann? Ich habe Arnolds Frühstück dabei, und er kann sehr böse werden, wenn er eine Mahlzeit auslassen muß.«

»Passen Sie mal auf, Mister. Ich kenne Arnold nicht, aber wir haben es hier ebenfalls mit einer bösen Sache zu tun. Unser Junge hat einen Revolver Kaliber 44; er ist bewaffnet und gefährlich. Ja, Sie können durch, aber seien Sie vorsichtig, und wenn Sie irgend etwas Ungewöhnliches sehen sollten, dann geben Sie uns sofort Bescheid. Der Verdächtige ist knapp einen Meter achtzig groß, durchschnittlich gebaut. Als man ihn zuletzt gesehen hat, trug er Jeans, eine Denimjacke und eine schwarze, enganliegende Strickmütze. Blonde Haare, hageres Gesicht. Er ist auch ziemlich schreckhaft, wahrscheinlich irgendwelche Drogen. Wenn Sie so jemanden sehen, dann gehen Sie kein Risiko ein. In ein paar Minuten werden wir das ganze Gebiet durchkämmen. Hier, Ihr Führerschein. Denken Sie daran: Geben Sie uns Bescheid, sobald Sie irgend etwas Ungewöhnliches sehen.«

Ich stelle meinen Lieferwagen am gewohnten Platz ab und steuere auf die Wohnung zu, in der Arnold jetzt wahrscheinlich neben seinem Teller sitzt und laut ›Aaauuuuuu!‹ ruft. Mit einigem Glück wird er seine Feindseligkeit nicht an der Grastapete auslassen und sie von der Wand kratzen, was für ihn keine unübliche Form des Protests wäre. Wenn Katzen Fußball spielten, dann hieße Arnold Dick Butkus.

Ich öffne die Wohnungstür, Arnold hat sich unter dem Kaffeetisch verkrochen, die Ohren flach an den Kopf gelegt, sein Schwanz doppelt so dick wie sonst. Seine Augen sehen aus wie zwei Stücke marmorierter Onyx.

»Hör auf damit, Arnold«, sage ich. »Deine Reaktion ist übertrieben; das Essen ist schon unterwegs.«

Arnold neigt zur Launenhaftigkeit, zweifellos die Folge irgendeines Traumas aus seiner Zeit als kleines Katzenbaby. Als seine vorherige Besitzerin für ein Wochenende mit ihrem Freund nach Las Vegas ging, hatte ich mich bereit erklärt, ihn solange bei mir zu behalten. Das ist jetzt neun Monate her, denn das Wochenende endete damit, daß die beiden heirateten. Sie zog in seine Wohnung, und in der waren Kinder und Haustiere verboten. Seitdem gehört Arnold mir. Es besteht allerdings auch die bedrückende Möglichkeit, daß ich in Wirklichkeit Arnold gehöre. Arnold neigt dazu, das auf diese Weise zu sehen.

Ich stelle die Tasche mit den Katzenfutterdosen und dem Aspirin auf die Küchenablage. Durch die offene Schiebetür zum Balkon ist der übelste Teil der nach billigem Wein und kaltem Rauch stinkenden Luft, in der ich aufgewacht bin, bereits nach draußen abgezogen. Der Tisch der Eßecke, der bei Einzug bereits im Apartment gewesen war, ist immer noch mit den Gläsern von gestern nacht übersät. Keines von ihnen ist sauber. Ich krame das Aspirin hervor und steuere das neben meinem Schlafzimmer liegende Badezimmer an, wo es vielleicht noch ein sauberes Glas geben könnte. Arnold wirft mir von seinem Platz unter dem Kaffeetisch finstere Blicke zu und macht ein Geräusch, als ob er an seinen Zähnen saugt. Doch in Wirklichkeit kommt das Geräusch aus dem Schlafzimmer.

Später erheitern mich meine zu diesem Zeitpunkt durch den Kopf schießenden Gedanken. Als erstes denke ich, Arnold würde Bauchreden. Dann kommt mir der Gedanke, daß sich wahrscheinlich gar keiner im Schlafzimmer aufhält. Danach, daß selbst wenn jemand im Schlafzimmer ist, er noch von der Party gestern nacht sein muß – als ich ins Bett ging, war es nämlich zu spät gewesen, um in allen Winkeln nachzusehen. Dann denke ich, und dabei kommt mein Verstand auf einmal so richtig auf Touren, *der Polizist an der Ecke sagte doch, ich solle ihn benachrichtigen*. Nun, das Telefon steht im Schlafzimmer, und um anzurufen, muß ich daher sowieso dort hinein. Ich habe es ja bereits gesagt, wir haben für Sam eine Party gegeben, an die man sich noch lange erinnern wird.

Das erste, was ich bemerke, als ich das Schlafzimmer betrete, ist nicht die Tatsache, daß sich jemand dort aufhält. Das erste, was ich bemerke, ist die Waffe. Genauer, das offene Ende am Lauf eines Revolvers, das sich auf einer Ebene mit meinem linken Auge und etwa einen Meter davon entfernt befindet. Kaliber 44, das gibt einem nicht die geringste Ahnung von dem, was es wirklich ist. Man schaut in einen Eisenbahntunnel, der senkrecht nach unten führt, und in den stürze ich gerade hinein.

Der Eisenbahntunnel verändert ein wenig seine Lage, so als ob er durch ein kleines Erdbeben bewegt wird. Das Schwindelgefühl wird irgendwie schwächer. Der Revolver wird von zwei Händen mit weißen Knöcheln festgehalten, und die Hände gehören zu einer Person. Eins muß man der Polizei lassen: Sie hat den Mann sehr genau beschrieben. Ich kann jetzt noch hinzufügen, daß er ungefähr so alt ist wie ich, also Mitte Zwanzig, wasserblaue Augen hat und weit abstehende Ohren, die so aussehen, als ob sie die Strickmütze davon abhalten sollen, über sein Gesicht zu rutschen. Irgend etwas in seinen Augen hat den Bezug zur Realität ein wenig verloren. Mir fällt ein, daß Sams Augen, als er letzte Nacht auf den Balkon rannte, auch etwas von diesem Ausdruck hatten. Das macht mir nicht gerade Mut.

»Stillgestanden! Keine Bewegung! Bleib, wo du bist!« Die Stimme liegt irgendwo zwischen Krächzen und Stammeln. Auch das beruhigt mich nicht.

Der Mann hat mich nicht dazu aufgefordert, die Hände hochzuheben, aber es kann ja nichts schaden, und so hebe ich sie hoch. Eigentlich ist es eine Art Reflex, wie der Kindertrick, bei dem man die Rückflächen der Hände gegen die Innenseiten eines Türrahmens preßt und einem die Arme ganz von alleine nach oben gehen.

»Eine Bewegung, Mann, und es ist aus mit dir. Das ist mein Ernst.«

»Okay. Nur keine Aufregung. Der Revolver ist nicht zu übersehen.«

»Keine Bewegung oder Laut, kapiert? Einen Typ habe ich heute schon umgelegt.« Ruckartig schnellen seine Blicke im ganzen Raum umher; die beiden Augen scheinen sich fast unabhängig voneinander zu bewegen; das eine oder andere schafft es jedoch, auf mich gerichtet zu bleiben. Er tastet hinter mich und drückt die Tür fast völlig zu.

»Was ist da draußen los?«

»Es ist jede Menge Polizei im Viertel. Sie scheinen nach jemandem zu suchen.«

»Du hast's erfaßt, Mann. Wie viele sind es?«

»Ich weiß nicht. Ich habe vier Autos gesehen, aber es können auch mehr sein.«

»Das sind zu viele, Mann, viel zu viele. Ich hätte den Typ nicht umlegen sollen.«

Unruhig verlagerte er sein Gewicht von einem Fuß auf den anderen. Seine Augen bewegen sich immer noch mit der Routine eines Windrädchens.

»Ich muß nachdenken, Mann, cool bleiben. Hey! Ist das das einzige Telefon hier?«

»Das einzige. Im Augenblick ist es an einen Anrufbeantworter angeschlossen. Jeder, der anruft, hört die Nachricht, daß ich momentan nicht da bin.«

»Cool, Mann. Nee, warte, zieh den Stecker raus. Raus damit!«

»Wenn ich das mache und jemand, den ich kenne, ruft an, dann weiß er genau, daß irgend etwas nicht stimmt. Wenn ich nicht zu Hause bin, lasse ich den Apparat immer an.«

»Okay, Mann, weg vom Stecker, oder ich lege dich um!«

Ich höre ein leises Geräusch hinter mir und spüre eine Bewegung. Mein neuer Mitbewohner hechtet zur Seite und läßt sich mit auf die Tür gerichteter Waffe in eine zum Schießen günstige Hockposition fallen. Langsam geht die Tür auf. Schweiß springt dem Mann so schnell auf die Stirn, daß man es fast hören kann. Mehr schlecht als recht schaffen es seine Augen, die Türöffnung zu fixieren.

Es ist Arnold, und wir atmen auf. Arnold spaziert zu dem Kerl herüber und reibt sich ausgiebig und liebevoll an seinem Bein. Weil er sich dabei dagegen lehnt, ist der Tritt, den er als Quittung erhält, nicht ganz so kraftvoll.

»Gottverdammte Katze!«

»Claaaaauuuuwn!« gibt Arnold von sich und taucht unters Bett. Überzeugend zu fluchen hat er noch nicht gelernt.

Die Waffe weist wieder in meine Richtung.

»Gibt es hier einen Hinterausgang?«

»Eigentlich nicht. Nur die Vordertür und den Balkon, und der liegt im ersten Stock.«

»Ich muß hier raus, kapiert?«

Selbstverständlich habe ich überhaupt nichts dagegen, aber im Moment fällt mir nicht ein, was ich ihm dazu hätte vorschlagen können.

In diesem Augenblick hören wir offiziell klingende Fußschritte vorne die Treppe hochkommen, dann ein heftiges Klopfen an der Tür zum ersten Apartment. Meins ist das dritte. Fast gleichzeitig merken wir, was da draußen geschieht.

»Okay, paß auf! Wenn die Kerle hier sind, dann weißt du

von nichts. Du hast keinen gesehen. Ich bleibe hier im Schlafzimmer, doch die Waffe ist die ganze Zeit auf dich gerichtet. Wenn du irgendeine krumme Tour versuchst, dann ist es mit dir vorbei. Wenn es mir an den Kragen geht, dann bist du auch dran. Kapiert?«

Ich nicke, und wir können beide hören, wie sie zum zweiten Apartment gehen und gegen die Tür hämmern. Es liegt so nah an unserem, daß wir auch verstehen, was sie in das Apartment hineinrufen: »Aufmachen, Polizei!«

Der Mann beginnt wieder mit seiner Hüpferei, und die Augen gleiten in alle Richtungen. Ich sinne darüber nach, wie groß doch das Ende des Waffenlaufes aussieht, und stelle mir ein Loch dieser Größe in meinem Rücken vor. Keine angenehme Vorstellung.

»Okay, Mann, raus mit dir! Und wimmel die Leute ab. Los!«

Ich gehe ins Wohnzimmer. Die Tür zum Schlafzimmer befindet sich in einer Wand, die das Apartment von vorne nach hinten durchzieht. Sie öffnet sich zum Schlafzimmer hin. Er läßt sie einen vielleicht fünf Zentimeter breiten Spalt offen und steht etwa dreißig Zentimeter dahinter an der Wand. Er bleibt unsichtbar, hat jedoch freies Schußfeld, wie es bei den Versammlungen der Nationalgarde so schön heißt.

Die Schritte kommen näher. Dann hämmert es gegen meine Tür.

»Aufmachen, Polizei!«

Derselbe Polizist, mit dem ich mich unten an der Straßensperre unterhalten habe, steht vor mir, auch er erinnert sich an mich. Er hat einen Partner dabei, der zum selben Friseur geht.

»Hallo! Da sind Sie ja wieder. Wir durchsuchen gerade das Viertel. Ich nehme nicht an, daß Sie irgend etwas gesehen haben, seit Sie wieder zurück sind.«

»Ich habe keinen gesehen«, antworte ich. Das läuft ja wie am Schnürchen. »Ich werde Sie anrufen, sobald ich etwas bemerke. Einen schönen Tag noch.«

»Das ist doch bestimmt Arnold«, sagt der Polizist. Er hat

den Namen nicht vergessen; zur gleichen Zeit fühle ich ein vertrautes Reiben an meinem Knöchel.

Das bedeutet nichts Gutes. Zum einen paßt Arnold unmöglich durch einen fünf Zentimeter breiten Schlitz. Daraus folgt, daß die Tür jetzt weiter aufsteht als vorher, was wiederum bedeutet, daß der Polizist vielleicht ins Schlafzimmer hineinschauen kann. Es bedeutet auch, daß mein ungebetener Gast jetzt eine größere Öffnung zum Schießen hat. Ein dünner Schweißfaden beginnt langsam mein Rückgrat hinabzurinnen. Zweifellos wird er ein kugelrundes Loch auf der Rückseite meines Hemdes mit einem Fleck umrahmen.

Der Polizist beugt sich nach vorne, krault Arnolds Ohren. »Na, du toller Kerl, hast du denn jetzt dein Frühstück bekommen?«

»Naaaaiiiiinn«, kam von Arnold.

»Arnold«, sage ich, »halt die Schnauze.«

Arnold hat sich inzwischen auf seinen Rücken gerollt und läßt sich den Bauch reiben. Er grinst ausgesprochen blöde dabei.

»Er sieht auch aus wie ein Arnold«, sagt der Polizist. »Vielleicht wie Arnold Palmer. Oder Arnold Schwarzenegger.«

»Arnold Benedict«, erwidere ich. »Lassen Sie sich durch mich nicht aufhalten. Ich weiß ja, daß Sie Ihren Mann noch erwischen wollen.«

»Richtig. Nicht vergessen: Rufen Sie uns an, wenn Sie irgend etwas Ungewöhnliches sehen. In ein paar Stunden müßten wir mit dem Viertel durch sein. Wir finden ihn schon. Aber seien Sie solange vorsichtig.«

Ich schließe die Tür und sehe mich um. Arnold ist zu weit entfernt, um Zielscheibe irgendeiner Vergeltungsaktion zu werden, und liegt wieder unter dem Kaffeetisch. Er sieht ganz selbstgefällig aus. Die Tür zum Schlafzimmer geht auf und mein ungebetener Gast tritt vor.

»Gut gemacht, Mann, aber diese Katze hatte beinahe deinen Tod auf dem Gewissen. Die Bullen natürlich auch. Einen Kerl habe ich bereits umgelegt.«

Er braucht mich nicht daran zu erinnern.

»Hör zu, vielleicht ist der Mensch gar nicht tot. Vielleicht ist es nicht so schlimm, wie du glaubst.«

»Bei diesem Ding?« Er fuchtelte mit der Waffe vor meinem Gesicht herum. »Mann, dieses Ding macht keine Fehler, und ich hab' zweimal auf ihn geballert.«

Ich schaue ein weiteres Mal den Lauf entlang und fasse den Entschluß, nicht unbedingt auf meiner Meinung zu bestehen.

»Hast du einen Wagen, Mann?«

»Ja. Wenn du ihn dir ausleihen willst, die Schlüssel sind hier in meiner Tasche. Du könntest losfahren und...«

»Sehe ich so aus, Mann? Wenn ich mir deinen Wagen nehme, dann hängst du doch am Telefon, sobald ich zur Tür draußen bin.«

»Dann fessel mich doch, bevor du gehst. Steck mir einen Knebel in den Mund.« Im allgemeinen habe ich nicht viel für Fesseln übrig, aber es gibt immer Ausnahmen von der Regel.

»Nein, Mann. Ich habe eine bessere Idee. Der Bulle sagte, sie wären in ein paar Stunden mit der Durchsuchung des Viertels fertig, nicht wahr? Okay, du und ich, wir werden hier dicht nebeneinander sitzen bleiben, bis sie fertig sind. Dann gehen wir beide in dein Auto und hauen ab. Was für ein Auto hast du?«

»Einen VW-Bus.«

»Okay, wenn wir hier herausfahren, dann lege ich mich hinten auf den Boden. Direkt hinter deinem Rücken ist die Waffe, kapiert? Und wenn wir auf dem Weg zum Wagen irgendwem begegnen sollten, vergiß nicht: Die Waffe ist direkt hinter dir. Selbst wenn wir auf die Bullen stoßen... Auf diese Weise können sie nicht schießen, ohne dich zu treffen.« Seine Augen sind inzwischen keine Windrädchen mehr, sondern erinnern mittlerweile an Leuchtkugelröhren. Er denkt sehr scharf nach. Ich bin in keinster Weise von seinem Gedankengang angetan.

»Und was passiert dann?«

»Wenn alles ruhig bleibt, bleibt alles ruhig. Mit dir habe

ich keinen Streit, Mann. Du hast mir den Bullen vom Hals gehalten. Wahrscheinlich könnte ich dich nach einer Weile einfach ziehen lassen.«

Das Schlüsselwort dieses Satzes scheint mir ›wahrscheinlich‹ zu sein. Ich bin mir nicht sicher, daß ich wissen will, welche Alternative er in Betracht zieht.

Immerhin haben wir jetzt Ordnung in den Tag gebracht, und die Stimmung ist einen Hauch entspannter. Die Augen sind zu ihrem leicht unsteten Zustand zurückgekehrt, und ich erinnere mich, wo diese ganze unglückliche Situation begonnen hat. Mir fällt ein, daß ich immer noch das Röhrchen Aspirin in der Hand halte.

»Möchten Sie vielleicht ein Aspirin?« frage ich. »Ich für meinen Teil könnte gut eins gebrauchen.«

»Nein danke, Mann«, sagt er. »Ich hab' mein eigenes Zeug dabei.«

Er zieht eine Handvoll verschiedenster Kapseln aus der Tasche, schluckt sie, dann folgt er mir ins Badezimmer. Ich bringe vier Aspirin hinunter, eine Dosis, die mir angemessen zu sein scheint.

»Stört es Sie, wenn ich die Katze füttere? Sie hat seit gestern nacht nichts zu fressen bekommen.«

»Okay, Mann, aber bleib vom Fenster weg. Und keine Tricks.« Die Augen kommen wieder in Fahrt, die Körperbewegungen werden ruckartiger.

Das Telefon klingelt, er springt fast zwanzig Zentimeter in die Höhe. Der Anrufbeantworter schaltet sich ein.

»Hier ist Arnold«, erklingt die aufgezeichnete Botschaft. »Der Mensch, mit dem ich hier zusammenlebe, ist im Moment nicht zu Hause. Wenn Sie nach dem Pfeifton Ihre Nummer hinterlassen...«

An dieser Stelle bricht es ab. Mein Besucher hat den Stecker aus der Wand gerissen. Als er sich wieder umdreht, ist seine Hand mit der Waffe regelrecht zittrig.

»Noch ein Trick wie dieser, und du bist ein toter Mann.« Ich spüre, daß eine logische Erklärung die Situation nicht verbessern dürfte und daß der Stoff, der ihn noch irgendwie zusammenhält, zu bröckeln beginnt.

Wir gehen in den Küchenbereich; die Waffe dient als eine Art Bindeglied zwischen uns. Er kommt am Eßtisch vorbei und bleibt an der Ablage stehen, die den Kochbereich von der kleinen Eßecke trennt. Ich gehe um die Ablage herum und hole eine große Dose Katzenfutter, stecke sie in den elektrischen Dosenöffner und drücke den Hebel nach unten.

Dieses Geräusch hat für Arnold dieselbe Bedeutung wie die Glocke für Pawlows Hund. Völlig aufs Futter versessen rast er aus dem Wohnzimmer heraus und springt auf seinem Weg zur Ablage auf den Eßtisch. Zu spät erkennt er, daß die ganzen Gläser von letzter Nacht im Weg stehen; verzweifelt kratzen seine Krallen auf der schlüpfrigen Oberfläche des Tisches umher und suchen nach Halt.

»Whoooaaaa-aaaaaaaaauuuuuwwww«, kreischt er auf. Sein Schrei geht im plötzlichen Krachen zerberstenden Glases unter.

Dieses Geräusch wird wiederum vom Donnern der 44er übertönt, als mein Hausgast herumwirbelt und ganze Salven in die leere Luft hinter sich verschießt.

Als er sich wieder dorthin umdreht, wo ich gestanden habe, bin ich bereits durch die Schiebetür geschlüpft und hechte gerade über das Balkongeländer. Ich höre noch zwei weitere Schüsse, bevor ich im Schwimmbecken lande. Bevor ich wieder hochkomme, um Luft zu schnappen, sind die Polizisten, denen der ganze Lärm nicht verborgen geblieben ist, bereits mit gezogenen Waffen durch die Vordertür in mein Apartment eingedrungen. Mein Hausgast versucht immer noch zu begreifen, was eigentlich passiert ist. Das Magazin seines Revolvers ist leer.

Später erzählt mir ein Nachbar, daß ich eine bessere Figur gemacht habe als Sam, daß ich aber, was den Schwierigkeitsgrad betrifft, weniger Punkte sammeln konnte. Ich schreibe das der ungenügenden Planung und Vorbereitung zu und betrachte das Ganze als moralischen Sieg.

Bevor alle Fragen geklärt sind, vergeht eine gute Stunde. Dann hat sich der Wirbel gelegt, die Polizisten haben ihren Fang abtransportiert. Ich ziehe mir trockene Sachen an; es ist jetzt höchste Eisenbahn, daß Arnold sein Fressen kriegt. Gerechtigkeit muß sein.

»Entschuldige die Verzögerung, Arnold. Heute morgen war viel los.«

»Sichrrrrrrr«, sagt er.

Wenn es etwas gibt, das ich nicht ausstehen kann, dann ist es eine sarkastische Katze.

Deutsch von Gunther Seipel

Katzenpfote

Mary Reed

»Nun, die einzige Methode, jemandem mit Hilfe einer Katze den Garaus zu machen, besteht darin, ihm mit einer ausgestopften Katze eins über den Schädel zu geben! Was anderes fällt mir dazu nicht ein.« Ohne abzusetzen kippte Neil, der notorische Witzbold im *Goat and Gamp*, den Rest seines Bieres hinunter.

Als hätte er auf dieses Stichwort gewartet, kam Karl mit einer Schachtel in die Kneipe. Alle, die an der Theke lehnten, brachen in schallendes Gelächter aus; Karls normalerweise bläßliches Gesicht lief vor Verwirrung dunkelrot an. Joyce, unsere dralle und ungeheuer blonde Wirtin, lehnte sich über die ganze Breite der Mahagonitheke und fragte Karl mit jener oft mißverstandenen, unbefangenen Vertraulichkeit der englischen Bardame, was denn in der Schachtel sei. Karl stellte seine Last auf die Theke, schob sich das Haar aus dem Gesicht, schenkte ihr ein dankbares Lächeln und bestellte das Übliche. Als Joyce einen schäumenden Humpen vor ihm abstellte, drang ein leichtes Kratzgeräusch aus dem Innern der Schachtel. Joyce hob ihre zart nachgezogenen Augenbrauen.

»Ein Geschenk für die Frau«, sagte Karl und wischte sich den Schaum von der Oberlippe. »Ein Kätzchen.«

Seine unschuldige Bemerkung rief erneut stürmisches Gelächter der Gesellschaft hervor. Karl schaute ganz überrascht drein.

Ich hatte Mitleid mit seiner offensichtlichen Verwirrung, schob mich ein Stück weit die Theke entlang auf ihn zu und erklärte ihm die Sache. Er hörte aufmerksam zu, die Nase tief im Humpen vergraben. Armer alter Teufel, dachte ich, dauernd gerät er in Situationen, bei denen völlig unwahrscheinliche Umstände ganz unglücklich aufeinandertreffen.

Allein sein Name zum Beispiel: Karl Tobias Zelinek. Er geht einem leicht von der Zunge und klingt auch imposant genug für den Vorstandsvorsitzenden einer Versicherungsgesellschaft, wie es auf dem Namensschild zu seinem Büro steht. Doch dann ging er hin und heiratete eine Züchterin von gescheckten Perserkatzen, und natürlich hatten die ortsansässigen Witzbolde einen riesigen Spaß an seiner Liaison mit dieser Frau und der Verbindung zu seinen Initialen. Nach den Flitterwochen hatte er kaum einen Fuß in die Kneipe gesetzt, da wurde er mit den entsprechenden Witzen schon förmlich bombardiert: Man hoffe für ihn, er habe sich nicht die Katze im Sack eingehandelt, und hoffe weiter, sie spiele nicht Katz und Maus mit ihm, hieß es da; man wünschte ihm, daß er ihr nicht gerade nachts zum ersten Mal begegnet sei, denn da seien ja bekanntlich alle Katzen grau, und so weiter und so fort. Doch Karl sagte nie viel dazu, schob sich weiter das Haar aus dem Gesicht und lächelte über sein abendliches Bier hinweg gleichmäßig in die Runde. Man konnte ihn auf keinen Fall einen Trinker nennen. Mit ein paar Gläsern Bier kam er meist den ganzen Abend aus. Neil hatte schon öfter lauthals seine Meinung zum Ausdruck gebracht, daß Karl jeden Abend nur deswegen kam, damit er sich an Joyces Anblick weiden konnte.

Gerald, der seit ewigen Zeiten schmachtende Wirt vom *Goat and Gamp*, machte Joyce schon seit Jahren den Hof. Bei den Leuten im Dorf war ›wenn Joyce und Gerry sich heiraten‹ bereits eine feste Redewendung für etwas, das andere ›eine Ewigkeit‹ nannten. Neil erzählte immer, daß eines Tages irgendeiner – und dabei warf er einen bedeutungsvollen Blick in Karls Richtung – kommen würde und Joyce einfach mitnähme, sie Gerry direkt unter der Nase wegschnappte, und es diesem dann leid tun würde, so lange gezögert zu haben. Karl lächelte nur, ließ sich nie ködern und sagte nichts dazu.

Sei's drum, die eher bizarre Diskussion, die wir führten, als er an diesem speziellen Abend hereinkam, war auf die etwas undurchsichtige Weise entstanden, auf die sich Thekengespräche so entwickeln. Es hatte damit angefangen, daß Gerry, der sich über die Kasse mit dem Bargeld beugte, erwähnte, daß er von einer wohlhabenden, alleinstehenden alten Dame in der Gegend gelesen habe, die ihr ganzes Geld ihrem Pekinesen vermacht habe. Selbstverständlich hatten die trauernden Verwandten dieses Testament angefochten. Gerry fragte mich, wie sich meiner Meinung nach das Gericht wohl entscheiden würde.

Als Anwalt mit bescheidenen Kompetenzen wollte ich mich erst nicht so recht festlegen und wies darauf hin, daß sich der Rechtsstreit noch eine ganze Weile hinziehen könnte, denn so weit ich wußte, würde alles davon abhängen, ob die Verstorbene geistig zurechnungsfähig war, als sie ihr Testament aufsetzen ließ. Und das ließ sich zu diesem späten Zeitpunkt wahrscheinlich weder richtig beweisen noch widerlegen. Doch einfach so dahergesagt und ohne eine offizielle Stellungnahme dazu abzugeben, nahm ich an, daß sich das Testament wahrscheinlich als gesetzmäßig erweisen würde und daher gültig sei, wie merkwürdig das Vermächtnis auch immer wirken mochte.

Neil wollte wissen, ob ich selbst einmal etwas mit irgendwelchen merkwürdigen Testamenten zu tun gehabt hätte, doch Joyce, die gerade an einem Glas herumwienerte, wies darauf hin, daß ich derart vertrauliche Angelegenheiten wohl kaum öffentlich erörtern dürfe. Dann sagte sie: »Man kriegt doch schon bei den Testamenten, die ganz offen irgendwo abgedruckt sind, das Grausen. Da war doch zum Beispiel diese Frau, die ihr ganzes Geld ihrem Mann nur so lange vermacht hat, wie sie noch nicht unter der Erde liegt. Natürlich hat er das umgangen, indem er sie in eines dieser fantastischen Mausoleums legen ließ. Und erinnert ihr euch noch an diesen Kerl in London, der ausgestopft werden wollte?«

Als es wieder ein wenig ruhiger wurde, legte auf einmal Ned los. Ned war ein Bauer aus der Gegend, der an diesem Abend nur zufällig im *Goat and Gamp* war, weil Markttag gewesen war, und er auf diese Weise seinen Heimweg antrat. Er erzählte, er habe sogar ein Foto von dem Kauz gesehen, von dem Joyce gerade gesprochen habe. »Ich kann euch sagen, das hat mich echt erschreckt«, sagte er und gab Gerry mit einem Wink zu verstehen, das Glas wieder voll zu machen. »Immerhin ist das schon Jahre her, und da hatten sich die Leute noch nicht an diese Horrorfilme und diese ganzen Sachen gewöhnt.«

Auch Ned war als Spaßvogel bekannt; seine angebliche Erinnerung an ein derartiges Foto war ziemlich umstritten. Ich wußte, von wem er redete – es war tatsächlich ein wahrer Fall gewesen – aber ich hielt den Mund. Das Ganze endete damit, daß Neil ins Damenstübchen geschickt wurde, um Marjory, die Dorfbibliothekarin, zu Rate zu ziehen. Sie war eine berüchtigte Klatschtante, aber sie verstand sich auf ihre Arbeit, und er kehrte mit einer Bestätigung der ganzen Geschichte zurück – und gab deswegen glucksend jedem ein Bier aus.

Neil hob sein Glas und prostete Ned zu. »Auf dein Wohl«, sagte er, nahm einen großen Schluck und fuhr dann fort: »Nun, ich weiß nichts von seltsamen Testamenten und merkwürdigen Vermächtnissen, aber wenn man von dem ausgeht, was in den Zeitungen steht, dann habe ich den Eindruck, daß sich die Leute jetzt mehr als nötig einfallen lassen, um das Verlesen eines Testamentes zu beschleunigen, wenn ihr versteht, was ich meine. Das heißt allerdings überhaupt nicht, daß sie davon auch irgendwie profitieren.«

Die letzte, etwas düstere Äußerung, heizte die ausgelassene Stimmung nur noch mehr an. Im Dorf war allgemein bekannt, daß Neil jahrelang erwartet hatte, seine Großmutter würde ihm in ihrem Testament eine kleine Zuwendung zukommen lassen. Bis zum letzten Atemzug hatte die alte Jungfer Gift und Galle gespuckt, dann war sie im Alter von über neunzig Jahren gestorben. Wie es sich herausstellte, war es dann wirklich nur eine kleine Zuwendung, die sie Neil vermachte, nämlich zehn Pfund und eine Strafpredigt über die Übel der Trunksucht. Neil brachte die ganze Hinterlassenschaft durch, indem er eine Runde nach der anderen schmiß. Ich kann mich noch daran erinnern, wie wir alle mit diesem Geld auf seine Großmutter angestoßen haben. Unser Neil war nie sonderlich nachtragend.

Joyce wischte abwesend über die Theke. »Ja, Neil, aber das Problem besteht doch darin, daß es so wenig Möglichkeiten gibt, den Leuten sozusagen aus der Welt zu helfen, ohne dabei Spuren zu hinterlassen und damit davonzukommen. Ich meine, es gibt zum Beispiel kein Gift, von dem nicht irgendwelche Spuren zurückbleiben; und Revolver und Messer sind einfach grausige Dinge – und erlauben auch sehr leicht Rückschlüsse auf den Täter, nicht wahr?« Joyce liebte Kriminalgeschichten; je verwickelter sie waren, desto besser. »Und dann muß man sich ja auch noch um sein Alibi kümmern. Zur Tatzeit sollte man möglichst meilenweit vom Tatort entfernt sein, oder etwa nicht? Und man kann auch keinen anderen dafür bezahlen, daß er es tut – dann besteht immer die Gefahr, erpreßt zu werden, nicht wahr?«

»Nun ja«, gab Gerry zu bedenken, »wenn man keine Person dazu gebrauchen kann, dann ja vielleicht irgend *etwas* anderes. Wie war das doch noch? Bei den ›Hunden mit den Basketbällen‹ oder dem ›Getüpfelten Helfer‹ war es doch hinterher eine dieser Giftschlangen.«

Ein Stammgast meinte, an Giftschlangen könne man in dieser Gegend nur schwer herankommen, für Taranteln und Skorpione gelte das gleiche. Es gäbe hier auch keine gottverlassenen Moore, in denen von einem teuflischen Hund gehetzte, unglückselige Landbesitzer zu Tode kommen konnten, obwohl natürlich einige Vorschläge gemacht wurden, welche Landbesitzer für diese spezielle Ehre in Frage kommen würden. Dann schlug jemand vor, Tiere aus dem Zoo freizulassen, und zwar die wilderen, wie zum Beispiel Tiger oder Löwen.

Überraschenderweise war es Ned, der Bauer, der dazu etwas zu sagen hatte. »Ihr meint Großkatzen«, meldete er sich vom Ende der Theke. »Ich bin übrigens sogar von einer kleinen Katze einmal tatsächlich fast zu Tode erschreckt worden. Ich hatte diesen Alptraum, in dem ich von riesigen Steinblöcken zerquetscht wurde – wie die Blöcke, die man zum Bau der Pyramiden benutzt hat. Es lag wahrscheinlich am Essen, das meine Frau gekocht hatte – ihre Fleischpasteten liegen immer ein bißchen schwer im Magen. Doch wie dem auch sei, ich wachte schweißgebadet auf, und da lastete dieses schreckliche Gewicht *tatsächlich* auf meiner Brust. Und als ich die Augen öffnete, da stierte mich etwas aus riesigen grünen Augen an. Nun, ihr wißt ja, wie das ist, wenn man gerade aus einem Alptraum aufwacht – man ist sich dann nicht sicher, ob man hier oder da ist. Es war natürlich unser Tommy. Ich schätze, er versuchte, sich dafür zu rächen, daß ich ihn impfen ließ.«

Neil, offensichtlich nicht gerade ein Katzenfreund, schlug vor, Katzenkrallen mit Gift zu bestreichen, um dadurch den Eigentümer zu vergiften, aber Gerry wies darauf hin, daß die Katze sich wahrscheinlich als erstes selbst kratzen oder an ihren Krallen lecken, sterben und damit alles verraten würde. Woraufhin Neil seinen alten Vorschlag wieder aufwärmte, jemandem mit einer ausgestopften Katze den Schädel einzuschlagen, genau wie in dem Moment, als Karl hereingekommen war...

Eigenartigerweise hatte ich in jenem Moment gerade an Karls Frau Penelope gedacht. Wir hatten sie im *Goat and Gamp* nicht allzuoft gesehen. Zum einen wurde sie ständig von Asthma geplagt und war darüber hinaus auch noch allergisch gegen Zigarettenrauch – zumindest hatten wir das so aufgefaßt. Außerdem hatte sie sich vor kurzem das Bein gebrochen und war gerade erst aus dem Krankenhaus entlassen worden. Den Bruch hatte sie sich zugezogen, als sie auf einem der zahllosen Spielzeuge für die Katzen am oberen Ende eines dunklen Treppenschachts ausgerutscht war. Sie wollte gerade zu ihrer ältesten Katze Queenie, um ihr zu helfen. Bedenkt man, wie schwer sie stürzte und wie lang die Treppe war, hatte Penelope die ganze Sache glücklicherweise relativ unbeschadet überstanden.

Neil mußte nun selbstverständlich sofort auf Katzen mit neun Leben zu sprechen kommen, obwohl er das, soviel muß man ihm zugute halten, nie in Gegenwart Karls sagte. Diese Queenie hatte ein für Hauskatzen biblisches Alter erreicht, sie war ungefähr dreiundzwanzig geworden, und noch aus dem Wurf des ersten Preisgewinners aus Penelopes Zucht. Penelope ist bei Katzenzüchtern tatsächlich gut bekannt, wie Marjory mir das letzte Mal erzählte, als ich mein Buch aus der Bücherei umtauschte.

Von meiner Frau Marie erfuhr ich jedoch auch, daß Penelope auf die Haare von Kurzhaarkatzen allergisch reagiert. Das ist bestimmt kein besonders glücklicher Umstand, da die meisten Hauskatzen eben Kurzhaarkatzen sind. Bei dem Beruf, den sich Penelope ausgesucht hatte, war es jedenfalls mit Sicherheit ein größeres Handicap. Ich will hier natürlich nicht den Eindruck erwecken, daß wir überwiegend über unsere Nachbarn reden. Marie erwähnte es, weil sie die Monatstreffen des Nähkreises im Pfarrhaus besucht, und als Penelope kurz nach dem Einzug von Karl und ihr in der Yew Lodge sich ihm anschloß, mußte die Katze des Vikars mit dem schönen Namen Hesekiel von diesen Treffen ausgeschlossen werden. Marie hatte gesagt, die Katze täte ihr leid, für eine Siamkatze sei sie ungewöhnlich freundlich, und sie war darüber hinaus der Meinung, Penelope verwandle sich allmählich in eine Berufsinvalidin.

Wie dem auch sei, kehren wir lieber wieder zu Karl zurück, der gerade erklärt, daß sich ein kleines Kätzchen in der Schachtel befindet, und daß er es Penelope schenken will.

»Ach ja?« meinte Joyce. »Was für eine nette Idee, besonders jetzt, wo die arme alte Queenie letzten Monat gestorben ist.«

Karl lief erneut rot an. Ich habe noch nie einen Mann gesehen, der so schnell rot wird.

»Eigentlich«, gestand er, »bin ich selbst ein bißchen schuld daran. Ich war es nämlich, der den verdorbenen Fisch gekauft hat. Wir wollten ihn abends selber essen, aber da sich meine Frau aufgrund ihrer Allergien nicht ganz wohl fühlte, hat sie Queenie eine Freude machen wollen und ihr ein bißchen davon gegeben und den Rest für den nächsten Tag in den Kühlschrank getan.« Der Hinweis darauf, wie leicht der Fisch ihnen selbst den Magen hätte verderben können, erschien mir nicht sehr taktvoll, denn in dieser Nacht hatte sich Penelope dann das Bein gebrochen, als sie nach unten ging, um nach der erkrankten Katze zu sehen. Ich fragte mich, ob sie mit Karl überhaupt schon wieder ein Wort wechselte.

»Zu welcher Rasse gehört denn das kleine Kätzchen?« säuselte Joyce. »Kann ich es mal sehen?«

Karl öffnete die Schachtel, und wir alle drängten uns um sie herum. Das Kätzchen erinnerte mich ein wenig an diese Katzen, die man auf ägyptischen Grabbildern sieht, nur daß sie blaue Augen und ziemlich breite Ohren hatte.

»Hey, die sieht ja fast so aus wie Hesekiel«, bemerkte Gerry, lehnte sich über die Theke und steckte fast mit der Nase in der Schachtel.

»Nein, es ist eine Abessinierkatze – die vom Vikar ist eine Siamkatze«, entgegnete Karl und streichelte dem Kätzchen über den Kopf. Es war wirklich ein hübsches, kleines Ding. Selbst Neil, der Katzenhasser, war ganz entzückt.

»Sieht gar nicht schlecht aus, nicht wahr?« meinte er, beugte sich nach vorne und pustete dem unglückseligen Kätzchen seine Bierfahne ins Gesicht. »Deshalb also hast du dir den Band von A bis E der Enzyklopädie und diese ganzen Katzenbücher ausgeliehen. Wolltest deine Frau wohl überraschen, wie?«

Karl warf ihm einen vernichtenden Blick echter Abneigung zu. »Wenn es schon das ganze Dorf weiß, werde ich wohl kaum eine große Gelegenheit dazu haben, oder?«

»Ach, komm, wer sollte ihr denn erzählen, was du in deiner Freizeit liest?« gackerte Neil. »Außerdem hat das unsere Marjory nur mitgekriegt, weil sie ein paar Sachen nachschlagen wollte und du den Band von A bis E hattest. Jedenfalls überreichst du ihr das Geschenk doch heute nacht, oder? Dann ist die Katze aber *wirklich* aus dem Sack!« Er mußte über seinen eigenen Witz glucksen.

Karl machte die Schachtel wieder zu und hatte gerade sein Glas geleert, als Gerry die letzten zehn Minuten vor der Sperrzeit ankündigte. Es gab das übliche Gedränge an der

Theke, um die letzten Getränke des Abends zu bestellen. Karl ging dann auch bald, und ein Stück weit begleitete ich ihn.

Schweigsam schlenderten wir daher, an der Schule vorbei und über die Grünfläche und um das Kriegerdenkmal herum. An der Church Lane trennten sich unsere Wege; er bog nach links ab und ging durch die geschmückte Eisenpforte der Yew Lodge; ich hielt mich nach rechts und folgte der dunklen Gasse. Es war eine schöne, klare Nacht und sehr ruhig. Als ich den Hügel hochging, konnte ich Karls knirschende Schritte hören, die immer leiser wurden, als er über den Schotter auf dem Vorplatz der Lodge spazierte.

Doch auf dem Nachhauseweg kam ich ins Grübeln. Abessinische Katzen gehören zu den Kurzhaarkatzen, und ich erinnerte mich nicht nur daran, daß Hesekiel vom Nähkreis verbannt worden war, sondern auch an damals, als Neds jüngster Sohn von einer Biene gestochen wurde. Die allergische Reaktion auf den Stich war so heftig gewesen, daß man den Jungen schleunigst ins nächste Krankenhaus bringen mußte, wo sein Leben für eine ganze Weile am seidenen Faden hing. Und der Band von A bis E beinhaltete wahrscheinlich nicht nur das Stichwort ›Abessinierkatze‹, sondern auch ›Allergie‹. Dann fiel mir wieder der verdorbene Fisch ein, der Queenie das Leben gekostet hatte. Der Sturz im Dunkeln. Die Art und Weise, auf die Karl Joyce angestarrt hatte, als er dachte, keiner würde ihn beobachten. Penelopes Überempfindlichkeit gegenüber kurzen Katzenhaaren und ihre augenblickliche Bewegungslosigkeit durch den Gipsverband.

Doch die ganze Sache klang ziemlich fantastisch, nicht wahr? Zumindest versuchte ich, mir das einzureden, als ich nach Hause kam. Ich hoffte, daß Karl nichts Dummes vorhatte. Zum einen würde er mit so etwas nie davonkommen. Zum anderen hatte ich als Rechtsberater seiner Frau deren Testament gelesen, das sie während ihres Krankenhausaufenthaltes hatte aufsetzen lassen, und kannte die Bedingungen, die sie darin stellte. Den Großteil ihres nicht unbeträchtlichen Besitzes würde sie danach dem örtlichen Tierschutzverein zukommen lassen. Sicher, auch Karl würde sie etwas vermachen, aber es war nicht viel. Jedenfalls nicht genug, um Yew Lodge zu unterhalten. Und ihr Geld würde nur so lange für den Unterhalt des Anwesens verwendet, wie Karl für die Katzen sorgte.

Deutsch von Gunther Seipel

Fluffy oder der widerwärtige Gast

Theodore Sturgeon

Ransome lag im Dunkeln und lächelte in sich hinein. Er dachte an seine Gastgeberin. Als Gast war Ransome immer gefragt, und zwar ausschließlich aufgrund seiner fantastischen Fähigkeiten als Erzähler. Besagte Fähigkeiten beruhten einzig und allein darauf, daß er so oft Gast war, denn es war die prägnante Schönheit der durch seine Worte beschworenen Bilder von Menschen und deren Meinungen über andere Menschen, die ihn zu dem hatten werden lassen, der er war. Und die ganzen knappgehaltenen, ironischen Darstellungen bezogen sich alle auf die Leute, die er ein Wochenende vorher getroffen hatte. Wenn er eine Zeitlang bei Familie Jones geblieben war, konnte er seelenruhig die skandalträchtigsten und lustigsten Dinge über diese Leute zum besten geben, wenn er zwei Wochen später das Wochenende bei Familie Brown verbrachte. Denken Sie etwa, daß Mr. und Mrs. Jones sich darüber ärgern würden? Auf gar keinen Fall. Sie sollten mal hören, wie die Familie Brown verunglimpft wird! Und so ging es immer weiter, eine zweidimensionale Spirale auf der gesellschaftlichen Ebene.

Doch dieses Mal hatte er es nicht mit Familie Jones oder Brown zu tun. Jetzt befand er sich im Haushalt von Mrs. Benedetto, und für Ransomes etwas kraftlos gewordenen Humor war die Witwe Benedetto ein Geschenk des Himmels. Sie lebte in ihrer eigenen Welt, in der es anscheinend von mehr oder weniger wichtigen Vorfahren und Verwandten nur so wimmelte, genau wie ihr Wohnzimmer mit den entsetzlichsten Beispielen viktorianischen Rokokos vollgestopft war.

Mrs. Benedetto lebte nicht allein. Weit gefehlt! Um die Äußerungen der Dame selbst zu umschreiben: Ihr ganzes

Leben drehte sich um, wurde eingenommen und beherrscht von und war gewidmet – ihrem Schatz. Ihr Schatz war ihr Geliebter, ihr kleines Prachtstück, ihr Allerliebstes und – Ehrenwort! – ihr verhätscheltes Wutsiwutsikind. Nun war er auch wirklich etwas Besonderes. Er hörte auf den Namen Bubbli, was allerdings nicht stimmte und darüber hinaus seine Würde verletzte. Er war auf den Namen Fluffy getauft, doch man weiß ja, wie das mit den Spitznamen ist. Er war groß und er war elegant, dieses Prachtexemplar von Tier: ein gezähmter Straßenkater.

Katzen sind wirklich wahre Wunderwerke. Sie sind die einzigen Tiere, die wie ein Schmarotzer leben können und doch nie ihre Fähigkeit verlieren, für sich selbst zu sorgen. Man hört ja einiges von verlorengegangenen jungen Hunden, aber nie von einer verlorengegangenen Katze. Katzen gehen nicht verloren, weil Katzen niemandem gehören. Mrs. Benedetto könnte man allerdings nie dazu bringen, das zu glauben. Sie dachte nie daran, Fluffys Ergebenheit auf die Probe zu stellen, indem sie zehn Tage den Lachs aus der Dose ausfallen ließ. Wenn sie das getan hätte, hätte sie bei ihm ein Ehrgefühl entdeckt, das sich mit dem einer Bettwanze vergleichen ließ.

Ransome sah in dieser Hinsicht völlig klar und amüsierte sich königlich. Was Mrs. Benedetto für diese phlegmatische Katze tat, hatte etwas ausgesprochen Orgiastisches. Wenn Ransome genauer darüber nachdachte, überkam ihn das Gefühl, daß Fluffy vielleicht selbst für eine Katze ein Phänomen darstellte. Katzenohren sind feinfühlige Organe; jedes Lebewesen, das Mrs. Benedettos unaufhörlichem Redefluß von morgens bis abends standhielt, ihn dann im Schlaf verklingen hörte, und danach die ihn ablösenden kräftigen Schnarchgeräusche vernahm – nun, das *war* schon an sich ein Phänomen.

Und Fluffy hatte das jetzt schon seit vier Jahren ausgehalten. Katzen sind ja nicht gerade berühmt für ihre Geduld. Sie besitzen jedoch einen sehr ausgeprägten Sinn für Gegenleistungen. Fluffy bekam etwas dafür – etwas, das ihm beträchtlich mehr bedeutete als die Unannehmlichkeiten, die er über sich ergehen ließ, denn keine Katze gibt sich mit dem zufrieden, was ihrem eigenen Einsatz entspricht.

Ransome lag ganz still da und staunte, wie weit man das Schnarchen der Witwe hören konnte. Er wußte wenig über den verstorbenen Mr. Benedetto, aber das hatte er begriffen: Entweder war dieser Mann ein Mensch mit einer Engelsgeduld, ein Masochist oder taubstumm gewesen. Daß ein Lärm wie dieser aus nur einer einzigen, sehnigen Kehle drang, war eigentlich unmöglich, und dennoch gab es keinen Zweifel

Ransome liebäugelte mit der Vorstellung, daß die Frau von ihrem vielen Reden an Gaumen und Mandeln Schwielen bekommen hatte, und es diese Schwielen waren, die beim Schnarchen aneinander rieben und dadurch diese eigenartige, an trockenes Leder erinnernde Qualität ihrer Schnarchgeräusche hervorriefen. Er merkte sich diesen Gedanken gut für eine spätere Verwendung. Vielleicht war es ja schon am nächsten Wochenende so weit. Die Schnarchgeräusche waren alles andere als ein sanftes Wiegenlied, aber jedes Geräusch beruhigt, wenn es nur oft genug wiederholt wird.

Es gibt eine alte Geschichte über einen Leuchtturmwärter, dessen Leuchtturm mit einer automatischen Kanone ausgerüstet war, die Tag und Nacht jede Viertelstunde einmal feuerte. Eines Nachts, als der alte Mann schlief, ging die Kanone nicht los. Drei Sekunden später war der alte Mann aus dem Bett und rannte wie wild im Raum umher. »Was war das?« rief er. Genauso erging es jetzt Ransome.

Er konnte nicht sagen, ob es jetzt eine Stunde her war, daß er eingeschlafen war, oder ob er überhaupt nicht geschlafen hatte. Jedenfalls merkte er, daß er hellwach auf der Bettkante saß und mit jeder Faser seines Körpers nach der Ursache von – ja wovon eigentlich? – lauschte. Einem Geräusch? Dem jedenfalls, von dem er geweckt worden war.

Das alte Gebäude war so ruhig wie das städtische Leichenschauhaus nach Dienstschluß, und außer den vom Mondlicht silbern angestrahlten Fenstern und den schwarzen Konturen der Vorhänge konnte er in dem hohen, dunklen Gästezimmer nichts erkennen. Hinter diesen Vorhängen konnte sich natürlich so gut wie alles verbergen, dachte er ermutigend. Er kroch vorsichtig aufs Bett zurück, mit einer raschen Bewegung hob er die Füße vom Boden weg. Nicht, daß unter dem Bett etwas gewesen wäre, aber man kann ja nie wissen...

Ein weißes Etwas bewegte sich gleitend den Boden entlang durch das Mondlicht auf ihn zu. Ransome gab keinen Laut von sich, war jedoch ganz angespannt, bereit zum Angriff oder zur Verteidigung, zu einem plötzlichen Ausweichmanöver oder zum Rückzug. Er war keineswegs eine bewundernswerte Persönlichkeit; seinen Ruf jedoch und damit auch seine Existenz verdankte er einer besonderen Charaktereigenschaft: der Fähigkeit, innerlich ausgeglichen zu bleiben und sich durch keinerlei Überraschungen aus dem Häuschen bringen zu lassen.

Das weiße Etwas verharrt, um ihn mit gelbgrünen Augen anzustarren. Fluffy war es, das war alles – Fluffy, der ganz lässig und unbeschwert wirkte und überhaupt nicht vorzuhaben schien, irgend jemanden zu erschrecken. Er blickte gerade zu Ransomes sich allmählich wieder entspannender Körperfülle hoch und schob eine spöttische, aus langen Haaren bestehende Augenbraue nach oben, als ob ihn die Verwirrung des Menschen ziemlich freuen würde.

Ransome hielt dem Blick der Katze mit heiterer Gelassenheit stand. Dann streckte er sich mit einer Leichtigkeit und Grazie auf dem Bett aus, die Fluffys Bewegungen in nichts nachstand. »Nun«, sagte er belustigt, »du hast mir wirklich einen ganz schönen Schrecken eingejagt! Hat man dir nicht beigebracht anzuklopfen, bevor du das Schlafgemach eines Gentlemans betrittst?«

Fluffy hob eine Samtpfote und berührte sie mit seiner rosafarbenen Zunge. »Hältst du mich für einen Barbaren?« fragte er.

Ransomes Augenlider schienen schwer zu werden; das war das einzige Zeichen, das er von sich gab, wenn er völlig überrascht war. Er glaubte keinen Augenblick daran, daß die Katze wirklich gesprochen hatte – irgend jemand hielt das wahrscheinlich für einen gelungenen Scherz.

Du lieber Himmel – es mußte ja wohl ein Scherz sein!

»Natürlich hast du gar nichts gesagt«, sagte er zu dem Kater, »aber wenn du etwas gesagt hast, was war es?«

»Du hast mich das erste Mal deutlich gehört«, sagte die Katze und sprang auf das Fußende seines Bettes.

Ransome bewegte sich zentimenterweise weg von diesem Tier. »Ja, das dachte ich«, sagte er und versuchte es dann mit einem Scherz. »Du weißt doch wohl, daß du mir unter diesen Umständen schriftlich hättest Bescheid geben sollen, bevor du anklopfst.«

»Ich weigere mich, mir sogenannte gesellschaftliche Gepflogenheiten auferlegen zu lassen«, erwiderte Fluffy. Sein Fell war makellos sauber, er sah aus wie ein Werbefoto für Eiderdaunen, doch er begann, sich sorgfältig zu putzen. »Ich mag dich nicht, Ransome.«

»Danke«, gluckste Ransome überrascht. »Ich dich auch nicht.«

»Warum?« fragte Fluffy.

Ransome dachte sich im stillen, daß man ihn verflucht habe. Er klammerte sich an einen Verstand, der beim geringsten Anlaß seine gewohnten Sätze abspulen würde. Immer, wenn er richtig verwirrt war, führte er ein ihm eigenes Täuschungsmanöver durch, indem er irgend etwas daherplapperte.

»Gründe, dich nicht zu mögen«, sagte er dann, »gibt es zuhauf. Sie lassen sich alle in einem Satz zusammenfassen: Du bist ein Katze!«

»Ich habe gehört, daß du das bereits mindestens zweimal gesagt hast«, sagte Fluffy. »Du hast jetzt nur ›Frau‹ durch ›Katze‹ ersetzt.«

»Dein Verhalten ist beleidigend. Ist eine Wahrheit weniger wahr, wenn man sie mehr als einmal ausspricht?«

»Nein«, erwiderte die Katze gelassen. »Aber sie wird dann um so mehr zum Klischee.«

Ransome lachte. »Von der Tatsache einmal abgesehen, daß du sprechen kannst, finde ich dich äußerst erfrischend.

Bis jetzt hat noch keiner meine besondere Note der Schlagfertigkeit kritisiert.«

»Bis jetzt hat dich auch noch keiner durchschaut«, sagte die Katze. »Was hast du gegen Katzen?«

Eine derartige Frage war für Ransome der Anlaß, wie auf Knopfdruck die gewünschten Sprüche zum besten zu geben. »Katzen«, deklamierte er, »sind zweifellos die eigennützigsten, undankbarsten, scheinheiligsten Geschöpfe in dieser oder jeder anderen Welt. Hervorgegangen aus einer unglückseligen Verbindung zwischen Lilith und dem Satan...«

Fluffys Augen weiteten sich. »Ah! Ein Kenner des Altertums!« flüsterte er.

»...haben sie die übelsten Charaktereigenschaften von beiden. Ihre besten Eigenschaften sind ihre äußere Schönheit und die Anmut ihrer Bewegungen, und selbst diese verströmen Abscheuliches. Bei den Zweibeinern sind es die Frauen, die den größten Wankelmut besitzen, doch nur ganz wenige Frauen sind so launisch, wie jede Katze es schon von Natur aus ist. Katzen sind nicht wahrhaftig. Sie sind einfach unmöglich, wie auch die Vollendung unmöglich ist. Kein anderes Geschöpf unter der Sonne bewegt sich mit vollkommener Grazie. Nur die Toten können sich so vollkommen entspannen. Und nichts – einfach nichts auf der Welt – übertrifft die unvergleichliche Falschheit einer Katze.«

Fluffy schnurrte.

»Miezmiezmiez! Komm doch ans Feuer und schnurr!« zischte Ransome. »Seid ihnen hold, ihr Überbringer von Leber, Lachs und Katzenminze! Weiches kleines Federbällchen, Freudenspender, spielst mit dem Ball am Faden, läßt Kinder in die zarten Händchen klatschen, um dich zu sehen. Doch dein niederträchtiges, kleines Gehirn wird dabei von bösartigen Bildern durchzuckt, die dein Spiel für dich heraufbeschwört. Beiß zu, bis das Blut spritzt; halt die Maus fest, aber laß ihr noch ein bißchen Luft, damit sie nicht sofort erstickt; leg sie auf den Boden und bedenke sie mit zarten Tritten; stech sie mit deiner sanften Samtpfote, bis sie sich wieder bewegt, dann spring los. Pack sie mit deinen Krallen, schmeiß sie in die Luft, wälz dich mit ihr umher, grab deine grausamen Zähne in ihr Fleisch, während du ihr gleichzeitig mit der Hinterpfote die Gedärme herauskratzt. Bällchen am Faden! Schauspieler!«

Fluffy bewegte langsam seinen Schwanz. »Um ein Zitat von dir zu gebrauchen: Das war ja wohl das Hübscheste an gefühlsduseliger Phrasendrescherei, das meinen alten Ohren je untergekommen ist. Ein Triumph der einstudierten Spontaneität. Eine Symphonie des Zynismus. Ein Gedicht sinnlicher Wahrnehmung. Unberechtigter...«

Ransome grunzte. Er empfand diesem extravaganten Räuber all seiner Lieblingssprüche gegenüber einen tiefen Groll, nichtsdestotrotz zuckten seine Lippen. Dieser Kater war wirklich ein aufmerksames Tier.

»...Inbegriff der Untertreibung«, endete Fluffy ungerührt. »Wenn man dir so zuhört, dann könnte man glatt meinen, du würdest am liebsten allen Katzen dieser Welt den Garaus machen.«

»Das würde ich auch am liebsten«, knirschte Ransome.

»Damit tätest du uns sogar einen Gefallen«, sagte die Katze. »Wir würden uns mächtig amüsieren, uns deinen Nachstellungen entziehen und über die Anstrengungen lachen, die sie dir bereiten. Menschen haben einfach keine Fantasie.«

»Sie sind eben höhere Wesen«, entgegnete Ransome ironisch. »Wenn ihr die menschliche Rasse so langweilig findet, warum schafft ihr sie euch nicht vom Hals?«

»Meinst du etwa, wir wären dazu nicht imstande?« erwiderte Fluffy. »Wir sind eurer Rasse geistig überlegen, übertreffen euch in jeder Hinsicht und vermehren uns auch noch schneller. Doch warum sollten wir das ausnutzen? Solange ihr euch so verhaltet, wie ihr es die letzten paar Jahrtausende über getan habt, solange ihr uns füttert, uns ein Dach über dem Kopf bietet und nichts anderes von uns verlangt als unsere Gegenwart, um uns bewundern zu können – warum sollten wir? Ihr könnt dableiben.«

Ransome brach in ein schallendes Gelächter aus. »Das ist

aber nett von euch! Doch hör mir mal zu – und hör für einen Augenblick mit deiner öden abstrakten Diskussion auf. Sag mir doch lieber, was ich nur allzu gern wüßte: Wie kannst du sprechen, und warum hast du ausgerechnet mich zu deinem Gesprächspartner gewählt?«

Fluffy machte es sich gemütlich. »Ich werde die Frage ganz im Geiste Sokrates' beantworten. Sokrates war Grieche; ich fange also mit deinen letzten Fragen an. Womit verdienst du deinen Lebensunterhalt?«

»Warum? Ich – ich habe ein wenig Geld angelegt, bin nicht unvermögend, und die Zinsen...« Ransome hielt inne, das erste Mal war er um Worte verlegen.

Fluffy nickte verständnisvoll. »Okay, okay. Komm zur Sache. Du kannst frei sprechen.«

Ransome grinste. »Nun, wenn du es unbedingt wissen willst – und das scheint der Fall zu sein: Ich bin praktisch permanent Gast. Ich habe einen beträchtlichen Fundus an Geschichten und ein gewisses Talent, sie zu erzählen. Ich sehe ganz passabel aus und benehme mich, als wäre ich ein Gentleman. Manchmal handle ich kleinere Kredite aus...«

»Ein Kredit«, sagte Fluffy gebieterisch, »ist etwas, das man auch zurückzuzahlen gedenkt.«

»Wir sagen Kredite dazu«, meinte Ransome unbekümmert. »Ab und zu verlange ich auch eine entsprechende Gebühr für bestimmte Dienste, die ich jemandem tue...«

»Erpressung«, sagte die Katze.

»Werd nicht grob. Alles in allem halte ich das Leben für eine bequeme und spannende Angelegenheit.«

»Quod erat demonstrandum«, erwiderte Fluffy triumphierend. »Du machst dir ein strahlendes Leben, von außen sehr schön anzusehen. Ich auch. Du hilfst keinem außer dir selbst; dir selbst verhilfst du zu allem, was du nur willst. Ich auch. Keiner mag dich außer den Leuten, denen du etwas abknöpfst; jeder bewundert und beneidet dich. Genau wie bei mir. Hast du es jetzt kapiert?«

»Ich denke doch. Katze, du ziehst da eine ganz niederträchtige Parallele. Mit anderen Worten: Du findest mein Verhalten katzenhaft.«

»Ganz genau«, murmelte Fluffy durch seine Schnurrhaare. »Und das ist auch die Antwort auf deine beiden Fragen: Warum ich mit dir spreche, und wie ich es bewerkstellige. In allem, was du tust und denkst, ähnelst du einer Katze so sehr, daß deine ganze Grundphilosophie der einer Katze entspricht. Du hast etwas Katzenartiges an dir, und zwar so intensiv, daß es mit meiner Welt in Kontakt kommt. Deshalb sind wir auch einander verständlich.«

»Das verstehe ich nicht«, sagte Ransome.

»Ich auch nicht«, erwiderte Fluffy. »Aber so ist es nun mal. Magst du Mrs. Benedetto?«

»Nein!« entfuhr es Ransome mit beträchtlichem Nachdruck. »Sie ist absolut unerträglich. Sie langweilt mich. Sie ärgert mich. Sie ist die einzige Frau auf der ganzen Welt, die das beides gleichzeitig kann. Sie redet viel zuviel. Sie liest zu wenig. Denken tut sie überhaupt nicht. Sie ist entsetzlich engstirnig. Ihr Gesicht ähnelt dem Umschlag eines Buches, das noch nie jemand lesen wollte. Ihre Figur gleicht diesem zusammengedrückten Typ von Whiskyflasche, in der nie Whisky war. Ihre Stimme ist eintönig und unmelodisch. Ihre Ausbildung ist unzureichend, die Herkunft ihrer Familie zweitklassig. Sie kann nicht kochen und putzt sich nicht oft genug die Zähne.«

»O je!« sagte die Katze und hob dabei überrascht beide Pfoten. »In allem steckt ein wahrer Kern. Das freut mich. Es entspricht haargenau dem, was ich selbst seit einigen Jahren spüre. An ihrer Kocherei hatte ich allerdings nie etwas auszusetzen. Für mich kauft sie gesondert Lebensmittel ein. Doch ich bin es leid, bin sie leid. Ich habe sie in einem fast unglaublichen Ausmaß einfach satt. Fast so sehr, wie ich dich hasse.«

»Mich?«

»Natürlich. Du bist eine Imitation. Ein Schwindler. Schon deine Abstammung spricht gegen dich, Ransome. Kein Tier, das schwitzt und sich rasiert, Frauen Türen öffnet, sich mit genauso heuchlerischen Nachbildungen von Tierfellen kleidet, kann je einer Katze das Wasser reichen. Dazu bist du auch noch recht eingebildet.«

»Du etwa nicht?«

»Ich bin anders. Ich *bin* ja eine Katze, und habe auch das Recht, zu tun und zu lassen, was ich will. Als ich dich heute abend sah, verabscheute ich dich mit einer solchen Intensität, daß ich den Entschluß faßte, dich umzubringen.«

»Warum hast du es nicht getan? Warum... tust du es nicht?«

»Ich konnte nicht«, sagte die Katze kühl. »Solange du einen so leichten Schlaf hast wie eine Katze, geht es nicht... Nein, ich habe mir etwas viel Amüsanteres ausgedacht.«

»Ah ja?«

»Ja.« Fluffy streckte ein Vorderbein nach vorne, zeigte seine Krallen. Unbewußt nahm Ransome wahr, wie lang und stark sie schienen. Der Mond war weitergezogen. Schiefergraues Licht fiel ins Zimmer.

»Was hat dich eigentlich kurz bevor ich hereinkam aufgeweckt«, fragte die Katze und sprang dabei auf die Fensterbank.

»Ich weiß es nicht«, sagte Ransome. »Irgendein leises Geräusch, nehme ich an.«

»Nein, wirklich?« sagte Fluffy, krümmte den Schwanz und grinste durch seinen Katzenschnurrbart. »Es war das *Fehlen* eines Geräusches. Merkst du, wie still es ist?«

Das war es in der Tat. Im ganzen Haus war es mucksmäuschenstill – ach ja, jetzt konnte er die schwerfälligen Schritte der Hausangestellten hören, die sich gerade auf dem Weg von der Küche zu Mrs. Benedettos Schlafzimmer befand, dann das leise Klimpern einer Teetasse. Doch sonst – plötzlich fiel es ihm auf. »Das alte Pferd hat aufgehört zu schnarchen!«

»Genau!« sagte die Katze.

Die Tür auf der anderen Seite des Flures öffnete sich, die Hausangestellte murmelte etwas, dann ein lautes Krachen, der schrecklichste Schrei, den Ransome in seinem Leben je gehört hatte, und überstürzt den Flur entlangeilende, polternde Schritte, ein weiterer Schrei, dann Stille.

»Was zum...«

Ransome hechtete aus dem Bett.

»Nur die Hausangestellte«, sagte Fluffy und putzte sich zwischen den Zehen. Dabei beobachtete er jedoch Ransome unaufhörlich aus den Augenwinkeln. »Sie hat gerade Mrs. Benedetto gefunden.«

»Gefunden?«

»Ja. Ich habe ihr die Kehle zerfetzt.«

»Mein Gott! Warum?«

Fluffy verschaffte sich einen sicheren Stand auf der Fensterbank. »Damit man dir dafür die Schuld gibt«, sagte er, und mit einem gehässigen Lachen sprang er nach draußen und verschwand im grauen Morgen.

Deutsch von Gunther Seipel

Die treue Katze

Patricia Moyes

Es wäre ein Fehler, Hubert Withers Entschluß von jenem
Donnerstagmorgen, seine Frau schließlich doch nicht umzubringen, seiner freundlichen Art, einem Sinneswandel oder
irgendwelchen moralischen Skrupeln zuzuschreiben; er be-
ruhte vielmehr auf einer Mischung aus Empfindlichkeit und
Feigheit, zu der sich noch die Erkenntnis gesellte, daß er das
Gewünschte auch mit anderen Mitteln erreichen konnte.
Hubert war ein kleiner Mann und hatte immer vor Gewalt-
tätigkeiten jeder Art zurückgeschreckt. Bei dem Gedanken,
Caroline tatsächlich zu töten, wurde ihm ganz schlecht. Außerdem bestand dabei ja auch das Risiko, erwischt zu werden. Wie einfallsreich sein Plan auch immer sein mochte,
der Ehemann, der das Vermögen seiner Frau erbte, war automatisch der erste, der bei einer solchen Tat in Verdacht geriet.

Nichtsdestotrotz, er brauchte Geld – und das sehr bald. Es
wäre natürlich nett, wenn Caroline auf Dauer aus dem Weg
geräumt wäre und er ihr Erbe antreten könnte – doch er sah
jetzt ein, daß die Angelegenheit auf weniger drastische
Weise angegangen werden konnte. Wenn es möglich war,
sie auch nur für eine kurze Zeit außer Gefecht zu setzen,
und er eine Vollmacht in der Hand hätte, mit der er in ihrem
Namen tätig werden konnte, zum Beispiel um Schecks zu
unterschreiben und sich Bargeld auszahlen lassen, dann
wäre ja alles gut.

Es war auch nicht so, daß Hubert Caroline gegenüber eine
besondere Abneigung empfunden hätte. Sie war alles andere als eine alte Schreckschraube, obwohl er sie natürlich
einzig und allein wegen ihres Geldes geheiratet hatte. Sie
war die einfache, schüchterne Tochter (und das einzige
Kind) eines Witwers, der in Washington in der Baubranche

ein Vermögen verdient hatte. Als der alte Mann gestorben war, war alles an sie übergegangen.

Caroline Todman hatte im Laufe ihres Lebens nur wenige Menschen zum Freund gewonnen. In die extrem teure Privatschule, die sie besucht hatte, kamen sowieso nur Töchter, die einmal eine große Erbschaft machen würden – ihre einzige wirkliche Freundschaft bestand zu einem anderen Mädchen, das genauso schlicht, aber nicht so schüchtern war wie sie und Annabel hieß. Annabel hatte den verarmten, jüngeren Sohn eines britischen Adligen geheiratet und nannte sich jetzt Lady Fairley. Sie lebte in einem hochherrschaftlichen, elisabethanischen Landsitz in Südengland, der natürlich von ihrem Geld erworben worden war. Etliche Male hatte Annabel geschrieben und vorgeschlagen, Caroline solle nach England kommen und sie und ihren Mann besuchen, doch Caroline war viel zu scheu, um allein dorthin zu reisen.

Trotz ihrer Schlichtheit und Schüchternheit brachte es ihre Position mit sich, daß es eine Menge Männer gab, die es auf Caroline abgesehen hatten. Ihr Vater, der alte Todman, schwor jedoch, jeden Mitgiftjäger auf einhundert Meter Entfernung zu entlarven. Auch Caroline selbst war notgedrungen gar nicht so schlecht darin. Das verstärkte natürlich ihre Schüchternheit und hielt sie eher von jungen Männern fern. So war sie erst mit dreißig Jahren verheiratet.

Hubert Withers schien der einzige Mann zu sein, der sie einfach um ihrer selbst willen haben wollte. Auch er schien sehr schüchtern zu sein; sein ganz passables Äußeres versteckte er unter einer Brille mit Metallgestell, die ihm überhaupt nicht stand, und einem dünnen Schnurrbart. Er hatte Caroline Todman auf Schritt und Tritt verfolgt und dann den Plan ausgeheckt, ihr das erste Mal in der Stadtbücherei von Georgetown zu begegnen. Sie begannen, sich über Bücher zu unterhalten, und schüchtern lud er sie in ein billiges Café ein. Offensichtlich war er sich überhaupt nicht darüber bewußt, wen er da vor sich hatte.

Caroline war fasziniert, und selbst der alte Todman brachte mürrisch seine Wertschätzung zum Ausdruck. Der junge Mann schien genügend Liebenswürdigkeit zu besitzen und war anscheinend wie betäubt, als ihn Caroline zum ersten Mal zu sich auf den Familiensitz einlud, der in der feinsten Gegend Georgetowns inmitten etlicher Hektar Parkgelände lag. Hubert erklärte stammelnd, er habe ja keine Ahnung davon gehabt, daß sie die Tochter *des* Arnold Todman sei. Es war ein gelungener Auftritt – Hubert hätte wirklich Schauspieler werden sollen.

Doch leider, so gestand er seinem zukünftigen Schwiegervater freimütig, wenn auch zaghaft, ein, war er nur ein mittelloser Student, etliche Jahre jünger als Caroline, und bekam, von seiner Studienbeihilfe einmal abgesehen, keinerlei nennenswerte finanzielle Unterstützung. Er erzählte, er arbeite momentan an einer bestimmten These über den Einfluß der Hexerei auf das europäische Denken des Mittelalters. In Wirklichkeit brachte er diesem Thema nur ein gelindes Interesse entgegen, doch er wußte genug, um sich auf überzeugende Weise mit einem Millionär darüber zu unterhalten, der einmal als ungelernter Bauarbeiter angefangen hatte.

Alles kam so, wie Hubert es sich erhofft hatte. Todman gab sein Einverständnis – doch unter einer Bedingung: Der junge Withers sollte sein Interesse an der Geschichtsforschung zu seinem Hobby machen und einen Job in der Firma annehmen.

»Fang unten an, mein Sohn, mach's genau wie ich. Dann hast du bald Erfolg.«

Ein Blick auf Hubert hatte Arnold Todman zu dem Entschluß kommen lassen, daß die unterste Sprosse auf der Leiter zum Erfolg in der Bauindustrie für diesen zartgebauten Intellektuellen nicht bedeutete, als Arbeiter auf dem Bau anzufangen. Statt dessen wurde Hubert eine Stelle auf der bequemen, weitaus weniger anstrengenden Palette einfacher Arbeiten in dieser Branche zugeteilt: Er bekam den Posten eines besseren Bürogehilfen, der zufällig mit der Tochter des Chefs verheiratet werden würde.

Das hätte auch gut so funktionieren können, wenn nicht eines gewesen wäre: Nach einigen Monaten stellte sich mit schmerzhafter Deutlichkeit heraus, daß Hubert einfach nicht für diese Arbeit geeignet war. Da paßte es wahrscheinlich ganz gut, daß Arnold Todman an Herzversagen starb, bevor irgend jemand von Huberts Vorgesetzten sich das Herz gefaßt hatte, ihm zu sagen, daß Hubert ein hoffnungsloser Fall war und das auch immer bleiben würde. Arnold starb glücklich. Er wußte, daß Caroline verheiratet war und daß sein Schwiegersohn in der Firma bald Karriere machen würde. Alles, was er besaß, vererbte er Caroline – einschließlich der Aktienmajorität im Geschäft, mit der er sich seine Kontrolle gesichert hatte.

Caroline wußte über die Firma lediglich, daß sie ein stattliches Einkommen ermöglichte. Auf Anraten leitender Angestellter hatte sie das Geschäft bald fest in der Hand. Da sie jetzt kein zusätzliches Geld mehr nötig hatten, meinte sie taktvoll zu Hubert, er solle doch seinen sogenannten Job aufgeben und seine Forschungen weitertreiben, an denen ihm soviel gelegen war. Hubert willigte erleichtert ein. Seine Zufriedenheit mit der Situation wurde nur dadurch geschmälert, daß Caroline trotz ihrer Schlichtheit und Schüchternheit die Finanzmittel der Familie fest zusammenhielt.

Sie wohnten jetzt im Haus der Todmans, und dort hatte man Hubert für seine Forschungsarbeiten die prächtige Bibliothek überlassen und auf den Regalen Platz für seine Nachschlagewerke geschaffen. Caroline organisierte den Haushalt, kümmerte sich um alle finanziellen Angelegenheiten und hielt die Verbindung zur Firma aufrecht. Hubert verbrachte einsame und frustrierende Stunden in der Bibliothek. Das Personal begegnete ihm mit großer Achtung.

»Der Herr arbeitet gerade an seinem Buch«, sagte der Butler immer mit großem Ernst zu einem kichernden Dienstmädchen oder einem unbeholfenen Küchenjungen. »Weißt du nicht, daß er dazu vollständige Ruhe braucht?«

Und so sorgte man dafür, daß Hubert vollständige Ruhe hatte. Ihn machte das fast wahnsinnig. Seine geistige Gesundheit wurde letztlich nur dadurch gerettet, daß er anfing, seine öden Stunden damit zu füllen, bei Rennen auf Pferde zu setzen.

Als Ehemann von Caroline (geborene Todman) war er natürlich für die Buchmacher überaus kreditwürdig. Nichtsdestotrotz ließ sich aber nicht an der Tatsache rütteln, daß er nur über das spärliche Taschengeld verfügte, das ihm seine Frau in bar zuteilte. »Immerhin kannst du mir ja alles in Rechnung stellen, nicht wahr, mein Schatz?« Jetzt war jedoch der Punkt erreicht, an dem seine Gläubiger auf seinen Zahlungen beharrten und keinen weiteren Aufschub duldeten. Für eine Weile hatte er sie ruhighalten können, indem er heimlich ein wertvolles Gemälde aus dem blauen Morgenzimmer – einem Ort, den Caroline nur sehr selten betrat – verkaufte, doch das war nur ein Tropfen auf den heißen Stein. Bald würden sie nicht mehr lockerlassen.

So wie Hubert die Sache sah, stand er vor zwei Alternativen. Er konnte Caroline die ganze Sache gestehen, und sie würde zweifellos seine Schulden bezahlen, um die Familienehre zu retten. Doch dann würde er sein Leben so nicht mehr weiterführen können. Die andere Möglichkeit bestand darin, sie umzubringen.

Daß es noch eine dritte Möglichkeit für ihn gab, fiel ihm, wie bereits erwähnt, an einem Donnerstagmorgen im Frühling ein. Caroline, die über innere Schmerzen geklagt hatte, war am Tag zuvor ins Krankenhaus gekommen, um sich untersuchen zu lassen und unter Beobachtung zu bleiben. Am Donnerstag rief dann Dr. Edwards bei Hubert an. Er war ein alter Freund der Familie Todman und ihr medizinischer Berater.

»Ich fürchte«, sagte der Arzt, »daß Mrs. Withers umgehend operiert werden muß.«

»Was hat sie denn?« fragte Hubert und hoffte, einigermaßen besorgt zu klingen, denn das Herz hüpfte ihm vor Freude in der Brust.

Doch alle diesbezüglichen Illusionen wurden ihm schnell geraubt. »Oh, jetzt, wo wir es rechtzeitig entdeckt haben, ist es nichts Gefährliches«, beruhigte ihn der Arzt. »Sie hat eine große, aber glücklicherweise harmlose Wucherung im Bereich der Gebärmutter, und das ist zweifellos auch der Grund dafür, daß sie keine Kinder hat. Ich denke, sie läßt sich ohne eine komplette Hysterektomie entfernen, aber...«

»Eine komplette was?« fragte Hubert, der von medizinischen Dingen nicht allzuviel verstand.

»Eine operative Entfernung der Gebärmutter und der Eierstöcke«, erläuterte Dr. Edwards. »Die Operation ist nicht sonderlich gefährlich, aber ich befürchte, guter Mann, Sie müssen sich mit der Tatsache abfinden, daß Caroline nie ein Kind bekommen kann.«

Das paßte Hubert großartig, doch er gab die angemessenen Laute des Bedauerns von sich. Dann kam Dr. Edwards mit der lebensrettenden Nachricht, die bei Hubert wie eine Bombe einschlug.

»Mr. Withers, ich muß nachdrücklich darauf hinweisen, daß die Operation, obwohl sie medizinisch gesehen recht einfach ist, für eine Frau schlimme Nachwirkungen seelischer Art haben kann. Der Chirurg erledigt nämlich sozusagen innerhalb von einer halben Stunde das, was die Natur ganz allmählich über einen Zeitraum von mehreren Jahren bewerkstelligt. Das führt dazu, daß einige Frauen nach der Operation unter schweren Depressionen leiden. Ich möchte Ihnen da keine Angst einjagen, aber manchmal kann es zu Wahnvorstellungen und eine Zeitlang sogar zu einer leichten Geistesgestörtheit kommen. Seien Sie deshalb besonders freundlich und aufmerksam zu Ihrer Frau, wenn sie aus dem Krankenhaus kommt.«

»Natürlich«, erwiderte Hubert.

»Das Beste wäre natürlich«, fuhr der Arzt fort, »wenn die Frau irgendein Haustier bekommen könnte – als Ersatz für ein Kind, wenn Sie so wollen. Darauf könnte sie dann die ganze aufgestaute Zuneigung übertragen, die sie einem Kind entgegenbringen würde, von dem sie jetzt weiß, daß sie es niemals haben kann.«

»Caroline hat bereits ein Haustier«, meinte Hubert. »Eine Siamkatze.« Er versuchte, seine Abneigung gegenüber diesem Tier mit seinen unveränderlichen blauen Augen und seinem herablassenden Gehabe nicht durchklingen zu lassen. Dieses Vieh hatte er schon immer gehaßt.

»Und sie mag sie?« wollte Dr. Edwards wissen.

»Sie ist ihr ein und alles«, sagte Hubert. »Sie hat sogar einen siamesischen Namen für sie gefunden – Pakdee, was soviel wie ›treue Katze‹ bedeutet.«

»Das ist ja großartig«, ließ sich der Arzt vernehmen. »Wahrscheinlich kann die Katze mehr für Ihre Frau tun als Sie oder ich.«

In Huberts Kopf nahm ein Plan Gestalt an. Er sagte: »Ich überlege gerade – wenn sie kräftig genug ist, wäre es vielleicht eine gute Idee, Urlaub zu machen.«

»Hervorragend, hervorragend!«

»Ich selbst kann leider nicht weg«, ergänzte Hubert. »Caroline hat aber eine alte, verheiratete Schulfreundin, die in England lebt: Lady Annabel Fairley. Annabel hat sie schon lange darum gebeten, daß sie einmal zu Besuch kommt.«

»Wenn Caroline damit einverstanden ist«, sagte der Arzt, »ist das ein überaus zufriedenstellender Plan. Ich hätte nur nicht gerne gesehen, wenn sie allein in irgendein Hotel gegangen wäre. Ein Besuch bei einer Freundin und ein vollständiger Tapetenwechsel – auf alle Fälle, ja.«

Nach einigen Wochen kam Caroline aus dem Krankenhaus und erholte sich rasch. Keine der schlimmen Nachwirkungen, die der Arzt vorhergesagt hatte, schienen sich bei ihr einzustellen, doch das hinderte Huberts blühende Fantasie nicht daran, welche zu erfinden.

Jedes Mal, wenn der Arzt vorbeikam – denn auch heute noch machen Ärzte bei Leuten wie Caroline Hausbesuche –, schaffte es Hubert, ihn allein zu sprechen, bevor er wieder ging.

»Unsere Patientin scheint hervorragende Fortschritte zu machen«, sagte der Arzt immer.

»Nun... ja und nein, Herr Doktor.«

»Wie meinen Sie das?«

»Natürlich können Sie es bei Ihren Besuchen nicht feststellen, aber Sie hatten mich gewarnt, und ich meine, Sie sollten wissen, daß die ganze Sache zu einer wahren Obsession geworden ist.«

»Sache? Was für eine Sache, Mr. Withers?«

»Diese Geschichte mit der Siamkatze. Sie läßt sie einfach nicht mehr aus den Augen.« Caroline hatte sich gerade ausgeruht, als der Arzt gekommen war, und in der Tat hatten Pakdee und sie eng zusammengekuschelt auf dem Tagesbett gelegen. Hubert fuhr fort: »Sie hat sogar diese verrückte Idee, daß jemand darauf aus ist, dem Kater Schaden zuzufügen. Ich kann mich des dummen Gefühls nicht erwehren, daß es für einen nicht sonderlich gesund ist, sich so von einem Tier vereinnahmen zu lassen. Immerhin ist es doch nur ein Tier.«

»Mr. Withers, ich sagte Ihnen ja bereits, das ist ganz normal.« Dr. Edwards beruhigte ihn. »Es geht vorbei.«

Als Benson, der Butler, einige Tage darauf Cocktails servierte, machte Hubert Caroline den Vorschlag, daß sie doch die Fairleys in England besuchen könnte. Caroline war begeistert. Seit ihrer Hochzeit und ihrer Eingebundenheit in die Firma war sie viel selbstsicherer geworden. »Das ist ja wirklich eine hervorragende Idee, Hubert. Morgen rufe ich Annabel an. Du kommst doch auch mit, oder?«

»Ich wünschte, es wäre möglich, Liebling«, entgegnete Hubert, »doch ich habe neulich mit Bentinck gesprochen« – Bentinck war der Hauptgeschäftsführer der Firma –, »und er meint, wir sollten nicht beide gleichzeitig im Ausland sein. Außerdem bin ich Annabel noch nie begegnet. Wenn ihr unter euch seid, macht es dir doch sowieso mehr Spaß.«

»Ja, vielleicht«, meinte Caroline gutgelaunt. »Ich wünschte nur, ich könnte Dee-Dee mitnehmen, aber diese dämlichen, britischen Quarantänebestimmungen machen das unmöglich. Du kümmerst dich doch für mich um ihn, nicht wahr, Hubert?«

Dee-Dee war Carolines Kosename für Pakdee. Hubert war er fast ebenso sehr zuwider wie das Kunststück im Salon, das das Tier ausschließlich für Caroline aufführte. Jedesmal, wenn Caroline von draußen ins Haus zurückkehrte, stand sie im Flur und rief in einem ganz bestimmten Tonfall »Dee-Dee!« Und wo immer die Katze auch sein mochte, sie kam auf diesen Ton herbeigestürzt, sprang mit einem Satz in Carolines Arme, legte ihr ihre dunkelbraunen Vorderbeine um den Hals und vergrub ihr Gesicht in der Mulde an ihrer Schulter. Hubert wurde immer leicht übel, wenn er das sah.

Jetzt jedoch meinte er nur leichthin: »Natürlich mache ich das, Liebling, das weißt du doch.« Bald konnte er Dr. Edwards berichten, daß es Caroline viel besser zu gehen schien und sie damit einverstanden war, nach England zu reisen und ihre Freundin zu besuchen.

An dem Morgen, an dem der Arzt zur letzten Nachuntersuchung vorbeikam, fragte Hubert seine Frau, die mit Pakdee auf dem Schoß auf dem Sofa saß: »Ist jetzt alles fest? Am zwanzigsten fliegst du doch nach England?«

»Ja«, antwortete Caroline. »Das Reisebüro hat mir einen Platz erster Klasse für den Mittagsflug gebucht.«

In unverändert freundlichem, gelassenem Ton ergänzte Hubert: »Dann kann ich es dir auch gleich sagen: Sobald du weg bist, werde ich dafür sorgen, daß diese Katze verschwindet.«

»Es sollte...« Caroline traute ihren Ohren nicht. »*Was* hast du vor?«

»Dafür zu sorgen, daß die Katze verschwindet«, erwiderte Hubert. »Ich werde sie einschläfern lassen. Darüber mußt du dir im klaren sein, mein Schatz.« Dann ging er aus dem Zimmer.

Dr. Edwards fand seine Patientin in einem fast hysterischen Zustand völlig in Tränen aufgelöst vor. Soweit er aus ihren Worten klug wurde, hatte ihr ihr Mann angedroht, den Kater einschläfern zu lassen, sobald sie nach England abgereist war. Sie wollte jetzt unter gar keinen Umständen mehr fliegen. Nichts in aller Welt konnte sie noch dazu bringen. Hubert mußte den Verstand verloren haben. Als der Arzt andeutete, sie könne ihren Gatten vielleicht mißverstanden haben, drückte Caroline die Katze noch fester an ihr Herz und rief schluchzend, der Doktor sei genauso schlimm wie Hubert und stecke wahrscheinlich mit ihm unter einer Decke. Dr. Edwards überredete sie, ein Beruhigungsmittel zu nehmen und suchte Hubert.

Hubert stieß einen tiefen Seufzer aus. »Oje«, meinte er, »dann fängt ja alles wieder von vorne an. Wie bedrückend. Ich nehme an, daß der Gedanke an die Auslandsreise sie aus dem Gleichgewicht gebracht hat. Dabei schien sie in letzter Zeit doch schon soviel vernünftiger geworden zu sein.«

Edwards räusperte sich. »Ich gehe davon aus, Mr. Withers, daß Sie nicht versehentlich irgendeine Bemerkung gemacht haben, die sie auf die Idee gebracht haben könnte...«

»Auf gar keinen Fall!« Hubert war in angemessenem Umfang entrüstet. »Selbstverständlich habe ich ihr gestern noch versichert, daß ich alles täte, um während ihrer Abwesenheit für ihre Katze zu sorgen. Ich glaube sogar, daß Benson dabei gerade Drinks serviert hat. Er muß es gehört haben. Ich werde ihn sofort einmal rufen.«

Dem Arzt war die Sache äußerst peinlich. »Mein lieber Mr. Withers, das können sie sich sparen. Natürlich glaube ich Ihnen.«

Hubert blieb jedoch hart. »Nein, nein, ich bestehe darauf.« Sein Finger drückte bereits auf die Klingel. »Die ganze Geschichte hat so besorgniserregende Dimensionen angenommen, daß ich meine, Sie sollten sich absolut sicher sein, daß Caroline Wahnvorstellungen hat.«

Benson kam herein und bestätigte pflichtbewußt, was Hubert gesagt hatte. Natürlich, ergänzte er als Antwort auf die Fragen des Arztes, gehöre die Katze der gnädigen Frau, die dem Tier auch eine ganz besondere Zuneigung entgegenbringe. Den Hausherrn habe er dem Tier gegenüber nur freundlich und aufmerksam erlebt. Zumindest immer dann, wenn er dabei gewesen sei. Madam und die Katze verbrächten den Großteil ihrer Zeit zusammen.

Die Katze dürfe nicht in die Küche, aber Madam füttere sie immer eigenhändig in dem Raum, in dem er als Butler das Essen anrichte. Er, Benson, würde sich freuen, während ihrer Abwesenheit diese Aufgabe persönlich zu übernehmen. Benson war ein englischer Butler alter Schule und zusammen mit Arnold Todmans Haus an die Tochter übergegangen. Er kannte Caroline von Kind auf und mochte sie sehr gerne. Bei einer Aufzählung von Carolines Freunden durfte Benson nicht fehlen.

»Nun«, sagte Dr. Edwards, als Benson sich zurückgezogen hatte, »wie Sie selber sagen, ist das ein trauriger Rückschlag. Ich meine, es ist jetzt wichtiger denn je, daß sie verreist und Urlaub macht. Andererseits müssen wir sie irgendwie davon überzeugen, daß sie sich Ihre Drohung nur eingebildet hat, denn die Katze kann sie ja nicht mitnehmen. Sollen wir einmal zusammen mit ihr sprechen?«

Sie sprachen zusammen mit Caroline, sie sprachen einzeln mit ihr. Hubert beteuerte immer wieder, daß er sich um Pakdee kümmern würde. Benson versprach, die Katze von Hand zu füttern und es Caroline telefonisch sofort wissen zu lassen, wenn irgend etwas mit ihr nicht zu stimmen schien.

Schließlich war Caroline überzeugt. Tatsächlich war sie mehr als das – sie hatte Angst, denn sie glaubte jetzt wirklich, an Wahnvorstellungen zu leiden. Es ist immer ein wenig erschreckend, das Gefühl zu haben, wahnsinnig werden zu können.

In einem Gespräch unter vier Augen meinte Dr. Edwards dann zu Hubert, er habe große Hoffnungen, daß Carolines Urlaub in England allen weiteren Symptomen ein Ende bereiten würde, besonders, wenn sie bei ihrer Rückkehr die Katze in bester Gesundheit vorfinde. Wenn sie allerdings auch nach ihrer Rückkehr noch unter Wahnvorstellungen leide, fügte er hinzu, dann könnte es für sie notwendig werden, sich für einige Wochen in einem ruhigen Pflegeheim einer Kur zu unterziehen.

Hubert verabschiedete sich am Flughafen Dulles von Caroline. Er machte und sagte all das, was man in einem solchen

Fall von ihm erwarten konnte. In dem Augenblick, in dem sich die Türen der fahrbaren Kabinen, die die Passagiere nach London zum wartenden Jumbo-Jet brachten, schlossen, meinte er sanft und freundlich zu ihr: »Ich werde Pakdee heute abend einschläfern lassen. Auf Wiedersehen, mein Schatz. Viel Spaß.«

Caroline weinte den ganzen Flug nach London über, trotz – oder vielleicht wegen – des ausgezeichneten Champagners, den die Stewardeß ihr in der Hoffnung, sie dadurch etwas aufzuheitern, einflößte. Als sie in Fairley Hall ankam, war es nach Mitternacht britischer Zeit. Caroline bestand darauf, umgehend zu Hause anzurufen und mit Benson zu sprechen. Der versicherte ihr, daß Pakdee gesund und munter sei und gerade sein Abendessen genieße – in Washington war es sieben Uhr abends.

»Ich freue mich, daß Sie einen ruhigen Flug hatten, Madam«, sagte Benson. »Ich hole den Herrn des Hauses, dann kann er gleich mit Ihnen sprechen.«

»Nein, nein, lassen Sie das, Benson«, erwiderte Caroline. »Sagen Sie ihm nicht, daß ich angerufen habe.« Sie legte den Hörer auf.

Früh am nächsten Morgen sagte Hubert zu Benson: »Ich suche Pakdees Impfpaß. Seine jährlichen Impfungen sind bald fällig.«

»Ja, Sir«, erwiderte Benson. »Madam ließ erst gestern eine ähnliche Bemerkung fallen.«

»Nun, jetzt oder nie. Können Sie eben in der Tierklinik anrufen und sich für heute morgen einen Termin geben lassen? Suchen sie mir dann das Katzenkörbchen; ich nehme die Katze mit.«

Einige Stunden später fuhr Hubert mit einem mürrischen, schweigsamen Pakdee, der wütend aus dem Körbchen auf dem Beifahrersitz des Jaguars herausstarrte, zur Tierklinik. Ordnungsgemäß wurde er geimpft, alles wurde im Impfpaß vermerkt. Auf dem Heimweg bog Hubert jedoch in eine Seitenstraße, setzte zurück und fuhr dann zu einer ganz anderen Adresse. Sie gehörte einem Tierarzt namens Dr. Michaelson, bei dem er noch nie gewesen war und den er sich aus dem Branchenverzeichnis herausgesucht hatte, weil die Praxis in einem abseits gelegenen südlichen Vorort der Stadt in Virginia lag. Hubert stellte sich als Mr. Robinson vor. Er habe gestern, bevor er den Flughafen Dulles verließ, von einer öffentlichen Telefonzelle aus einen Termin mit ihm abgemacht. Dr. Michaelson war ein großer, dünner Mann mit einem langen, ein wenig ausdruckslosen Gesicht und sensiblen Händen mit langen Fingern. Pakdee wurde sofort ruhig, als er ins Sprechzimmer trat und gestattete ihm, ihn aus dem Körbchen zu heben.

»Na«, meinte Michaelson bewundernd, »da haben Sie aber ein schönes und wertvolles Tier, Mr. Robinson. Die Katze scheint mir ja in bester Verfassung zu sein. Ist irgend etwas nicht in Ordnung mit ihr, oder muß sie nur geimpft werden?«

»Sie braucht mehr als Impfungen«, erwiderte Hubert. »Sie soll eingeschläfert werden.«

»Das ist doch nicht Ihr Ernst, Mr. Robinson.«

»Mit mir hat das ja gar nichts zu tun«, meinte Hubert schroff. »Es ist meine Frau. Sie hat das Tier als Spielzeug gekauft und ist es jetzt satt. Die Katze muß weg.«

»Und ihr fehlt nichts?«

»Nicht daß ich wüßte.«

Der Tierarzt sah nachdenklich drein. Er sagte: »Ein junges, kerngesundes Tier habe ich noch nie gerne eingeschläfert. Insbesondere solch ein feines Exemplar. Sind Sie sich sicher, daß ich ihm kein neues Zuhause suchen soll?«

»Ich will, daß diese Katze getötet wird«, sagte Hubert mit abstoßender Bestimmtheit. »Ich bezahle Sie dafür. Die Katze gehört mir, und ich kann mit ihr machen, was ich will. Machen Sie schon, bringen Sie es hinter sich.«

»Sie bleiben dabei?«

»Auf jeden Fall. Und ich will mit eigenen Augen sehen, wie es getan wird.«

Michaelson seufzte. »Na gut«, meinte er dann. Er ging zum Schrank und bereitete die Spritze vor. »Wollen Sie den Leichnam mitnehmen?«

»Mit Sicherheit nicht.«

»Einige Leute«, sagte Michaelson mit leichter Ironie, »haben so viel für ihre Haustiere übrig, daß sie sie sogar in ihren Gärten begraben. Wenn Sie jedoch wünschen, daß ich das Tier beseitige...«

»Ja, das wünsche ich. Machen Sie mit ihm, was Sie wollen – schaffen Sie es nur beiseite.«

»Nun gut.« Mit sanften Bewegungen streichelte Dr. Michaelson über Pakdees Fell. »Na denn, guter Junge, es tut auch nicht weh.«

Hubert versuchte, nicht auf die Nadel zu schauen, als dem Tier die Spritze gegeben wurde, aber irgendwie konnte er die Augen nicht von der Katze abwenden. Pakdee drehte mit letzter Kraft den Kopf und schenkte Hubert aus seinen tiefblauen Augen einen Blick derart abgrundtiefen Hasses, daß Hubert instinktiv einen Schritt nach hinten wich. Dann kippte der Kater nach hinten und lag reglos da.

Hubert riß sich zusammen, wandte seinen Blick vom leblosen Körper des Tieres ab und sagte: »Nun, das wär's dann ja wohl. Vielen Dank. Was bin ich Ihnen schuldig?«

Michaelson erwiderte: »Nichts, Mr. Robinson. Für das Einschläfern von Tieren nehme ich nichts – ganz gleich, ob sie dadurch von ihrem Leid erlöst werden oder bei bester Gesundheit sind.« Der Klang seiner Stimme entsprach Pakdees starrem Blick, als er starb.

Hubert nahm das Körbchen hoch und machte, daß er davonkam. Als er durch das Wartezimmer ging, war er sich des leeren Korbes in der Hand mit schmerzhafter Deutlichkeit bewußt. Die einzige Person, die dort wartete, war eine Dame mittleren Alters mit ernster Miene, die ebenfalls ein Katzenkörbchen in der Hand hielt, in dem sich eine undefinierbare getigerte Katze aufhielt.

»Das tut mir aber leid zu sehen, daß Sie Ihre Katze beim Doktor lassen mußten«, bemerkte sie. »Ist es etwas Schlimmes oder wird sie einfach nur für eine Weile bei ihm untergebracht?«

Hubert murmelte etwas von ›einfach untergebracht‹ und eilte nach draußen zum Auto. Im Moment fühlte er sich nur noch imstande, eine Bar zu suchen und irgendein starkes Getränk in sich hineinzukippen. Wohin er auch blickte, überall erschienen ihm Pakdees Augen. Es war dumm, daß er im Verlauf seiner sogenannten Forschungen gerade ein Buch über die Verbindung zwischen Katzen und Hexerei gelesen hatte. Vielleicht war Caroline ja eine Hexe und Pakdee ihr Schutzgeist. Er bestellte einen weiteren Drink und befahl sich innerlich, sich nicht wie ein Idiot zu benehmen. Schließlich war sein Plan bisher nur zur Hälfte ausgeführt. Mit Pakdee war es ein für allemal vorbei, doch die Frage seines Nachfolgers war noch nicht geklärt.

Etwa eine Stunde später fühlte sich Hubert stark genug, seine Reise mit dem leeren Katzenkörbchen auf dem Beifahrersitz fortzusetzen. Dieses Mal fuhr er über den Beltway bis in die nördlichsten Vororte in Maryland zu einer anderen Adresse, die er ebenfalls im Branchenverzeichnis gefunden hatte. Es handelte sich um einen privaten Verein zur Verhinderung von Grausamkeiten an Tieren, den er ausgewählt hatte, weil er so weit wie möglich vom Sprechzimmer der Praxis Dr. Michaelsons entfernt war. Der Verein, der in seinen Anzeigen bekundete, nie ein gesundes Tier einzuschläfern, fungierte als Agentur für verlorengegangene bzw. gefundene Tiere und vermittelte Katzen zur Adoption. Hubert hatte von Dulles aus auch dort angerufen und sich als Mr. Green ausgegeben. Es war der Herzenswunsch seiner Frau, hatte er gesagt, eine Siamkatze mit schokoladenbraunen Ohrenspitzen zu besitzen, da sie gerade den Verlust ihrer heißgeliebten, alten Katze dieser Art zu beklagen hatte. Ob sie wohl eine solche Katze zur Adoption da hätten?

»Momentan haben wir überhaupt keine Katzenjungen.« Hubert war ganz überrascht über die männliche Stimme gewesen. Er hatte immer angenommen, daß solche Vereine von verschrobenen alten Damen geleitet wurden.

»Oh, wir suchen auch kein Katzenjunges«, hatte er rasch erwidert. »Wir wollen eine ausgewachsene Katze. Ungefähr zwei Jahre alt.«

»Ah, dann denke ich, daß wir Ihnen behilflich sein können. Erwachsene Tiere sind immer etwas schwieriger unterzubringen. Eine Siamkatze mit schokoladenbraunen Ohrenspitzen, sagten Sie? Ja, wir haben sogar drei davon.«

»Ich komme morgen nach dem Mittagessen vorbei«, hatte Hubert angekündigt.

Er speiste noch in einem kleinen Restaurant in Maryland, von dem er wußte, daß man ihn dort nicht erkennen würde. Dann fuhr er zur angegebenen Adresse des Vereins, die zu einem kleinen, außerhalb liegenden Haus gehörte, das von einem fast einen halben Hektar großen Garten umgeben wurde.

Hubert hatte den Eindruck, daß es dort von Katzen jeden Alters, jeder Größe und Farbe nur so wimmelte – einige hielten sich in geräumigen Drahtgehegen auf, andere liefen frei herum. Der freundliche ältere Herr, der die Vordertür öffnete und sich als Mr. O'Donnell vorstellte, scheuchte eine ganze Schar von ihnen weg.

»Ah, Mr. Green«, strahlte er. »Schön, Sie zu sehen. Bitte kommen Sie doch herein. Ich werde Sie in den Salon führen – das ist der einzige Ort, an den die Katzen nicht dürfen.« Er geleitete Hubert in einen kleinen, mit schäbigen Möbeln ausgestatteten Raum. »Ich glaube, Sie halten dies für ein recht seltsames Etablissement, aber es ist eine sehr lohnende Arbeit. Sie leistet einen Beitrag, wissen Sie?«

Hubert war sich sicher, daß man auch von ihm erwartete, einen Beitrag zu leisten. Er hatte das Geld bei sich.

Mr. O'Donnell sprach immer noch. »Eine Siamkatze mit schokoladenbraunen Ohrenspitzen, glaube ich, sagten Sie. Ungefähr zwei Jahre alt.«

»Ganz genau«, ergänzte Hubert. »Einen kastrierten Kater.«

»Einen kastrierten Kater? Das hatten Sie aber nicht gesagt. Dadurch wird die Auswahl ein wenig geringer, aber... ja, wir haben zwei. Ich hole sie, dann können Sie sich einen aussuchen.«

Alleingelassen ließ Hubert in Gedanken noch einmal seinen Plan abspulen. Es schien ihm ein sehr guter Plan zu sein. Seiner Meinung nach sah eine Siamkatze aus wie jede andere – außer vielleicht für die Menschen, die sie liebten. Mit Sicherheit würde keiner vom Personal – nicht einmal Benson – Pakdee so gut kennen, daß er ihn eindeutig identifizieren konnte. Dr. Edwards hatte die Katze nur bei ein paar flüchtigen Gelegenheiten zu Gesicht bekommen. Nur Caroline würde keinen Ersatz akzeptieren – besonders hinsichtlich der Tatsache, daß die neue Katze mit Sicherheit nicht mit Pakdees Salonkunststück auf ihren Ruf reagieren würde. Weil er Benson belauscht hatte, wußte er, daß Caroline den Butler am Abend zuvor angerufen hatte, und nahm an, daß ein ähnlicher Anruf jeden Tag kommen würde. Benson würde sie immer wieder beruhigen. Wenn Caroline dann zurückkehrte und behauptete, die Katze im Haus sei gar nicht ihre Katze... nun, dann würde ihr Dr. Edwards bestimmt das ruhige Pflegeheim verordnen, und das würde es Hubert ermöglichen, die benötigte Vollmacht zu bekommen. Selbst wenn es nur für einige Wochen war, es würde genügen.

Mr. O'Donnell kam zurück und riß ihn aus seinen Träumereien. Unter jedem Arm hatte er eine Katze.

»Da sind wir«, meinte er und stellte die Tiere auf den Boden. »Entzückende Geschöpfe, beide. Wählen Sie.«

Von Anfang an bestand nicht der geringste Zweifel. Ein Kater war beträchtlich größer als Pakdee, und seine Ohrenspitzen waren in einem viel helleren Braun gefärbt als die von Carolines Katze. Die andere kam jedoch ohne Abstriche in Frage. Sicher, ihr Fell war insgesamt etwas blasser als Pakdees, flauschiger und weniger glatt. Die Augen hatten nicht nur ein helleres Blau, sondern auch einen milden und freundlichen Ausdruck. Der Kater hatte jedoch ungefähr die richtige Größe, und Hubert war sich sicher, daß sich mit ihr außer Caroline alle zum Narren halten lassen würden.

»Natürlich nehmen wir keine Gebühr für die Katze«, versicherte ihm O'Donnell. »Wenn Sie jedoch eine kleine Spende in beliebiger Höhe dalassen wollen...«

Hubert machte eine Spende und ließ den falschen Pakdee

ins Körbchen huschen. Dort saß der Kater und schnurrte, seine sanften Augen halb geschlossen. Als Hubert Mr. O'Donnell noch einmal versichert hatte, daß sie bereits eine Siamkatze gehabt hatten und deshalb die Heftchen über die Pflege und das Füttern nicht benötigten, die der Verein anbot, hatte sich der Kater bereits in Pakdees Körbchen zusammengerollt und war fest eingeschlafen.

Benson traf Hubert an der Eingangstür und nahm ihm den Korb ab. »Ich hoffe, mit dem kleinen Kerl ist soweit alles in Ordnung, Sir«, meinte er. »Wir waren ein wenig besorgt, als Sie nicht bis zum Mittagessen zu Hause waren.«

»Das tut mir leid, Benson«, erwiderte Hubert. »Ich mußte mich noch um eine geschäftliche Sache kümmern, und dazu gehörte es, auswärts zu Mittag zu essen.« Er zögerte. »Pakdee wirkt ein wenig lethargisch«, fügte er dann hinzu. »Wahrscheinlich eine Nachwirkung der Impfungen. Aber der Arzt sagt, er sei in bester gesundheitlicher Verfassung. Geben Sie ihm heute abend nur eine leichte Mahlzeit.«

»Wie Sie meinen, Sir.«

Hubert sollte recht behalten. Caroline rief an jenem Abend wieder an und sprach mit Benson. Als sie hörte, daß Pakdee zur Tierklinik gefahren worden war, um dort Spritzen zu bekommen, wurde sie wieder ganz panisch – sehr zum Befremden ihrer Freundin Annabel. Erst als sie ihren Tierarzt in dessen Privatwohnung angerufen hatte und von ihm erfuhr, Mr. Withers habe Pakdee an jenem Morgen tatsächlich impfen lassen, beruhigte sie sich wieder. Annabel sprach mit ihrem Mann über die Angelegenheit, und beide beschlossen, Hubert zu schreiben und ihm mitzuteilen, daß sie sich über Carolines nervlichen Zustand und ihre offensichtlichen Zwangsvorstellungen bezüglich der Katze Sorgen machten.

Der Brief kam einen Tag vor Carolines Rückkehr an und übertraf Huberts kühnste Erwartungen. Sofort rief er Dr. Edwards an. Das hatte er zwar sowieso vorgehabt, aber diese Gelegenheit schickte ihm der Himmel. Er schlug dem Arzt vor, nach Möglichkeit dabei zu sein, wenn Caroline zurückkehrte, und so das Wiedersehen mit ihrer geliebten Katze zu beobachten. Der Arzt willigte ein.

Während Carolines Abwesenheit hatte Hubert die Siamkatze kaum eines Blickes gewürdigt. Sie war vollständig in Bensons Obhut gewesen. Er hatte sich jedoch die Mühe gemacht, sich häufig nach dem Wohlbefinden der Katze zu erkundigen, und Benson hatte ihm versichert, daß es dem kleinen Kerl gutgehe, daß er gut fraß und daß er wieder ganz der Alte war. Hubert war äußerst zufrieden.

Als Caroline zurückerwartet wurde, bewirtete Hubert den Arzt mit einem Mittagessen und ließ ihn mit seinem Verdauungskaffee allein, um nach Dulles zu fahren und dort seine Frau abzuholen.

Caroline sah blendend aus. Sie erkundigte sich sofort nach Pakdee und Hubert versicherte ihr, daß er in bester Verfassung sei. »Er hat dich natürlich vermißt, Liebling«, meinte er, »aber Benson und ich haben versucht, es für ihn so erträglich wie möglich zu gestalten. Er wird ganz begeistert sein, dich wiederzusehen.«

Auf der Heimfahrt über den lieblichen George Washington Parkway plauderte Caroline glücklich über England und ihre Freundinnen. Hubert schwieg. Er sammelte mit gemischten Gefühlen seine Kräfte für das, was in Kürze bevorstand. Es würde eine unangenehme Sache werden, und er verabscheute unangenehme Situationen. Caroline würde hysterisch werden, und hysterische Frauen waren ihm zuwider. Seine Rechnung jedenfalls würde aufgehen. Es konnte nicht schiefgehen. Und Dr. Edwards würde höchstpersönlich dabeisein und alles mit eigenen Augen sehen.

Benson hörte den Wagen auf der Auffahrt und hatte die Eingangstür bereits geöffnet, bevor Caroline die oberste Treppenstufe erreichte.

»Willkommen daheim, Madam!«

»Oh, Benson, es ist schön, wieder zurück zu sein!« Caroline trat in die große Eingangshalle, als der Arzt aus dem Salon kam. »Nanu, Dr. Edwards, ich wußte ja gar nicht, daß

Sie auch da sein würden. Das ist aber außerordentlich freundlich von Ihnen. Ja, mir geht es großartig – ich hatte einen wunderbaren Urlaub.« Sie legte ihre Handtasche ab und rief: »Dee-Dee! Ich bin wieder da, Dee-Dee!« In diesem Moment kam Hubert durch die Eingangstür.

Die Katze mußte auf der Treppe gewartet haben, oben auf dem Treppenabsatz, von dessen Fenster aus man die Eingangstür überblicken konnte. Wie eine Rakete kam sie die letzten Stufen heruntergestürmt; mit einem Satz sprang sie in Carolines Arme und schnurrte vor Vergnügen. Als Caroline sie liebkoste, blickte sie über ihre Schulter zu Hubert. Die vertrauten, stahlblauen Augen glänzten vor Triumph. Das vertraute, glatte Fell. Pakdee.

»Mein Dee-Dee«, murmelte Caroline, »mein Pakdee! meine treue Katze!«

Hubert war es, der die nächsten paar Wochen in einem ruhigen Pflegeheim verbrachte. Kurz nach seiner Entlassung ließen sich Caroline und er scheiden. Man hörte noch, daß Hubert irgendwo in Kalifornien nach einer neuen Erbin suchte. Er schaffte es irgendwie, von der mageren Zuwendung zu leben, die ihm Carolines Rechtsanwälte jeden Monat zukommen ließen. Die Zuwendung wäre deutlich großzügiger ausgefallen – Caroline war alles andere als knauserig –, wenn Hubert nicht in seiner Raserei erklärt hätte, Caroline sei eine Hexe, und er habe mit eigenen Augen gesehen, wie Pakdee gestorben sei.

Dr. Edwards versuchte, ein gutes Wort für ihn einzulegen. »Er war ein bißchen durcheinander, Mrs. Withers. Wie sollte er denn gesehen haben, daß die Katze starb, wenn sie doch ganz offensichtlich quietschfidel herumlief? Ich denke, Sie müssen ihn finanziell unterstützen.«

»Er hatte die Absicht«, erwiderte Caroline, »und nur das zählt.«

Seltsamerweise besuchte Dr. Michaelson mit einem halben Dutzend entzückender Katzenbabys, die er zur Adoption dabei hatte, den privaten Verein zur Verhinderung von

Grausamkeiten an Tieren in Maryland nur wenige Tage nach Carolines Rückkehr.

»Ich nehme an, daß es Ihnen keine Schwierigkeiten bereitet hat, ein neues Zuhause für diese wunderschöne Siamkatze zu finden, oder?« wollte er wissen.

»Welche?« fragte Mr. O'Donnell.

»Oh!« meinte Mrs. O'Donnell, und ihr ernstes Gesicht wurde ganz weich, als sie in sich hineinlächelte, »John meint den Kater, den ich aus seinem Sprechzimmer mitgenommen habe. Irgendein unglücklicher Mann hatte ihn gebracht, um ihn einschläfern zu lassen, weil, wie er sagte, seine Frau ihn satt habe – den Kater, meine ich.«

»Ich nehme an, ich hätte ihn auch tatsächlich einschläfern sollen«, meinte John Michaelson. »Aber es war ein ungeheuer schönes Tier und kerngesund dazu. Ich habe kein Geld genommen und hatte Robinsons Einwilligung, das Tier so zu beseitigen, wie ich das für richtig hielt. Ich habe dem Tier nur eine Betäubungsspritze gegeben, und der Mann ging in der Überzeugung weg, daß es tot sei. Ich wußte, daß Grace im Wartezimmer saß und konnte so den Kater umgehend hierher bringen lassen.«

»Ganz genau«, sagte Grace O'Donnell. »Ich habe ihn gebadet und mit dem Fön das Fell getrocknet – es wurde dadurch wirklich um einiges heller – und habe ihm Augentropfen gegeben, die er meiner Meinung nach brauchte. Dann ging ich zum Einkaufen, und ob Sie es glauben oder nicht, als ich wieder zurückkam, hatte Patrick bereits ein neues Zuhause für ihn gefunden, und zwar bei einem… Mr. Green, hieß er doch, nicht wahr, Patrick?«

»Ja, meine Liebe. Ein netter Kerl. Hatte schon vorher Siamkatzen gehabt. Wollte genau diesen Kater, um ihn seiner Frau zu schenken, die gerade ihren verloren hatte.«

»Mr. Green scheint eine viel nettere Frau zu haben als Mr. Robinson«, sagte Grace O'Donnell. »Ich bin sicher, daß das arme Tier jetzt bei sehr glücklichen Menschen ist.«

Daran kann es keinen Zweifel geben, Mrs. O'Donnell.

Deutsch von Gunther Seipel

Die Dame trug Schwarz

Hugh B. Cave

Ungerührt schaute sich die achtzigjährige Emma Bell weiter die Sechs-Uhr-Nachrichten an und ignorierte das vertraute Geräusch, welches das über den Teppich im Wohnzimmer gezogene Leder verursachte. Ein Geschirr für Katzen wurde vor ihren Füßen fallengelassen, der Überbringer blickte mit fordernden blauen Augen zu ihr hoch.

Ohne auch nur ein einziges Mal hinunter zu blicken, schüttelte Emma unnachgiebig den Kopf. »Heute abend nicht, Tai-Tai. Meine Arthritis macht sich wieder bemerkbar.«

Die Katze, eine Siamkatze mit blauen Ohrenspitzen, antwortete mit einem entrüsteten Miau, das, wenn man es übersetzen würde – und Emma konnte es immer in ihre Sprache übersetzen –, unmißverständlich zum Ausdruck brachte: »Das kann nicht so weiter gehen. Es ist jetzt drei Tage her, und wir brauchen alle drei unsere Bewegung!«

»Nein, Tai-Tai.«

Tai-Tai blickte in Richtung Schlafzimmertür und rief die andere Begleiterin der alten Dame herbei, eine viel jüngere Siamkatze mit schokoladenbraunen Ohrenspitzen. Yum-Yum, die Emma nach einer Figur in ihrer Lieblingsoperette von Gilbert und Sullivan benannt hatte, kam mit *ihrem* Geschirr gehorsam aus dem Zimmer heraus und ließ es neben dem anderen vor Emmas Füße fallen.

Beide Katzen – die große, blaugrau und weiß gefärbte mit den lavendelfarbenen Ohren und die kleinere, hellbraun gefärbte mit dem schokoladenbraunen Gesicht und ebensolchen Pfoten – saßen dann wie zwei Statuen vor Emmas Sofa und blickten sie unentwegt an. Und die alte Dame wußte, daß sie so weiter da sitzen würden, bis sie ihren Willen bekamen.

»Ist ja schon gut, meine Lieben. Wenn ihr darauf besteht. Doch nur ein ganz kurzer Spaziergang. Mir tut wirklich alles weh.«

Sie begriffen – sie begriffen sie immer – und miauten im Einklang.

Jetzt, mit achtzig, lebte Emma Bell bereits seit neun Jahren ohne ihren Mann. Da sie Tai-Tai seit acht und Yum-Yum seit fünf Jahren bei sich hatte, litt sie nicht mehr so sehr unter ihrer Einsamkeit. Mit ihrem Gatten hatte sie eine innige Liebe verbunden; noch immer trug sie Trauerkleidung und hatte geschworen, sie nie mehr abzulegen.

Die drei lebten in völliger Harmonie in einem kleinen Haus in South Carolina auf dem Land. Ihre Einkünfte bestanden aus dem monatlichen Scheck von der Sozialversicherung, der Emma als Witwe zustand. Dazu kamen die Zinsen von einem bescheidenen Notgroschen bei der örtlichen Bank. Damit ließen sich die Steuern bezahlen und die nötigen Lebensmittel für die drei einkaufen. Er finanzierte auch den täglichen Schluck Brandy, den Emmas alternder Doktor ihr verschrieben hatte, um sie beim Ertragen der Schmerzen ihrer Arthritis zu unterstützen.

Emma schloß die Schnallen der Katzengeschirre und legte die beiden Tiere an die Leine, dann führte sie die Katzen durch die Vordertür hinaus. Dort nahm sie beide Leinen in ihre linke Hand, damit sie sichergehen konnte, daß die Tür hinter ihr auch richtig ins Schloß schnappte. Es war wahrlich nicht gerade eine übermäßig bevölkerte Gegend, doch in letzter Zeit hatten sich einige Einbrüche ereignet. »Wir müssen besonders vorsichtig sein, meine Lieben.«

Am Ende der Auffahrt bog sie nach rechts ab, dann folgte sie der Straße, die sich reizvoll durch die Pinienwälder schlängelte. Zu beiden Seiten wurde sie von flachen Straßengräben gesäumt. An einigen Stellen stand Wasser darin, und das Wasser diente Fröschen als Lebensraum, die den Abend mit ihrer kehligen Musik erfüllten. Die klare Landluft roch nach wildem Geißblatt und Piniennadeln. Tai-Tai spazierte gelassen auf der einen Seite neben ihr her; Yum-Yum zerrte auf der anderen Seite an der Leine, um den Schritt zu beschleunigen.

Die jüngere Siamkatze war immer wilder als die andere. Die alte Dame schaute zu ihr hinunter und schüttelte leicht vorwurfsvoll den Kopf. »Kannst du denn nicht sehen, daß ich mich nur so dahinschleppe? Nimm doch ein wenig darauf Rücksicht, Liebes.« Die Katze hörte tatsächlich auf, so zu ziehen. »Na, siehst du, das ist doch schon viel besser. Ich danke dir.«

An der ersten Kreuzung schaute Emma wie immer sorgsam nach beiden Seiten, bevor sie die Straße zu überqueren begann. Sie konnte noch gut sehen, nur wenn sie las, trug sie eine Brille. Es hatte jedoch den Anschein, daß ihre alternden Beine mit jedem Tag steifer wurden. Natürlich stellten bei so wenig Häusern in der Umgebung Autos keine große Gefahr dar. Doch ganz in der Nähe wohne ein junger Mann, der Sohn des Polizeichefs aus der Stadt, der zu denken schien, jede Straße, über die er seinen Lieferwagen jagte, gehöre ihm. Im letzten Monat waren zweimal in der Nachbarschaft von irgendwem Hunde überfahren und getötet worden. Von wem wohl, wenn nicht von ihm?

Der besagte junge Mann fuhr an diesem Abend jedoch nicht mit seinem Lieferwagen herum. Als Emma und ihre kleinen Begleiterinnen sich seinem Haus näherten, saß er mit einer Flasche Bourbon in der Hand auf den Stufen der überdachten Veranda vor seinem Haus. Sein freches Gesicht unter dem blonden Haarschopf verzog sich zu einem Grinsen. Er wedelte mit seiner leeren Hand auf und ab, um Emma zu grüßen. »'n gut'n Abend, Mrs. Bell. Mach'n Ssie grad' Ihren Gesunnheitsspazziergang?«

Emma nickte höflich. »Guten Abend, Maynard.« Man sollte sich immer anständig verhalten. Doch als sie vorbei waren, sagte sie mit gerunzelter Stirn zu ihren Katzen: »Habt ihr das gesehen, ihr Lieben? Immer hat er eine Flasche. Immer. Sogar wenn er mit seinem Wagen unterwegs ist, eine Flasche oder Bierdose hat er immer in der Hand. Und dazu nimmt er noch Drogen, da bin ich mir ganz si-

cher. Ich weiß nicht, welche, aber er nimmt sie. Gemeinge-
fährlich ist er, dieser junge Mann, richtig gefährlich.«

Die Katzen miauten, um ihr zu verstehen zu geben, daß
ihnen das nicht entgangen war.

»Und er ist es auch, der hier in dieser Gegend immer in
die Häuser der Leute einbricht«, erklärte Emma. »Da bin ich
mir *ganz* sicher. Wo sonst sollte er denn das viele Geld her
haben, das ihn die Drogen und die Trinkerei kosten muß?
Für irgendeine ehrliche Arbeit macht er doch keinen Finger
krumm, und seine Angehörigen werden ihm doch mit Sicherheit kein Geld geben, damit er sich sein Leben ruiniert.
Wenn sie überhaupt wissen, was er alles anstellt. Vielleicht
wissen sie es ja auch gar nicht.«

Tai-Tai und Yum-Yum gaben ihre Zustimmung. Die drei
spazierten weiter.

»So«, gab die alte Dame an der nächsten Straßenkreuzung
bekannt, »wir gehen da hinunter und dann über Linden zurück. Diesem Mann will ich nämlich nicht noch einmal einen guten Abend wünschen müssen. Kommt, ihr Lieben.«
Und so verlängerte Mrs. Bell den Rückweg um fast einen
halben Kilometer, was ihre beiden kleinen Begleiterinnen
ungeheuer freute, ihre eigenen Qualen aber nur verstärkte.

Weil sie Schwierigkeiten mit dem Einschlafen hatte, blieb
Emma normalerweise abends länger auf und setzte sich
mindestens bis zum Schluß der Elf-Uhr-Nachrichten vor
den Fernseher. Wenn es sich ergab, daß das Programm bei
Tai-Tai und Yum-Yum auf Interesse stieß, dann saßen die
beiden Katzen ebenfalls auf dem Sofa im Wohnzimmer, eine
an jeder Seite der alten Dame, und verfolgten mit ihr zusammen die Sendungen. Wenn sie sich bei dem, was sie sahen,
langweilten, ließen sie sie allein und gingen ins Bett. Sie
schliefen alle drei in einem Doppelbett; die beiden Katzen
rollten sich außerhalb der Bettdecke zu Emmas Füßen zusammen.

Heute abend blieb die alte Dame lange auf. Sie war erschöpft und hatte durch den unüberlegten Spaziergang stär-
kere Schmerzen als gewöhnlich. Es war bereits nach Mitternacht, als sie schließlich den Fernseher ausschaltete und in

die Küche schlurfte, um sich ihr kleines Glas Brandy zu genehmigen. Dann ging sie ins Schlafzimmer. Die Katzen waren bereits da.

Für einen Augenblick blickte sie zu ihnen hinunter und dachte daran, wieviel Glück sie doch hatte, daß ihr zwei so ergebene und liebevolle Geschöpfe Gesellschaft leisteten. Da sie wußte, daß sie nicht schlafen würde und immer wieder herumgehen mußte, um die Schmerzen in Grenzen zu halten, legte sie sich einfach in ihrem schwarzen Kleid aufs Bett und schloß die Augen.

Doch sie konnte nicht einmal für kurze Zeit einnicken. Von den Knöcheln bis zur Hüfte schmerzte ihr linkes Bein wie ein entzündeter Zahn. Ganz egal, wie sie sich auch drehte und wendete, um nach einer Position zu suchen, die ihr Erleichterung verschaffte, der Schmerz blieb.

Die sich im Schneckentempo vorwärtsbewegenden Leuchtzeiger der elektrischen Uhr auf der Kommode neben dem Bett standen fast auf zwei Uhr, als sie hörte, wie sich mit einem Quietschen eine Tür öffnete.

Im ganzen Haus gab es nur eine Tür, die quietschte. Sie führte vom Hinterhof in den kleinen Waschraum neben der Küche, und sie quietschte jetzt bereits seit mindestens zwei Jahren, obwohl sie die Angeln geölt hatte. Sie mußten sich wohl verbogen haben, hatte der Mann im Eisenwarengeschäft im Ort gemeint. Unten in der Tür befand sich eine kleine Schwingtür, durch die die Katzen ein und aus gingen. Dieses Katzentörchen jedoch quietschte nicht, nur die Tür selbst tat das.

Ein Blick auf das Fußende des Bettes überzeugte die alte Dame davon, daß die Katzen noch da waren. Ohne Angst, aber etwas verwirrt, quälte sie sich zitternd aus dem Bett und tappte quer durchs Haus zur Küche.

Dort, an der Spüle, stand der Eindringling – der junge Mann, mit dem sie tagsüber gesprochen hatte, als sie am Haus des Polizeichefs vorbeikam. Er hatte die Schranktür über der Spüle geöffnet und griff gerade nach der Flasche Brandy, die sie dort aufbewahrte.

Woher wußte er, daß sie dort aufbewahrt wurde? Hatte er

sie manchmal durch die gläsernen Schiebetüren beobachtet, die zur überdachten Veranda auf der Rückseite des Hauses führten, als sie sich ihren Schlaftrunk einschenkte? Vielleicht sogar heute abend?

Mit einem Ruck kam Emma zum Stehen und stemmte die Hände in die Hüften. »Junger Mann, was fällt Ihnen eigentlich ein?«

Bevor er sich umdrehte und sie anschaute, nahm er erst die Flasche vom Regal. Sein müdes Gesicht hatte das ungesunde Grau einer verdorbenen Leber und legte sich dann in Falten, wie man sie sonst nur im Zoo im Affenhaus zu sehen bekommt. Sein weißes Hemd war so verdreckt, daß es fast die gleiche Farbe hatte wie sein Gesicht, seine khakifarbene Hose war voller Urinflecken, seine bloßen Füße sahen genauso unappetitlich aus wie der ganze Rest.

Betrunken, entschied Emma. Und wahrscheinlich dazu noch high von irgendwelchen Drogen. Das war doch das Wort, das sie benutzten, oder? High. Sie ließ ihn nicht aus den Augen. »Sie sind also *wirklich* derjenige, der hier überall in die Häuser einbricht.« Ihre Stimme bekam nicht allzuoft diesen schrillen Ton. »Nun, dieses Mal kommen Sie nicht davon, auch wenn Ihr Vater *tatsächlich* Polizeichef ist. Jetzt haben Sie es nämlich mit *mir* zu tun.«

Etwas strich um ihre Knöchel, und sie blickte nach unten. Tai-Tai war es, die Katze mit den blauen Ohrenspitzen. Sie rieb sich an ihr und musterte dabei den Eindringling mit wachem Blick. Plötzlich kam auch Yum-Yum aus dem Schlafzimmer.

Die Katze mit dem schokoladenbraunen Gesicht und den gleichfarbigen Pfoten stimmte ein schrilles Miau an und brachte so ihr Mißfallen zum Ausdruck. Dann schnellte sie wie eine mit Fell überzogene Rakete auf die Brust des Eindringlings. Mit der braunen Katze war es wirklich immer dasselbe: Sie handelte instinktiv und dachte später.

Viel zu spät schrie die alte Dame auf: »Nein, Yum-Yum, nein!«

Das höhnische Grinsen auf dem Gesicht des Diebes wurde breiter, als er die Flasche am Hals nahm und sie herumwirbelte. Mit einem Knirschen landete die Waffe auf dem Kopf der Katze. Yum-Yum wurde mitten im Sprung abgefangen und muß tot gewesen sein, bevor sie gegen die Tür des Kühlschranks krachte. Zumindest gab die Katze keinen Laut von sich, fiel einfach auf den Boden, ein verkrümmtes, braunes Knäuel mit zerschmettertem Schädel oder gebrochenem Genick oder beidem, während Emma Bell dastand und entsetzt auf das Bündel hinabblickte.

»Sie Bestie! Sie widerliche Bestie!« schrie sie dann. Mit weit auseinandergebreiteten Armen und zuckenden Fingern ging sie dann mit *ihrem* gebrechlichen Körper auf den Eindringling los.

Wieder schlug er mit der Flasche zu. Wieder hörte man ein dumpfes Knirschen, aber diesmal war da noch etwas anderes. Als ihr die Beine wegglitten und sie auf den Boden sackte, stöhnte Emma auf und legte sich die Hände an den Kopf.

Der junge Mann blickte auf das, was er angerichtet hatte, und sog zischend die Luft durch die Zähne. Die Flasche fiel ihm aus der Hand, traf Emma an der Hüfte und rollte, ohne zu zerbrechen, den Fußboden entlang. Er hob sie wieder auf, umklammerte ihren Hals und zog sich langsam aus der Küche in den Waschraum zurück, wo er die Tür zum Hof aufgelassen hatte. Dort angekommen, drehte er sich um und rannte stolpernd in die Nacht hinein.

Emma Bell brachte es irgendwie fertig, ihren Kopf ein paar Zentimeter zu drehen und nach der Katze Ausschau zu halten, die noch lebte. Die Siamkatze mit den blauen Ohrenspitzen hockte etwa drei Meter entfernt, zum Sprung bereit. Ihr zitternder Schwanz war doppelt so buschig wie gewöhnlich; ihre Schultern glichen zusammengerollten Sprungfedern; nie zuvor hatten ihre Hinterbacken kraftvoller gewirkt. Doch sie schien sich unsicher darüber zu sein, was sie machen sollte; ihr Blick wanderte immer wieder von der alten Frau zum zusammengesackten Körper von Yum-Yum und zurück.

»Tai-Tai«, Emmas Stimme war kaum hörbar, es war nicht einmal ein Flüstern. »Komm her.«

Die Katze kroch mit zuckenden Nasenlöchern auf sie zu, schnupperte an dem feuchten Blut, das Emmas Gesicht bedeckte, starrte die alte Frau an und war dabei mit ihren eigenen, klaren Augen nur wenige Zentimeter von den glasigen Augen der Frau entfernt.

Die alte Dame bemühte sich, einen Arm zu bewegen. Mit ungeheurer Anstrengung berührte sie die Katze mit den Fingerspitzen. »Hast du... hast du gesehen, was er mit Yum-Yum gemacht hat?« hauchte sie. »Er hat sie getötet, Tai-Tai. Oh, Liebling, sieh zu, daß er dafür bezahlt.«

»Mrrriiiaaaaauuu!«

Dann schlossen sich die Augen von Emma Bell. Ihre Fingerspitzen rührten sich nicht mehr. Noch über eine Stunde lang verharrte die Siamkatze mit den blauen Ohrenspitzen an ihrem Platz und starrte in das tote Gesicht; dann ging sie weg.

Da Maynard Albro wußte, daß er die alte Frau getötet hatte, ging er nicht über die Straße nach Hause. Statt dessen nahm er den Weg durch die Pinienwälder. Das war sonst nicht seine Art; er war es eher gewohnt, mit seinem Lieferwagen wie der Teufel die Landstraße entlangzujagen. Daher war er auch völlig erschöpft, als er schließlich aus dem Wald heraus auf seinen Hinterhof trat. Kaum noch fähig, die Füße vom Boden hochzuheben, taumelte er zur Hintertür und riß sie auf.

Als er weggegangen war, hatte er das Haus nicht abgeschlossen, obwohl er vorübergehend allein darin wohnte. Seine Eltern waren an jenem Morgen in die Bezirkshauptstadt gefahren, wo sein Vater ein Fortbildungsseminar für Polizeichefs besuchte. Sie würden jetzt für einige Tage nicht da sein.

Sobald er jedoch im Haus war, sperrte er die rückwärtige Tür hinter sich ab, ging zur Vordertür und verschloß diese ebenfalls. Dann sicherte er die Fenster. Schließlich ließ er sich mit Emmas Flasche Brandy in den Sessel im Wohnzimmer fallen, nahm einen tiefen Schluck und dachte über das nach, was er getan hatte.

Wirklich dumm... er hätte die alte Frau da nicht auf dem Küchenboden liegenlassen sollen. Früher oder später würde sich doch zwangsläufig irgend jemand fragen, wo sie war, und Nachforschungen anstellen. »Du alter Idiot, Albro, was ist denn mit dir los? Geh gefälligst wieder zurück und mach sauber!«

Er ging durch die Pinienwälder zurück, die Flasche immer noch in der Hand, denn er nahm an, daß er sie noch brauchen würde. Außer dem Brandy hatte er noch eine langstielige Schaufel dabei. Die Hintertür des Hauses der alten Frau stand immer noch offen; alles war so, wie er es zurückgelassen hatte. Bevor er hineinging, ertastete er sich den Weg in Emma Bells Blumengarten und begann, ein Grab auszuheben.

Glücklicherweise war die Erde so weich, daß selbst ein Betrunkener mit Leichtigkeit damit fertig wurde. Erst war es Emmas geliebter Mann gewesen, dann Emma selbst, die dort liebevoll Blumen angepflanzt hatte. Es dauerte eine halbe Stunde, dann war das Grab fertig. Der junge Mann ging ins Haus hinein, um die Leiche zu holen. Mit einem Auge hielt er dabei nach der großen, grau-weißen Katze Ausschau, damit sie ihn nicht genauso angriff wie die kleinere.

Doch die Katze war nicht in der Küche. Entweder war sie irgendwo anders im Haus oder sie hatte sich verkrochen. Er würde nicht weiter nach ihr suchen. Zur Hölle mit dem Vieh! Maynard hob die alte Frau hoch, trug sie in den Garten und wunderte sich dabei, wie leicht sie war. Dann ging er wieder zurück, holte die Katze, die er getötet hatte, und legte sie daneben.

Nachdem er das Grab wieder zugeschaufelt hatte, legte er die Erdballen mit den Zinnien, Petunien und Ringelblumen, die er vor dem Ausheben des Grabes sorgsam entfernt hatte, wieder an ihren ursprünglichen Platz. Kein Mensch würde je auf die Idee kommen, daß man hier eine Leiche verscharrt hatte. »Ganz schön clever, Albro, weißt du das? Und das Ganze hast du auch noch im Dunkeln gemacht, nur mit dem Licht der Mondsichel zur Verfügung. Also komm jetzt zum Ende und mach sauber, hörst du?«

Wieder in der Küche, zog er einen Streifen Papierhandtücher von der Rolle über der Ablage, machte sie unter dem Wasserhahn naß und wischte damit das Blut auf, das die Frau und die Katze hinterlassen hatten, bis nichts mehr davon zu sehen war. Dann ging er mit den Handtüchern in seinen Hosentaschen und der Flasche Brandy in der Hand weg.

Zweimal setzte er auf seinem Nachhauseweg die Flasche an die Lippen und nahm einen tiefen Schluck. Als er heimgekommen war und sich wieder in den Wohnzimmersessel sinken ließ, trank er weiter. Zu Beginn des Abends hatte er auf den Stufen zur Veranda schon eine fast volle Flasche Bourbon geleert. Jetzt begannen sich die weißen Zimmerwände und die grünen Vorhänge allmählich um ihn zu drehen. Er schloß die Augen, um sich nicht mit ihnen zu drehen, und ließ noch einmal Revue passieren, was er getan hatte.

Es war schon in Ordnung. Keiner würde im Blumengarten der alten Frau nach einem Grab suchen. Die Leute würden denken, sie sei einfach irgendwohin fortgezogen. Viele Leute hielten sie ohnehin für ein wenig verrückt, weil sie immer noch Schwarz trug, obwohl ihr Mann schon vor so langer Zeit gestorben war.

Elende, alte, in Schwarz gekleidete Witwe, wieso hatte sie nicht geschlafen, wie sie es gefälligst hätte tun sollen, und ihm statt dessen diesen ganzen Ärger bereitet?

Dreimal hörte er die antike Uhr seiner Mutter auf dem Bücherregal schlagen. Dann schlief er ein, die Augen fest vor den schwankenden Bewegungen des Raumes verschlossen.

Als er aufwachte, brannte die Lampe neben seinem Sessel noch. Die Zeiger der Uhr standen auf zehn nach sieben. Es mußte zehn nach sieben abends sein, denn durch die Fenster sah man kein Tageslicht.

An einem Fenster kratzte irgend etwas.

Es kratzte nicht nur, es miaute auch. Mehr als ein Miauen.

Es war ein richtiges *Heulen*. Wo hatte er denn so ein Geräusch schon einmal gehört? Er erinnerte sich. Es war in der Nacht gewesen, in der er auf den Dorffriedhof gegangen war, um von einem Grab ein paar frische Blumen zu stehlen, die er am nächsten Tag seiner Mama zum Geburtstag schenken wollte. Es war sehr windig gewesen, und dieser Wind hatte dort in den großen Bäumen und zwischen den Grabsteinen ein ähnliches Geräusch verursacht. Jetzt war es eine Katze.

Die Lampe neben seinem Sessel hatte drei verschiedene Lichteinstellungen. Er schaltete sie auf die hellste Stufe, und hinter der Fensterscheibe tauchte wie durch Zauberei das Bild der Katze auf. *Ihrer* grau-weißen Katze – der Katze, die er nicht getötet hatte.

Das Licht traf ihre Augen, und sie glänzten auf wie Feuerwerkskörper am Unabhängigkeitstag. Das Heulen schwoll zu einem Klagegeschrei an, das sich in seine Trommelfelle bohrte und ihm Angst einjagte.

»Schnauze!« Er stürmte zum Fenster und schlug so heftig gegen das Glas, daß nicht viel gefehlt hätte, und es wäre zerbrochen. »Schnauze, verflucht noch mal! Hau ab!«

Die Katze sprang von der Fensterbank herunter und verschwand im Dunkel des Hofes.

Maynard Albro kehrte zu seinem Sessel zurück. Das Pochen in seinem Schädel war fast unerträglich, der heftige Krampf im Bauch ebenfalls. Er hätte sich nicht so vollaufen lassen sollen. Immerhin hatte er vorher schon jede Menge Grasjoints geraucht; es war einfach dumm, beides zu kombinieren. Doch das war schließlich nicht seine Schuld, oder? Was zur Hölle hatten seine Eltern denn erwartet, als sie ihn hier allein zurückließen. Keiner bereitete ihm ein Essen zu, keiner war da, mit dem er reden konnte, nicht einmal irgendeiner, der an ihm herumnörgelte, weil er zuviel trank. Er setzte die Flasche Brandy an seine Lippen und nahm einen weiteren tiefen Schluck. Da war die Katze wieder.

»Mrrriiiiiaaaauuuuuu!« Großer Gott, dieses Geheul! Da platzte einem ja der Schädel!

Maynard stand auf, wankte ins Elternschlafzimmer.

Keine dämliche Katze auf der ganzen Welt würde ihn verrückt machen, solange es noch eine Flinte im Haus gab. Selbst wenn es sich nur um ein erbärmliches Gewehr Kaliber zwölf handelte, mit dem man immer nur einen Schuß abfeuern konnte. Sein geiziger alter Herr hatte es schon seit Jahren. Damit ließ sich ja eine Katze wohl immer noch verdammt gut wegpusten.

Mit der Waffe in den Händen taumelte er durch das Wohnzimmer zurück, begleitet von dem unaufhörlichen Geschrei, das dieses Geschöpf am Fenster von sich gab. Verstohlen schloß er die Vordertür auf.

Doch als er auf die hölzerne, überdachte Veranda an der Vorderseite des Hauses torkelte, blieb er mit dem Fuß an irgend etwas hängen und stolperte. Bevor er sein Gleichgewicht wiedererlangen konnte, krachte er gegen das Geländer der Veranda. Als er sich wieder aufgerappelt hatte, die Stufen herunterstürmte und um das Haus herum zu dem Fenster hetzte, an dem die Katze gesessen hatte, war sie verschwunden.

Seine eigene Ungeschicklichkeit verfluchend, kehrte Maynard auf die Veranda zurück und suchte nach dem Ding, an dem er mit seinem Fuß hängengeblieben war und das ihn zu Fall gebracht hatte. Wütend hob er es hoch. In vom Wohnzimmer nach draußen fallenden Licht konnte er erkennen, daß es ein Kleid war. Ein schwarzes Kleid. Mit einer Hand, die einfach nicht aufhören wollte zu zittern, hielt er es von sich weg und ging ins Wohnzimmer zurück. Er hinkte zur Lampe und betrachtete es dann genauer.

Es war ein schwarzes Kleid. Das gleiche Kleid, das die alte Dame trug, als er sie begraben hatte. Es war ganz feucht, überall klebte Erde, Piniennadeln und Fetzen von trockenem Laub hingen daran. Als ob die Tote damit bis hierher gekrochen wäre!

Er ließ das Kleid auf den Teppich fallen, sank wieder in seinen Sessel, saß da und starrte wie hypnotisiert auf das Kleid. Es dauerte über eine halbe Stunde, bis das Zittern aufhörte. Selbst dann waren seine Augen noch größer als normal; das unheimliche Pochen seines Herzens hörte nicht auf.

Die Katze kam nicht zurück. Aber das Kleid, das lag zu seinen Füßen, und er mußte irgend etwas damit tun. Er mußte es unbedingt verschwinden lassen. Sich vom Sessel aus nach vorne lehnend, hob er es vorsichtig hoch, stand dann auf und ging ganz langsam durch die Küche zur Hintertür und auf den Hof hinaus. Das Kleid hielt er dabei in Armeslänge von sich weg. Am Ende des Hofes stand ein massiver Ofen, den sein Vater gebaut hatte, um Abfall zu verbrennen. Doch das Kleid war viel zu feucht, um Feuer zu fangen, als er es mit Streichhölzern anzuzünden versuchte.

Nachdem er ein halbes Heftchen Streichhölzer verbraucht hatte und mit jedem Fehlschlag panischer wurde, zwang er sich, damit aufzuhören. »Gebrauch gefälligst deinen Kopf, Blödmann! Hol eine Zeitung.« Auf dem Küchentisch lag die Morgenzeitung. Sie steckte noch immer in der Plastikhülle, in der sie der Zeitungsjunge auf den Rasen geworfen hatte, nachdem seine Angehörigen in die Stadt abgereist waren. Maynard hatte sie selbst hereingeholt. Natürlich hatte er sie danach keines Blickes mehr gewürdigt. Mit Zeitungen gab er sich nicht ab.

Doch damit klappte es. Das Kleid fing Feuer und verbrannte; er stand daneben und schaute zu. Der qualmende, orangefarbene Feuerschein flackerte über sein Gesicht; langsam wich der Schreck aus seinen Augen. Doch hätte er hinter den Ofen geblickt, wo der Hof in den Pinienwald überging, dann hätte er nicht weit vom Erdboden entfernt andere Augen gesehen, die ihn beobachteten.

Unter dem Einfluß von Alkohol und Marihuana stehend, verschlief Maynard Albro den Großteil des nächsten Tages. Weil er Angst gehabt hatte, seine verschmutzten Kleidungsstücke auszuziehen und richtig ins Bett zu gehen, legte er sich oben auf die Bettdecken. Kurz vor der Abenddämmerung wachte er auf, versorgte sich aus dem Kühlschrank mit kaltem Hackbraten, den seine Mutter dagelassen hatte, schlang ein in Bier aufgelöstes rohes Ei in sich hinein und verzehrte bestimmt einen halben Laib Brot, dessen Scheiben er mit einer dicken Schicht Erdnußbutter bestrich.

Danach fühlte er sich besser und war überzeugt davon, daß er nichts mehr zu befürchten hatte. Er suchte nach der Brandyflasche und leerte sie.

Doch das reichte ihm nicht. Eine Drei-Meilen-Fahrt mit dem Lieferwagen brachte ihn zum einzigen Spirituosengeschäft in der Stadt, wo er seine letzten Dollars für zwei weitere Flaschen Alkohol ausgab. Dieses Mal war es kein Brandy, sondern der billigste Whisky, den es im Laden als Sonderangebot zu kaufen gab. In der Stadt, in der sein Vater Polizeichef war, war Maynard recht gut bekannt. Die junge Frau, die das Geld entgegennahm, betrachtete sein unrasiertes Gesicht und seine dreckige Kleidung mit unverhohlener Abneigung, sagte aber nichts dazu.

Auf dem Weg nach Hause trank Maynard immer wieder aus der Flasche; kurz nach Einbruch der Dunkelheit kehrte er heim. Zehn Minuten später, als er auf dem Sessel herumlümmelte, hörte er am Fenster wieder die Katze.

»Mrrriiiiiaaaauuuuuu!«

»Oh, nein, verflucht und zugenäht, laß das! Nicht heute abend!« Die erste Waffe, die zur Hand war, stand neben seinem Sessel auf dem Lampentisch: die Flasche, aus der er gerade trank. Wankend kam er auf die Füße, ergriff die Flasche und schleuderte sie auf die Katze. Etwa dreißig Zentimeter vom Fenster entfernt krachte sie gegen die Wand und fiel in einem Regen von Glassplittern auf den Boden. Die Katze sprang nicht einmal von der Fensterbank herunter; sie starrte ihn einfach weiter an.

»Mrrriiiiiaaaauuuuuu!«

Dieses Mal war er nicht betrunken, sagte er sich. Jetzt wußte er, wie er heimlich an sie herankam. Die Flinte lehnte neben der Vordertür in der Ecke. Dort hatte er sie letzte Nacht nach seinem erfolglosen Versuch, die Katze umzubringen, hingestellt. Sorgfältig achtete er darauf, den Eindruck zu vermitteln, das Klagen der Katze überhaupt nicht zu hören, und schlenderte zur Tür. Eine Hand griff nach der Waffe, die andere schob geräuschlos die Tür auf.

Doch er trat keinen Schritt nach draußen. Vor ihm auf der Veranda lag ein zweites schwarzes Kleid, und zwar genau an der Stelle, an der das andere auch gelegen hatte. Oder war es vielleicht sogar dasselbe? Es war jedenfalls das Kleid der Toten, das Kleid, in dem er sie begraben hatte. Wie das erste Kleid lag es völlig durchnäßt da und war mit Erde beschmiert, als ob die Frau darin bis hierher gekrochen wäre.

Dieses Kleid hob er nicht auf. Seine Hände, sein ganzer Körper zitterten so heftig, daß er dazu gar nicht in der Lage war. Wie irgendein Apparat aus Holzteilen, der von Federn und Zahnrädern in Bewegung gesetzt wird, wich er rücklings zurück, nahm dann mit einem Ruck die Flinte hoch und drückte ab.

Das schwarze Kleid bewegte sich etwa dreißig Zentimeter in Richtung Verandastufen. Im Verandaboden blieb eine gezackte Rille zurück.

Maynard bekam kaum noch Luft, knallte die Tür fest hinter sich zu. Dann rannte er mit der Flinte in sein Schlafzimmer und ließ auch diese Tür ins Schloß krachen.

Er setzte sich aufs Bett, starrte mit großen Augen gegen eine kahle Wand und sagte sich, daß die alte Frau doch unmöglich hierhergekrochen sein konnte. Heute abend nicht und gestern nacht auch nicht. Es gab *überhaupt keine* Möglichkeit für sie, so etwas zu tun. Sie war tot. Tot, tot, tot. Lag unter der Erde und verrottete.

Aber das Kleid. Wie war es hierhergekommen?

Ein Kratzgeräusch hinter sich ließ ihn voller Panik den Kopf drehen. Die Wand war nicht völlig kahl. Es war eine Außenwand mit zwei Fenstern. In einem von ihnen sah er auf der Fensterbank etwas Grau-Weißes sitzen, das ihn anstarrte und mit scharfen Krallen an der Glasscheibe kratzte.

»Mrrriiiiiaaaauuuuuu!«

Immer noch umklammerten seine Hände die Flinte. Mit einem Ruck zogen sie sie nach oben, wieder drückte er den Abzug, aber nichts passierte. Er hatte das Gewehr nicht nachgeladen. Die Katze schaute herein, blickte auf ihn hinunter; ihr Gesicht war im Schein der Lampe auf seinem Toilettentisch deutlich zu erkennen. Es drückte etwas aus, das ein höhnisches Lachen sein mußte. Dann sprang sie ohne die geringste Eile träge von der Fensterbank herunter und verschwand. Na gut, das Kleid. Ganz gleich, wie es hierhergekommen war, er mußte es *loswerden*. Und diesmal würde er *sichergehen*.

Er ging zur vorderen Veranda und hob das Kleid behutsam auf, dann ging er damit zum hinteren Ende des Hofes in den Werkzeugschuppen, in dem sein Vater einen Behälter mit Benzin für den Rasenmäher aufbewahrte. Den trug er zum Ofen, und nachdem er das Kleid hineingesteckt hatte, übergoß er es mit dem Benzin. Dann brachte er den Behälter wieder in den Werkzeugschuppen zurück, denn alles mußte seine Richtigkeit haben.

Wieder am Ofen angelangt, stellte er sich in einigen Metern Entfernung hin und hielt ein angezündetes Streichholz an eine Kugel aus zusammengeknülltem Zeitungspapier. Als das Papier Feuer fing, warf er es auf das benzingetränkte Kleid.

Dieses Mal gab es keinerlei Zweifel. Nach dem ersten großen Aufflammen – *whufff!* – und der ersten Rauchwolke brannte das Kleid lichterloh, bis nichts mehr übrig war außer einem Häufchen Asche. Obwohl er betrunken war, konnte er sich nicht täuschen. Diesmal würde es nicht wieder auftauchen.

Doch immer noch sollte es an diesem Abend keine richtige Atempause für ihn geben. Stunde um Stunde verfolgte ihn alle paar Minuten das anklagende Miauen. Obwohl Türen und Fenster wieder verschlossen waren, und ganz egal, wohin im Haus er ging, er hörte es. Im Wohnzimmer, in der Küche, in seinem Schlafzimmer, im Elternschlafzimmer, nirgendwo gab es ein Entrinnen. Und wann immer er es vernahm, erinnerte es ihn an das Heulen, das er in der Nacht, in der er die Blumen gestohlen hatte, auf dem Friedhof gehört hatte.

Katzengeschrei, aber nicht *nur* Katzengeschrei. Es war mehr. Etwas, das ihn wahnsinnig machen sollte.

Vier Uhr morgens war vorbei, als er es endlich geschafft hatte, soviel zu trinken, daß er einschlief.

Sein Zimmer lag im Dunkeln, als er sich aus den Tiefen seines Alkoholnebels herauskämpfte und in eine Art getrübte Wachheit kam. Das Licht brannte. Er versuchte, sich zu orientieren, stolperte im ganzen Haus umher und entdeckte, daß überall das Licht an war. Er mußte es wohl letzte Nacht, als die Katze versucht hatte, zu ihm zu kommen, angedreht und dann, als er schließlich ins Bett sank, nicht wieder ausgemacht haben. Nun, okay. Bei angeschalteten Lampen fühlte er sich auch sicherer. Wie spät war es überhaupt?

Er starrte auf die Uhr an seinem Handgelenk, hatte versäumt, sie aufzuziehen. Es gab doch noch eine batteriebetriebene Wanduhr, erinnerte er sich vage und blinzelte zu ihr hoch. Sieben Uhr vierzig.

Irgend etwas kratzte an der Küchentür. Diesmal an der *Tür*, nicht am Fenster.

»Mrrriiiiiiaaaauuuuuuu!«

»Ich *bring dich um*!« Das Gewehr. Wo hatte er das Gewehr hingetan? Letzte Nacht hatte er es stundenlang mit sich herumgeschleppt, als er das Haus durchstreifte und hoffte, die verdammte Katze an einem Fenster zu sehen und einen Schuß auf sie abzufeuern. *Irgendwo* mußte die Flinte doch sein.

Er suchte im ganzen Haus. Schließlich fand er die Waffe unter seinem Bett. Er lud sie, ging zurück in die Küche. Doch das Kratzen an der Tür hatte aufgehört.

Ein Drink. Er mußte unbedingt einen Drink haben. Wo war nur die Flasche?

Er hatte zwei Flaschen gekauft; daran erinnerte er sich noch ganz deutlich. Eine hatte er gestern Nacht vor dem Einschlafen geleert. Die andere mußte doch noch irgendwo herumstehen.

Nein. Er hatte eine auf das Fenster geworfen, in dem die Katze saß, und daneben getroffen und gesehen, wie sie an der Wand zerbarst. Er hatte keinen Alkohol mehr. Und auch kein Geld. Und außerdem hätte er es jetzt nicht mehr gewagt, das Haus zu verlassen und zum Laden zu fahren.

Er fuhr sich mit der Zunge über die trockenen Lippen

und fing an zu schluchzen. Dann hörte er, wie es an der *Vorder*tür kratzte.

Diesmal, bei Gott...!

Das Gewehr in der Hand schlich er sich durch das Wohnzimmer, riß die Tür auf. Und trotz des Satzes, mit dem sie zurücksprang, gab die grau-weiße Katze der alten Frau ein perfektes Ziel ab. Das Tier stand ihm in der Mitte der Veranda gegenüber. Nur war wieder eines dieser verdammten schwarzen Kleider zwischen ihnen. Die Flinte war geladen. Er mußte nur noch abdrücken.

Doch am Ende des Weges, der zum Haus hinführte, stand neben dem Briefkasten ein Polizeiwagen. Eine Tür war offen, und Andy Cramer, einer der seinem Vater unterstehenden Polizisten, stieg gerade aus. Mit einem triumphierenden »Mrrriiiiiaaaauuuuuu!« flüchtete die Katze der alten Dame in die Nacht hinein.

Der Polizist schritt den Weg entlang, kam die Stufen herauf und schenkte dem Gewehr in Maynards Händen einen finsteren Blick. Er war um die vierzig, hatte lange Arme und breite Schultern. »Hast du gerade angelegt, um diese Katze zu *erschießen*, Maynard?«

»Ich – nein, ich – nun, sie treibt mich zum Wahnsinn!«

»Treibt dich zum Wahnsinn, Maynard? Ich kenne diese Katze gut. Sie gehört der alten Emma Bell, die unten auf der Straße wohnt, und es ist eine reinrassige Siamkatze, eine der besterzogensten Katzen, die dir je über den Weg laufen werden. Wovon redest du überhaupt? Treibt dich zum Wahnsinn? Bist du wieder betrunken?«

Er streckte den Arm aus, nahm Maynard das Gewehr aus der Hand und überprüfte es, entfernte die Patrone und gab ihm die Waffe zurück. Dann bückte er sich und hob das schwarze Kleid auf, das auf dem Verandaboden zwischen ihnen lag. Mit finsterer Miene fragte er dann: »Und was ist das hier?«

Maynard Albro ging einen Schritt zurück und begann wieder zu zittern. Seine Hände wackelten dermaßen, daß der Gewehrlauf ein Muster aus lauter Kerben in den Türrahmen schlug.

»Ein Kleid?« Andy Cramers Blick wanderte wieder zum Gesicht des Jugendlichen hoch. »Was hat denn hier auf deiner Veranda ein Kleid zu suchen?«

»Ich ... weiß nicht.«

»Du lieber Himmel. Es ist eines von *ihr*.« Andy drehte sich um und spähte in den im Dunkeln liegenden Hof, in dem Tai-Tai verschwunden war. »Was ist denn hier los, Maynard? *Ihre* Katze, *ihr* Kleid, du um diese Zeit mit einem Gewehr in der Hand ... Wie mir scheint war es eine gute Idee hier anzuhalten. Ich hätte es gar nicht getan, wenn hier nicht alle Lichter gebrannt hätten und ich nicht gewußt hätte, daß deine Angehörigen weg sind. Hast du Drogen genommen?«

Maynards Mund zuckte jetzt unkontrolliert. »N-n-nein, habe ich nicht.«

»Was hat denn dann dieses Kleid hier zu suchen? Sag schon!« Andy hob das Kleid an den Schultern hoch und hielt es zwischen sie. »Gut, es gehört ihr. Etwas anderes trägt sie ja sowieso nicht. Warum liegt es so naß und dreckig auf deiner Veranda?«

»Ich w-w-weiß nicht.«

»Los, in den Wagen mit dir, Maynard. Ich denke, wir statten der kleinen Dame einen Besuch ab und schauen einmal, was du da vorhattest.«

Am Haus von Emma Bell brach Maynard Albro zusammen. Aus zwei Gründen. Erstens warf der Polizist ihm das schwarze Kleid zu, als sie in den Wagen stiegen, und sagte: »Da, *du* hältst das solange.« Natürlich war das für Maynard so, als hätte er ihm befohlen, *alles* zu halten, was er begraben hatte. Und zweitens mußte er, als sie kurz vor Emmas Haus waren, zum Blumengarten im Hinterhof schauen, und genau an der Stelle, wo er das Grab geschaufelt hatte, sah er die grau-weiße Katze wieder. Sie saß einfach mit glühenden Augen im Licht der Mondsichel da und beobachtete, wie der Wagen langsamer wurde und dann in die Auffahrt einbog.

Schon auf dem Weg zum Haus legte er ein Geständnis ab. Anstatt also ins Haus oder gar in den Garten zu gehen, fuhr ihn Andy Cramer zur Polizeiwache. Nur kurze Zeit später betrat Andy dann mit einem anderen Mann von der Wache Emmas Haus, um die bisherigen Untersuchungen zu ergänzen.

In Emmas Schlafzimmerschrank hingen drei schwarze Kleider. Alle sahen genauso aus wie das Kleid, das er auf Albros Veranda gefunden hatte. Daneben hing ein leerer Kleiderbügel, zwei weitere Kleiderbügel lagen auf dem Boden. Sie mußten von der Kleiderstange gefallen sein, an der auch die anderen Kleider hingen.

Andy schüttelte den Kopf, als er das sah, und sagte zu seinem Begleiter: »Das sind die Kleider, die sie immer trug, und es sieht ganz danach aus, als hätte sie eine große Menge davon gehabt. Sie sehen alle gleich aus. Ich kann jetzt verstehen, daß es den jungen Albro zum Sprechen brachte, als er drei Nächte lang immer wieder eines von ihnen auf seiner Veranda fand. Doch was meinst du, wie sind diese Kleider von hier dort hinüber gekommen, Joe?«

Der Mann, den er angesprochen hatte, starrte auf die Kleider im Schrank und zuckte die Achseln.

Andy bemühte sich selbst um eine Antwort auf seine Frage. »Alle sind sie naß und schmutzig gewesen, sagte der Junge. Auf das Kleid, das ich gesehen habe, traf das auch zu. Zwischen diesem und dem anderen Haus gibt es viel unbewachsenes Gelände, in einigen Straßengräben steht Wasser. Wenn irgendein Tier einen Gegenstand wie ein Kleid von hier dorthin schleppt und nicht gesehen werden will, dann würde es wohl kaum die Straße entlanglaufen, oder?«

Einen Augenblick war er still, zupfte sich am Ohr und konzentrierte sich auf das Problem. Dann sagte er mit gerunzelter Stirn: »Joe, meinst du, Emmas Katze...? Sie ist ein ganzes Stück klüger als die meisten Katzen, mußt du wissen. Ich schwöre dir, sie hat alles verstanden, was die alte Dame zu ihr gesagt hat – jederzeit.«

Deutsch von Gunther Seipel

126

Hardrock

Gary Erickson

Die Katze mußte getötet werden. Sie war alt, schäbig, stank, hatte keine Zähne mehr und war mit grauen Fellhaaren bedeckt, die sich zu undefinierbaren Haufen verfilzt hatten. Als ich nach Hause kam, zischte sie mich an.

Es waren schwierige Zeiten. Bill Brewster erzählte mir, daß er seine Katze vom Tierarzt habe einschläfern lassen, und daß es ihn dreißig Dollar gekostet habe. Ganz zu schweigen vom Unpersönlichen der ganzen Prozedur.

»Ich sage dir«, meinte er mit aus dem Mund hängender Zigarette, »wenn ich es noch einmal tun müßte, dann würde ich es selber machen. Ich würde mir die dreißig Dollar sparen und das Gefühl haben, ich hätte Hubie bis zu seinem Ende beigestanden.«

Ich beschloß, mir Bills Erfahrung zunutze zu machen, wollte Hardrock auf eine verlassene Landstraße bringen, ihm eine einzige, nahezu schmerzlose Kugel durch seinen senilen Schädel jagen und mir den ganzen Ärger mit dem Tierarzt und die Kosten ersparen.

Es würde nicht leicht sein – Hardrock und ich sind jetzt seit über zehn Jahren zusammen. Und doch, er hatte sich verändert. Er wußte nicht mehr, wozu sein Katzenklo da war, und anstatt zu schnurren, zischte er. Warum sollte ich den Tierarzt für etwas bezahlen, das in meiner Verantwortung lag? Außerdem war ich ein guter Schütze, hatte letzten Herbst beim jährlichen Zielschießen den ersten Preis gewonnen. Es würde so gut wie gar nicht weh tun und wäre mit Sicherheit schnell vorbei.

Das Tier schaute argwöhnisch drein, als wir losfuhren. Es war eine ganze Weile her, daß wir zusammen eine Spazierfahrt aufs Land unternommen hatten. Das lag vor allem an Hardrocks dauerndem Durchfall. Das Gewehr lag im Kofferraum. Als ich die verlassene Landstraße gefunden hatte und das Blinksignal betätigte, spürte ich den kurzen, unglücklichen Impuls umzukehren, alles zu vergessen, dreißig Dollar zu zahlen und mir die ganze Sache zu ersparen. Ich schenkte ihm jedoch keine weitere Beachtung.

Natürlich habe ich euch das Schlimmste noch gar nicht erzählt. Ich war einmal verheiratet. Maria hat die Katze nie gemocht – zumindest bis zu unserer Scheidung. Danach tat sie so, als wäre Hardrock ihr erstgeborenes Kind und ein unerträglicher Verlust. Ihr eigentliches Erstgeborenes, *unser* Erstgeborener, Stanley, war jetzt das zweite Problem. Er mochte die Katze, hatte sie schon immer gemocht.

Hätte meine Ex-Frau gewußt, was ich gerade vorhatte – sie würde versuchen, das Sorgerecht für Stanley zu bekommen. Sie tat das jedesmal, wenn ihr das, was ich tat, nicht gefiel. Zuerst war es die bei mir wohnende Freundin gewesen. Der Richter ließ die Klage fallen, aber er schaute mich ganz komisch an. Dann ging es ums Besuchsrecht, und damit gewann Maria an Boden. Der Richter meinte, ich *müsse* ihr zugestehen, Stanley zu besuchen. Ich könnte mich jetzt vielleicht über all die Gründe auslassen, warum ich anderer Meinung war, aber das werde ich nicht tun. Ich gewann den Eindruck, von Glück sagen zu können, daß mir das Sorgerecht überhaupt übertragen worden war, daher verfolgte ich die Sache nicht weiter. Maria hatte an Stanley genausowenig Interesse wie an Hardrock, doch sie pochte darauf, es zu haben, und hatte bei ihrem Job und ihrem Erbe genug Geld und genügend Charme, um zahlreiche Rechtsanwälte davon zu überzeugen, zahlreiche Klagen gegen mich anzustrengen und zahlreiche Schritte gegen mich zu unternehmen. Sie behauptete, ich sei ungeeignet, grausam, labil, Alkoholiker, drogenabhängig, ein Schürzenjäger, ein Banause, ein schlechter Wirtschafter, ein miserabler Koch, ein gottverdammter *Mensch* eben, Herrgott noch mal. Doch Stanley war noch bei mir, und Hardrock ebenfalls. Auch wenn ich immer ›gewonnen‹ hatte, war ich durch die Tatsache, mich dauernd vor

Gericht verteidigen zu müssen, fast völlig blank. Rechtsanwälte sind nicht billig, gute erst recht nicht, und ich habe da nicht geknausert.

Hardrock fauchte mich an und unterbrach meine Visionen von Marias Finger, mit dem sie mir im Gerichtssaal drohte. Die Katze kroch auf den Rücksitz und entleerte sich auf die Vinylpolster. Es begann zu stinken.

Das letzte Mal.

Sie fauchte, als wäre sie nicht ganz bei Trost, ganz so, als ob sie mich auf das aufmerksam machen wollte, was sie da getan hatte, doch ich beachtete sie nicht weiter.

Stanley und Hardrock waren zusammen großgeworden, und wenn Stanley wüßte, was ich gerade vorhatte, würde er mir das nie verzeihen. Vielleicht später einmal, wenn er älter war, aber jetzt nicht! Und Maria! Sie würde sagen, es sei eine ›an Tieren verübte Grausamkeit‹, eine an Stanley begangene ›seelische Grausamkeit‹, ›Mord‹. »Typisch«, würde es vor dem Richter aus ihr hervorbrechen. Für einen kurzen Augenblick sah ich mich wieder im Gerichtssaal, Marias Finger war beschuldigend auf mich gerichtet; Stanley hatte sich halb hinter ihrem Rock versteckt und weinte, seine rotgeränderten Augen hatten einen ungläubigen Ausdruck und sprachen von Verrat. Ein achtjähriger Junge kann sich überhaupt nicht vorstellen, wie es ist, alt zu werden, nicht mehr so schnell zu sein, die Kontrolle über den Schließmuskel zu verlieren, überall Stellen zu haben, die einem weh tun.

»Ich mache das, weil ich dich liebe, Hardrock. Es tut mir leid, aber es ist besser, ich tue es als irgend jemand, der dich gar nicht kennt.« *Und der nicht drei Jahre lang immer hinter dir hergewischt hat.*

Der Gestank verstärkte sich; alle Zweifel, die noch geblieben waren, verschwanden. Ich würde das Katzenvieh umbringen. Meine Katze. Stanleys Katze. Die Katze, die sich immer an meinen Hals geschmiegt und geschnurrt hat. Und schlimmer noch, ich würde es tun, weil ich dadurch dreißig Dollar sparte, die Kosten für die Spritze nämlich. Ich war dabei, die Katze zu beseitigen, mit der ich über ein Jahrzehnt lang zusammengelebt hatte. Ich war im Begriff, einer Hauskatze eine Kugel durch den Kopf zu jagen. Meiner Katze. Hardrock.

Ich hielt mit dem Wagen an der Stelle, an der die Straße enger wurde und in eine offene, feinen Staub aufwirbelnde Schotterstraße überging.

»Los, Hardrock. Laß uns einen Spaziergang machen.«

Das Tier fauchte mich laut an und kroch behende auf die Hutablage vor dem Rückfenster. Sie wollte mich scheinbar zu dem Versuch herausfordern, sie zu fangen. Ich schnappte nach ihr.

Ich war mir sicher, hätte die Katze noch ihre Zähne gehabt, dann hätte sie sie mir in diesem Moment gezeigt, denn als ich nach ihr schnappte, kam urplötzlich ihre Raubkatzenseele zum Vorschein, und das bei dem alten, abgeklärten, sich ewig im Tiefschlaf befindlichen, viel fressenden, sich um nichts auf der Welt scherenden Hardrock! Mit erstaunlicher Beweglichkeit kam er von der Hutablage auf die Lehne des Vordersitzes und schoß dann durch das offene Fenster nach draußen. Ein einziges, scheußliches Fauchen in meine Richtung, dann begann er, die Straße entlangzutrotten. Sein Schwanzfell sah aus wie der verklebte Schwanz eines Schneehäschens. *Er weiß es.*

Ich riß den Kofferraumdeckel auf, schnappte mir das Gewehr, lud durch, und zielte auf sein Hinterteil. Er hoppelte die Straße hinunter wie ein Eichhörnchen, das sich zuviel aufgeladen hat. Als ich ihn fast im Visier hatte, entschied ich, daß ein Gnadenschuß etwas mit Barmherzigkeit zu tun haben müsse, und ihn von hinten abzuknallen, wäre irgendwie doch alles andere als fair.

Die ganze Sache lief jetzt überhaupt nicht mehr so ab, wie ich es geplant hatte. Ich hatte mir vorgestellt, einen langen Monolog zu halten, in dem ich Hardrock viele handfeste Gründe für mein Tun nennen würde, hatte mir eine Art verfrühte Lobrede ausgemalt, von der Hardrock jedes Wort verstehen, vielleicht sogar beifällig nicken würde.

Aber da lief er dahin – rannte weg!

Es dauerte nicht lange, und ich hatte ihn eingeholt. Er

lehnte an einem Kieshaufen wie eine mit grauem Pelz bezogene Zielscheibe. Voller Angst, daß ich keine zweite Gelegenheit bekommen würde, war ich fest entschlossen, Schnelligkeit an den Tag zu legen, zielte und feuerte.

Daneben.

Doch nicht ganz. In dem Augenblick, als die Kugel ihn erwischte, machte Hardrock die Entdeckung, daß das Leben am süßesten ist, wenn es am meisten bedroht wird. Sein Herz verstand die Botschaft; er wurde hellwach und huschte als grauer Schemen davon. Entwischt. Weg. Daneben.

Ich fand Blut, aber keinen Hardrock. Als ich aufgab, war es dunkel. Im Innenspiegel sah ich unter einer Lichtkuppel in das Gesicht eines Untiers, eines bösartigen Katzenmörders, der das Zutrauen des Tieres als Köder mißbraucht hatte, um es umzubringen... nein, das war noch zu freundlich... um eine Hauskatze *zu verwunden* und sie blutend, alt, erschöpft, am Rande der zivilisierten Welt zurückzulassen, angeschossen, wohlgemerkt! Um dreißig Dollar zu sparen, war das Leben eines Tieres, nein, das Leben eines *Freundes* geopfert worden. Ich war ein Judas, dem dreißig gesparte Dollar und eine leere Patronenhülse geblieben waren. Genau das.

Schweigsam fuhr ich heim; die Fenster waren heruntergekurbelt. Doch Hardrocks Wesen war immer noch bei mir.

Als Stanley mich fragte, wo ich gewesen sei, log ich ihn an. Ich sagte, ich sei beim Laden gewesen, nicht, daß ich zehn Meilen aufs Land gefahren war, um seinen besten Freund zu töten.

Als am nächsten Tag seine Mutter anrief, log ich erneut.

»Stanley sagte, Rocky sei weggelaufen.« Ihre Stimme verriet, daß sie mir das nicht abkaufte.

»Ja, er ist nicht da. Du weißt ja, wie Katzen sind. Sie kommen wieder.«

»Er ist seit Jahren nicht über Nacht weggeblieben. Du hättest diese Katze sowieso nie zu dir nehmen sollen. Ich hoffe wirklich, daß du auf meinen Jungen besser aufpaßt als auf meine Katze. Wenn irgend etwas passiert...«

Maria fuhr fort, klare und unbestimmte Drohungen auszustoßen. Mit der Zeit hörte ich einfach nur noch zu. Ich befürchtete, daß jede Äußerung meinerseits festgehalten und in einem zukünftigen Gerichtssaal gegen mich verwendet werden würde. Manchmal hatte ich den Verdacht, Maria zeichnete unsere Gespräche auf. Daß sie sich Notizen machte, wußte ich.

In der Nacht träumte ich von Hardrock. Ich sah ihn, wie er in einem Polizeiauto mit heulenden Sirenen mitfuhr. Ich träumte, daß er mir das Gesicht zerbiß und mir die Augen auskratzte, während ein Dutzend schwarzgekleideter Richter mich auf den Boden drückten.

Bevor ich am nächsten Morgen noch Kaffee getrunken hatte, lag ich schon wieder zitternd und erschöpft im Bett.

»Dad, denkst du, daß Hardrock heute wieder nach Hause kommt?«

»Das kann schon sein, Stan. Könnte sein.«

Doch Hardrock war tot. Oder starb gerade einen fürchterlichen Tod. Vielleicht lag er halb bewußtlos irgendwo herum, während ihm die Feldmäuse tiefe Wunden ins Fleisch rissen. Hardrock schaffte es ja kaum, quer durchs Zimmer zu gehen, um sich mit Futter vollzustopfen, geschweige denn, verwundet in der Wildnis zu überleben.

Nach meinem ursprünglichen Plan hatte ich die Katze unter hochaufragenden Felsen vergraben wollen, doch ihre Flucht hatte ihren schmerzlosen, guten Tod zunichte gemacht. In meiner Fantasie sah ich jetzt Maden und Würmer dort mit Fliegen kämpfen, wo einmal seine Augen gewesen waren: Verwesung statt Wärme. Hardrock kam nicht mehr nach Hause. Sein Blut bedeckte den Sand. Ich hatte es gesehen, es berührt. Ich blickte auf meine Hände – war mir sicher, daß sie mit Blut besudelt waren, daß Stanley es sehen konnte.

Doch selbstverständlich war da kein Blut. Und doch, die Art und Weise, auf die mich Stanley anschaute, ging mir nicht mehr aus dem Sinn.

In jener Nacht erinnerte ich mich bei dem Versuch einzuschlafen mit allen schmerzhaften Einzelheiten an den Tag, an dem ich die Katze gekauft hatte. Ich dachte daran, wie ich sie nach Hause gebracht hatte. An das Bett und die Spielsachen, das Halsband mit unserem Namen darauf, die Glocke und den Kratzbaum... die Fahrten zum Tierarzt, das Katzenklo, tonnenweise Katzenfutter. Hardrock fraß nämlich nur Markenfutter. Für ihn war das Teuerste gerade gut genug. Von den dreißig Dollar abgesehen, dachte ich kalt, werde ich jetzt mindestens zwei Dollar weniger am Tag ausgeben. Mord zahlt sich eben aus.

Und dann hörte ich, daß hinten auf dem Flur jemand schluchzte.

Stanley lag am Fußende seines Bettes, weinte leise und hatte sich zusammengerollt wie... ja, wie eine Katze.

»Was ist los, Stan?«

»Ich vermisse Hardrock«, heulte er auf. Sein Gesicht war ein schreckliches Bild des Jammers, bebende Lippen, Tränen, die ihm die Wangen hinunterliefen. Ich hätte in den Boden versinken können vor Scham. »Dad, ich glaube, er ist vielleicht tot«, schluchzte er. »Er würde doch nicht einfach von zuhause weglaufen, oder? Wir waren nie gemein zu ihm.« Durch seine Tränen hindurch warf er mir einen fragenden Blick zu, als wenn er sagen wollte: »Ich weiß, daß *ich* nie gemein zu ihm war.«

Ich nahm ihn in die Arme.

»Vielleicht ist er von einem Auto überfahren worden.« Die Worte erzeugten einen neuen Heulanfall. »Aber ich bin mir sicher, daß er nicht weggelaufen ist. Oder vielleicht hat ihn jemand mitgenommen. Er war doch so süß«, log ich. Beides hätte ja durchaus passiert sein können. Ich dachte nicht eine Sekunde daran, daß eine davon ja tatsächlich eingetreten war, aber es lag im Bereich des Möglichen.

»Er war alt.«

»Er war nicht *so* alt, Dad. Du würdest auch nicht weglaufen, wenn du alt wirst, oder?«

Mir kam ein älterer Stanley mit einem Gewehr im Kofferraum in den Sinn, der mich, einen alten, keuchenden, fast blinden Mann, der seinen Darm nicht mehr unter Kontrolle hatte, eine Schotterstraße entlangfuhr.

»Nein, aber Katzen sind keine Menschen«, erwiderte ich, um mich zu beruhigen. »Für Hardrock gilt dasselbe. Ich bin sicher, irgendein lieber Mensch hat ihn gefunden. Wahrscheinlich schläft er gerade.« *Im Bauch eines Bären.*

»Aber er hat doch sein Halsband mit seinem Namen und dem ganzen Zeug um.« Voller Hoffnung schaute mich Stanley an.

Ach du liebe Güte! Ich hatte vergessen, ihm das Halsband abzunehmen. Ich hatte es tun wollen, nachdem ich ihn erschossen hatte.

»Ja, sein Halsband«, antwortete ich so ruhig wie möglich. »Vielleicht ist es abgegangen.«

Dann schwelgten wir in nostalgischen Erinnerungen und plauderten über alles Nette, was Hardrock die Jahre über getan hatte. Irgendwann schlief Stanley ein.

Am nächsten Tag rief mich Marias Rechtsanwalt an. Er machte dunkle Andeutungen, daß Maria sich sehr um meine Fähigkeit sorge, die erforderliche Sorgfalt im Umgang mit den ›umstrittenen Gütern‹ an den Tag zu legen. Wegen einer Katze wieder vor Gericht ziehen zu müssen, wolle er nun ›bei Gott‹ nicht, aber er habe Maria nun einmal versprochen, anzurufen und mir zu sagen, was er mir sagen mußte. Das hatte er nun getan, doch wußten wir beide, daß er nicht mit dem Herzen bei der Sache war. Ich erwiderte nicht viel darauf und wünschte mir, ich hätte einen Anwalt bevollmächtigt, an den ich ihn hätte verweisen können.

Direkt nach dem Telefonat zog ich los, um Hardrocks Kadaver zu suchen... und sein Halsband. Ich durchkämmte dichtes Buschwerk, tiefe Wälder, schaute in die Wipfel der Bäume. Keine Spur. Das Blut war noch vorhanden, hatte sich fast aufgelöst, doch vom Kater fand ich nicht die geringste Spur, keinen Hinweis, wohin er gegangen sein könnte, um zu sterben. Als ich in jener Nacht wieder nach Hause kam, log ich Stanley erneut an.

Der Junge träumte wieder schlecht. Weil ich selbst nicht schlafen konnte, hörte ich sofort, daß er weinte. Vor meinem inneren Auge erschien mein Name in der Zeitung – Mann mordet Lieblingstier seines Sohnes für Geld. Ich sah Hardrocks Kadaver mit dem belastenden Halsband in einer

Plastiktüte auf einem Tisch liegen. Daneben lagen mein Gewehr mit einem Schildchen daran, Gipsabdrücke meiner Fußspuren, Karten mit Blutproben. Ich stellte mir vor, daß Maria als Augenzeugin aussagte, daß ich das Tier einmal getreten hatte – sah Stanley weinend zwischen sorgenvoll dreinblickenden Psychiatern stehen, die ihre Köpfe schüttelten und auf mich zeigten.

Als ich zu seinem Schlafzimmer ging, war mir, als hätte ich ein komisches Geräusch, eine Art Kratzen, gehört. Dann war es genauso schnell wieder weg. *Der Wind.*

»Dad, ich träumte gerade, daß Hardrock Hunger hat und einsam ist.«

Ich tröstete ihn, versprach *fast*, wir könnten ja auch eine andere Katze holen, was ich allerdings für äußerst unwahrscheinlich hielt.

Plötzlich schoß sein Kopf von meiner Brust hoch. »Hast du das gehört?« fragte er in scharfem Ton.

»Was?«

»Ich dachte, da wäre ein Miauen.«

Das arme Kind bildet sich schon ein, Katzen zu hören. Was habe ich nur angerichtet?

Doch dann hörte ich es selber. Wieder ein Kratzgeräusch. Ein Stock tiefer an der Zwischentür. Dann ein Miauen.

Stanley war als erster an der Tür, riß sie auf.

Eine dreibeinige Katze mit einem entzündeten Beinstumpf stand davor. Es war Hardrock.

»Wir müssen ihn zum Tierarzt bringen, Dad.«

Und das taten wir.

Er mußte operiert werden, bekam Medikamente, ›stationäre Behandlung‹, ›Nachsorge‹. Die Rechnung belief sich auf vierhundertsechsunddreißig Dollar.

Das ist jetzt fünf Jahre her. Hardrock lebt immer noch bei uns.

Jeder argwöhnt, daß ich derjenige war, der ihm das Bein abgeschossen hat – sie schauen mich manchmal so komisch an, wenn ich in der Nähe der Katze bin. Ich muß jetzt besonders gut darauf achten, daß ihm nichts passiert.

Ab und zu blickt mich Hardrock spät in der Nacht so an,

als wüßte er, daß er in Sicherheit ist. Er hinkt herüber und kackt mir vor die Füße.

Maria und ich sind wegen der Sommerferien, medizinischer Aufzeichnungen und Elternsprechtagen wieder vor Gericht gegangen. Obwohl sie versucht hat, die ›Verstümmelung‹ Hardrocks zur Sprache zu bringen, hat es mein (letzter) Rechtsanwalt nicht soweit kommen lassen. Er ist gut. Nicht billig, aber gut.

Stanley gibt sich kaum mehr mit der Katze ab. Er interessiert sich jetzt für andere Dinge, für Videospiele und Mädchen beispielsweise. So sind wir hauptsächlich nur zu zweit. Die Tierärztin sagt, es grenze fast an ein Wunder, wie Hardrock durchhält. Sie sagt, so etwas habe sie noch nie erlebt. Einmal erzählte sie mir, daß sie dachte, er hätte schon vor Jahren eingeschläfert werden müssen, daß aber sein ›Unfall‹ ihm einen ungeheuren Lebenswillen verliehen zu haben schien. Ich lächelte nur.

Einmal nahm ich ein Kissen und legte es auf ihn. Doch als er aufwachte, konnte ich es nicht mehr tun. Ich hatte meine Chance gehabt und sie vermasselt. So gehen wir also weiter durchs Leben, werden beide älter. An einigen Tagen denke ich, daß er immer da sein wird. Maria würde das gefallen.

Deutsch von Gunther Seipel

Der Diebstahl der Mafiakatze

Edward D. Hoch

Seit der Zeit, als Nick Velvet und Paul Matalena im selben Häuserblock im italienischen Viertel von Greenwich Village Kinder gewesen waren hatte Nick eine Schwäche für Paul Matalena gehabt. Er erinnerte sich noch lebhaft an den Samstagnachmittag, an dem auf der Bleecker Street ein Kampf zwischen zwei Straßengangs ausgebrochen war. Paul hatte ihn aus der Bahn eines heranrasenden Polizeiautos gerissen, das dann in etwa drei Zentimeter Entfernung an ihm vorbeigerauscht war. Der Gedanke, daß Paul ihm an jenem Tag das Leben gerettet hatte, gefiel Nick, und da er eine Art Gefühlsmensch war, reagierte er sehr schnell, als sein alter Freund ihn um Hilfe bat. Er traf Paul so ziemlich am unmöglichsten Ort für eine solche Begegnung – dem Shakespeare-Garten im Central Park, wo irgend jemand vor vielen Jahren ein Blumenensemble geplant hatte, in dem nur Blumen wachsen sollten, die in den Werken Shakespeares erwähnt werden. Auch wenn dieser Plan nie zu seiner vollen Reife gelangte, so reichte er doch aus, eine farbenfrohe Umgebung zu stellen, den richtigen Hintergrund für Gespräche über hohe Literatur abzugeben.

»›Da ist Vergißmeinnicht, das ist zum Andenken‹«, zitierte Paul, als sie zwischen den Blumen und Ziersträuchern herumschlenderten, »›und da ist Rosmarin, das ist für die Treue.‹«

Nick, alles andere als ein Shakespeare-Kenner, war gut vorbereitet erschienen. »›Kein anderer Name beraubt die Rose ihres süßen Duftes‹«, konterte er.

»Seit unserer Kinderzeit bist du ja ganz schön gebildet geworden, Nick.«

»Eigentlich bin ich immer noch der gleiche. Was kann ich für dich tun, Paul?«

137

»Man erzählt mir, daß du jetzt in die eigene Tasche wirtschaftest. Sachen klaust.«

»Ganz bestimmte Sachen. Sachen, die nicht besonders viel wert sind. Man könnte es auch ein Hobby nennen.«

»Verdammt, Nick, man sagt, daß du der Beste in diesem Metier bist. Ich höre das jetzt schon seit Jahren. Zuerst konnte ich ja fast nicht glauben, daß es sich um den Kerl handelt, den auch ich kenne.«

Nick zuckte die Achseln. »Irgendwie muß ja jeder seinen Lebensunterhalt verdienen.«

»Aber wie bist du denn da eingestiegen?«

Nick dachte nur selten daran, wie einmal alles angefangen hatte, und er hatte auch noch nie jemand anderem davon erzählt. Jetzt, als er mit seinem Jugendfreund zwischen den Blumen herumspazierte, sagte er: »Natürlich steckte eine Frau dahinter. Sie überredete mich, ihr bei einem Diebstahl zu helfen. Wir wollten in das Institut für Mittelalterliche Studien drüben in New Jersey einbrechen und ein paar Kunstschätze mitgehen lassen. Ich besorgte einen Laster und half ihr, ein Mosaikfenster auszubauen, damit wir in das Gebäude hinein kamen. Während ich drin war, fuhr sie mit dem Fenster davon. Dieses Fenster war auch alles gewesen, an dem sie interessiert war. Bei Sammlern war es ungefähr 50000 Dollar wert.«

Paul Matalena pfiff leise durch die Zähne. »Und du hast nie etwas von dem Geld gesehen?«

Nick lächelte, als er sich daran erinnerte. »Nicht einen Cent. Das Mädchen wurde später festgenommen, das Fenster wieder zurückgebracht, vielleicht ist es so also auch gut. Aber ich wurde auf diese Weise angeregt, mir meine Gedanken zu machen, und grübelte darüber nach, welche Dinge die Leute so stehlen. Ich entdeckte, daß es Sachen gibt, die nur wenig oder gar keinen Wert haben, und welche, die für bestimmte Leute zu gewissen Zeiten eine Menge wert sein können. Da ich den üblichen Schmuck, das Bargeld und die Gemälde mied, konnte ich mich ganz auf das Sonderbare, das Ungewöhnliche und das Wertlose konzentrieren.«

»Man sagt, du bekommst 20 000 Dollar pro Auftrag, 30 000 Dollar für ein besonders gefährliches Ding.«

Der Meisterdieb nickte. »Meine Preise sind über die Jahre hinweg stabil geblieben. Bei mir gibt es keine Inflation.«

»Könntest du etwas für mich erledigen, Nick?«

»Ich müßte dir dafür den normalen Preis berechnen, Paul.«

»Verstehe. Ich wollte dich auch nicht bitten, etwas umsonst zu tun.«

»Einige sagen, du wärest jetzt bei der Mafia ein großer Mann. Stimmt das?«

Matalena warf ihm einen Blick von der Seite zu. »Sicher, das stimmt. Ich bin ganz oben, mit den besten Jungs zusammen. Aber normalerweise reden wir nicht darüber.«

»Warum nicht? Ich bin genauso Italo-Amerikaner wie du, Paul, und ich denke, es ist falsch, so zu tun, als ob das organisierte Verbrechen gar nicht existieren würde. Wir sollten vielmehr zugeben, daß es da ist, und dann die Leistungen anderer Italo-Amerikaner betonen – Männer wie Fiorello La-Guardia, John Volpe und John Pastore in der Regierung, Joe DiMaggio im Sport und Gian Carlo Menotti in der Kunst.«

»Aus der Politik halte ich mich heraus, Nick. Ich habe mir mit einer Wäscherei eine schöne kleine Existenz aufgebaut und arbeite für Restaurants und Privatkrankenhäuser. Das bringt einen guten Batzen Geld ein, alles legal. Anfangs mußte ich einige der Kunden ein wenig unter Druck setzen, aber als sie merkten, daß ich zur Mafia gehöre, haben sie schnell unterschrieben. Und keinerlei Probleme mit der Konkurrenz.«

»Wenn du dir meine Preise leisten kannst, muß es dir recht gut gehen. Was möchtest du denn gestohlen haben?«

»Eine Katze.«

»Kein Problem. Ich habe sogar schon mal einen Tiger aus dem Zoo gestohlen.«

»Bei dieser Katze wird es vielleicht härter. Sie gehört Mike Pirrone.«

Nick pfiff leise durch die Zähne. Pirrone war im Syndikat ein mächtiger Mann – einer der mächtigsten von denen, die noch keine fünfzig waren. Er lebte in einem Landsitz am Ufer eines kleinen Sees in New Jersey. Es gab nicht viele Leute, die Mike Pirrone besuchten. Es gab auch nicht viele, die das tun wollten.

»Die Katze befindet sich auf seinem Grundstück?«

Matalena nickte. »Sie ist nicht zu übersehen. Es ist eine große Tigerkatze namens Sparkle. Pirrone wird immer mit ihr zusammen fotografiert. Das Bild hier ist aus einer Illustrierten.«

Er zeigte Nick ein Bild von Mike Pirrone. Der Don war mit einem älteren, weißhaarigen Mann zusammen abgebildet, der als sein Rechtsanwalt bezeichnet wurde, und hielt die große Tigerkatze fast wie ein Kind in den Armen. Nick grunzte und steckte das Bild in seine Tasche. »Das erste Mal, daß ich Pirrone lächeln sehe.«

»Er liebt diese Katze. Er nimmt sie überall mit hin.«

»Und du willst, daß ich sie kidnappe und dann bis zur Zahlung eines Lösegelds gefangenhalte?«

Matalena gab ein glucksendes Lachen von sich. »Nick, Nick, was hast du nur immer für abenteuerliche Ideen! Du hast dich wirklich seit der Schulzeit nicht verändert.«

»Ist ja schon gut. Solange dein Geld sauber ist, geht es mich auch nichts an.«

»Das hier gibt's als Anzahlung«, sagte Matalena und zog einen Umschlag für Nick heraus. »Nächstes Wochenende brauche ich Ergebnisse.«

Sie spazierten noch ein wenig zwischen den Blumen umher, sprach von alten Zeiten, dann trennten sie sich. Nick nahm ein Taxi und fuhr Richtung Innenstadt.

Mike Pirrones Landsitz war eine weitläufige Ranch, die auf einem Hügel über dem Stag Lake im Norden von Stag Pond im nördlichen New Jersey lag. Sie gehörte somit zum Gebiet des Bundesstaates, der sich mit Städten brüstete, die Namen wie Sparta, Athens und Greece hatten. Die Region war für ihren Fischreichtum bekannt, und der Mann an der Tankstelle meinte zu Nick: »In diesen Seen gibt es guten Flußbarsch.«

»Vielleicht versuche ich mein Glück«, erwiderte Nick. »Meine Angelausrüstung ist hinten im Auto. Was halten Sie denn von Stag Lake?«

»Er ist größtenteils Privatgelände. Wenn Sie an der falschen Stelle an Land gehen, könnten Sie Schwierigkeiten bekommen.«

Nick dankte ihm und fuhr weiter, bog von der Hauptstraße ab und folgte einem zerfurchten Weg, der am Rand des Anwesens von Pirrone entlangführte. Die ganze Anlage war von einer Mauer umgeben, die von einem aus drei Strängen bestehenden Elektrozaun gekrönt wurde. Als er an den verschlossenen Toren vorbeikam und nach innen spähte, sah er in etwas siebzig Metern Entfernung das großzügige Haus auf dem Hügel liegen. Am Ende des Weges lag der See, vom Ende der Mauer lief ein engmaschiger Metallzaun ins Wasser. Mike Pirrone ließ ungeladenen Gästen keine Chance.

Nick studierte gerade die Anlage des Anwesens, als eine Frauenstimme direkt hinter ihm fragte: »Wollen Sie Angeln gehen?«

Er drehte sich um und sah eine gertenschlanke Blondine in weißer Turnhose und buntbedruckter Bluse hinter seinem Wagen stehen. Er hatte nicht gehört, wie sie nähergekommen war, und fragte sich, wie lange sie ihn wohl schon beobachtet haben mochte. »Ich halte ein wenig nach Flußbarschen Ausschau. Man sagte mir, sie beißen jetzt.«

»Das hier ist fast alles Privatgelände«, meinte die Frau. Sie hatte ein hartes und sonnengebräuntes Gesicht, ihren Zügen nach hätte sie Skandinavierin sein können. Mit Sicherheit war sie keine Italienerin.

»Die Mauer ist nicht zu übersehen. Wer wohnt denn da – Howard Hughes?«

»Ein Mann namens Mike Pirrone. Wahrscheinlich haben Sie noch nie von ihm gehört.«

»Welche Branche?«

»Unternehmensführung.«

»Das muß sich ja lohnen.«

»Das tut es auch.«

»Kennen Sie ihn?«

Sie lächelte Nick an und sagte: »Ich bin seine Frau.«

Nach seiner unerwarteten Begegnung mit Mrs. Pirrone wußte Nick, daß es keine Chance gab, sich dem Haus auf direktem Weg zu nähern. Am Nachmittag mietete er ein Boot, fuhr damit zum unteren Teil des Sees und fischte in Ufernähe gemütlich mit der Schleppangel.

Das Boot trieb bis zu einem dem Anwesen von Pirrone gegenüberliegenden Punkt, und Nick suchte die Uferlinie nach Wachleuten ab. Man sah nichts, aber durch sein Fernglas konnte er in der Nähe des Hauptgebäudes eine Gruppe Drahtkäfige erkennen. Da man erwarten durfte, daß die Katze Sparkle im Haus schlief, schienen die Käfige auf Hunde hinzudeuten – wahrscheinlich Wachhunde, die nach Einbruch der Dunkelheit das Grundstück durchstöberten.

Nick füllte seine Jackentaschen rasch mit Angelhaken, langen Angelschnüren und einer zusammengefalteten und mit Löchern versehenen Plastiktüte. Einige andere Gegenstände hatte er bereits sorgfältig am Körper versteckt; Fernglas und Angelrute würde er zurücklassen müssen. Er benutzte einen kleinen Handbohrer, um ein winziges Loch in den Boden des Bootes zu bohren. Dann schaute er zu, wie das Wasser hineinzusickern begann. Er richtete sich halb im Boot auf, um allen eventuellen Beobachtern den Eindruck einer drohenden Gefahr zu vermitteln, dann warf er den Bohrer über Bord und steuerte das Boot rasch auf die Küste zu. Fünf Minuten später stand er am Ufer des Anwesens von Mr. Pirrone; das Boot war zur Hälfte mit Wasser gefüllt.

Einige Minuten lang blieb er daneben stehen, als ob er überlegen würde, was er als nächstes tun solle. Dann blickte er zum Haus auf dem Hügel hoch und setzte sich dorthin in Bewegung, den Fisch in der Hand. Fast unmittelbar erscholl Hundegebell, und urplötzlich stürzten zwei riesige deutsche Schäferhunde quer über die große Rasenfläche auf ihn zu. Nick rannte los, steuerte den nächsten Baum an, doch als die Hunde ihn zu überholen schienen, blieben sie unvermittelt stehen.

Nick lehnte sich japsend gegen den Baum und sah, wie sich ihm über den Rasen hinweg ein weißhaariger Mann näherte. Es war der Mann, den er schon auf dem Bild gesehen hatte – Pirrones Rechtsanwalt – und in der Hand hielt er eine glänzende, silberne Hundepfeife.

»Die sind ja gut abgerichtet«, sagte Nick zur Begrüßung.

»Das sind sie in der Tat. Wenn ich die Hunde nicht zurückgepfiffen hätte, könnten Sie jetzt ein toter Mann sein.«

»Mein Boot«, sagte Nick und machte hilflose Gesten zum Wasser hin, »es hat ein Leck bekommen. Könnte ich wohl Ihr Telefon benutzen?«

Der Mann war sehr gut angezogen, ganz im sportlichen Stil eines Gentlemans, der sich in Stadt und Land zuhause fühlt. Er musterte Nick von unten bis oben, dann nickte er: »Im Gärtnerschuppen steht ein Telefon.«

Nick hatte gehofft, bis ins Haus vorzudringen, aber er hatte keine Wahl. Während der Rechtsanwalt vor ihm herging, hielt Nick seinen Fisch hoch und meinte: »Sie beißen heute aber wirklich gut.«

Der Mann gab ein Grunzen von sich, sagte aber nichts mehr. Er führte Nick zu einem kleinen Schuppen, in dem Werkzeuge und Dünger gelagert wurden, und zeigte auf den Telefonapparat an der Wand. Nick legte den Fisch auf den Boden, rief die Auskunft an und verlangte die Nummer der Taxizentrale. Er wurde gerade mit der Auskunft verbunden, als der Fisch zu seinen Füßen einen plötzlichen Ruck machte. Er blickte nach unten und sah eine große Tigerkatze, die mit pelzbedeckter Pfote an ihm herumzerrte.

»Sparkle«, flüsterte Nick. »Hierher, Sparkle.«

Die Katze hob den Kopf, als sie ihren Namen hörte. Sie schien auf weitere Worte zu warten. Nick beugte sich nach unten, um sie unter dem Kinn zu streicheln, da sah er die Beine eines Mannes in gestreifter Freizeithose und Golfschuhen. Seine Augen wanderten aufwärts zum breiten, festen Brustkorb und dann zum vertrauten, stocksauren Gesicht darüber. Es war Mike Pirrone, und er lächelte nicht. In seiner Hand hielt er einen stupsnasigen Revolver, der direkt auf Nicks Gesicht zielte.

»Wem habe ich dieses Vergnügen zu verdanken, Mr. Velvet?«

Das Haus hatte die richtige Kragenweite für einen Don, möglicherweise auch für einen König. Von dem geräumigen, mit Fachwerk versehenen Wohnzimmer hatte man einen freien Blick über den See. Das Mobiliar war teuer und geschmackvoll; Pirrones blonde Frau paßte perfekt in die Umgebung. Sie war viel jünger als ihr Mann, doch wenn man sie zusammen sah, dann vergaß man den Altersunterschied sehr schnell. Pirrone näherte sich mit Würde seinem fünfzigsten Geburtstag. Ein Anflug von Jugendlichkeit brach gelegentlich durch den ehrwürdig drohenden Ausdruck seines steinernen Gesichts.

»Er ist der Angler, von dem ich dir erzählt habe«, sagte Mrs. Pirrone, als die beiden hereinkamen. Ihre Augen sprangen von Nick zu ihrem Mann.

»Ja«, erwiderte Pirrone sanft. »Es hat ganz den Anschein, als ob er an unser Ufer gespült wurde, und ich habe ihn erkannt. Er heißt Nick Velvet.«

»Der berühmte Dieb?«

»Kein anderer.«

Nick lächelte. Am Ende seiner Angelschnur hielt er in einer Hand immer noch den Fisch. »Leider bin ich Ihnen gegenüber im Nachteil«, sagte er. »Ich glaube nämlich nicht, daß wir uns jemals begegnet sind.«

»Wir sind uns begegnet. Vor langer Zeit bei einem politischen Arbeitsessen. Habe ich einmal ein Gesicht gesehen, vergesse ich es nie mehr, Velvet. Es kommt einen teuer zu stehen, Gesichter zu vergessen. Manchmal kostet es einen das Leben. Wie Sie sicherlich wissen werden, bin ich Mike Pirrone. Das sind Frieda, meine Frau, und mein Rechtsanwalt, Harry Beaman.«

Der weißhaarige Mann nickte anerkennend, und Nick sagte bedächtig: »Ich dachte, er sei Ihr Hundetrainer.«

Mike Pirrone lachte leise, Beaman errötete. »Er kann mit Hunden sehr gut umgehen«, sagte Pirrone. »Er hat sie gut abgerichtet. Doch sie sind lediglich dazu da, dieses Gelände zu bewachen. Ich selbst bin ein Katzennarr.« Wie zur Verdeutlichung bückte er sich und wölbte seine Arme. Sparkle nahm Anlauf und sprang hinein. »Diese Katze ist immer dabei.«

»Ein schönes Tier«, murmelte Nick.

Ein paar Augenblicke lang streichelte Pirrone die Katze weiter, dann setzte er sie wieder auf dem Boden ab. »Nun gut, Velvet«, sagte er dann in energischem Ton. »Was haben Sie hier zu suchen?«

»Ich will nur telefonieren. Mein Boot hat ein Leck bekommen.«

»Sie sind kein Angler«, sagte Pirrone. Er sprach die Worte aus wie ein Todesurteil.

»Hier ist mein Fisch«, entgegnete Nick und hielt ihn hoch, aber der Don zeigte sich unbeeindruckt.

»Sie haben mein Anwesen aufgespürt und es geschafft, hier hereinzukommen. Aus welchem Grund?«

»Selbst ein Dieb ist ab und zu urlaubsreif.«

»Sie machen keinen Urlaub, Velvet. Als ich Sie vor einigen Jahren beinahe für einen Job engagiert hätte, habe ich mich recht eingehend mit Ihnen beschäftigt. Ich kenne Ihre Gewohnheiten und weiß, wo Sie leben. Wer hat Sie mit was beauftragt?«

»Bis ich diesen Morgen Ihre Frau traf, wußte ich nicht einmal, daß dieses Anwesen Ihnen gehört.«

»Ich habe genau mitbekommen, daß Sie draußen im Schuppen meine Katze beim Namen gerufen haben.«

Nick zögerte. Mike Pirrone war kein Dummkopf. »Sparkle kennt doch jeder. Sie werden doch dauernd mit ihm zusammen fotografiert.«

»Mit ihr. Sparkle ist ein Weibchen.«

Harry Beaman räusperte sich. »Was hast du mit ihm vor, Mike? Wenn du ihn gegen seinen Willen hier festhalten willst, dann könnte er dich damit ernsthaft vor Gericht belangen. Bis jetzt hast du nichts getan, was sich nicht im Rahmen deines Rechts bewegen würde, und ihn als unbefugten Betreter dieses Grundstücks behandelt. Das könnte sich aber schnell ändern.«

Pirrone warf die Arme in die Luft. »Rechtsanwälte! Früher war alles so einfach – nicht wahr, Velvet?«

»Das entzieht sich meiner Kenntnis.«

Ein Hausmädchen mit Cocktails erschien, und Pirrone winkte mit der Hand. »Sie sind hier Gast, Velvet. Sie kamen gerade rechtzeitig für die Cocktails.«

Er nahm sich ein Glas und ging ins angrenzende Arbeitszimmer, um einige Telefonate zu führen. Nick fragte sich, was Pirrone mit ihm vorhatte.

Frieda Pirrone erhob sich vom Sofa und setzte sich neben ihn. »Sie hätten mir sagen sollen, daß Sie meinen Mann treffen wollten. Ich hätte das auf eine viel einfachere Weise arrangieren können. Sind Sie wirklich ein Dieb?«

»Unter anderem stehle ich die Herzen der Frauen.«

Für einen kurzen Augenblick trafen sich ihre Blicke. »Es erfordert einen mutigen Mann – oder einen Idioten – Mike Pirrone bestehlen zu wollen.«

»Ich bin weder das eine noch das andere.« Nick beobachtete, wie sich Sparkle langsam über den Teppich bewegte und an eine imaginäre Beute heranpirschte.

»Was für ein Dieb sind Sie?«

»Manchmal bin ich Fassadenkletterer.«

»Wirklich? Sie meinen, Sie sind einer dieser Leute, die wie Katzen über die Dächer klettern?«

Bevor er etwas darauf sagen konnte, kehrte Pirrone zurück und übergab seinem Rechtsanwalt einen Stapel Papiere. »Geschäftliche Dinge können manchmal ganz schön langweilen, Velvet. Ich bin ein schlechter Gastgeber.«

»Es ist alles in bester Ordnung. Die Drinks sind hervorragend.«

Der Don mit den dunklen Augenbrauen nickte. »Mein Chauffeur wird Harry in Kürze zum Zug fahren. Wenn Sie wollen, können Sie sich den beiden anschließen.«

»Danke.«

»Doch gestatten Sie mir einen Rat. Wenn sich herausstellen sollte, daß irgend etwas aus diesem Haus fehlt, wann immer das auch sein mag, dann weiß ich genau, wo ich nachschauen muß. Ich schicke Ihnen jemanden auf den

Hals, Velvet, und zwar ganz wie in alten Zeiten. Verstanden?«

»Ich verstehe.«

»Gut! Wer immer Sie bezahlt haben mag, sagen Sie ihm, die Sache sei gestorben.«

Der Meisterdieb nickte. Er mußte nun äußerst vorsichtig sein. Er würde keine zweite Chance bekommen, Pirrones Reich zu betreten. Wie groß das Risiko auch immer sein mochte, er mußte Sparkle mit sich aus dem Haus nehmen. Er schaute auf seine Armbanduhr. Es war kurz nach fünf. »Könnte ich mal Ihr Bad benutzen?«

Mike Pirrone nickte. »Gehen Sie nur. Das Dienstmädchen wird es Ihnen zeigen.« Als Nick begann, hinter ihr herzugehen, rief der Don: »Jetzt habe ich ja alles gesehen. Nehmen Sie Ihren Fisch mit?«

Das Dienstmädchen winkte Nick in ein großes, gekacheltes Badezimmer und verschwand. Nick blickte erneut auf seine Uhr. Bis die Verdacht schöpften, hatte er vielleicht drei Minuten Zeit. Rasch ging er zur Tür hinüber und öffnete sie. Wie er gehofft hatte, war Sparkle dem Fischgeruch gefolgt und hielt sich im Flur auf. Noch ein wenig Überredungskunst, dann hatte Nick das Tier in der Hand. Er hoffte nur, daß Pirrone nicht sofort nach ihm suchen würde.

Abschließen. Sparkle war wirklich eine stattliche Katze, besaß eine einzigartige Zeichnung und einen ganz besonderen, nur ihr eigenen Ausdruck. Vielleicht mochte sie Pirrone genau deswegen – weil sie einzigartig war. Nick hielt sie fest und injizierte ihr ein schnell wirkendes Schlafmittel. Sparkle gähnte tief, dann rollte sie sich auf dem Boden zusammen. Behende wickelte Nick die Einwegspritze in ein Tuch und steckte sie in seine Tasche. Er hob Sparkles steifen Körper hoch und ließ ihn in die perforierte Plastiktüte gleiten.

Die Katze in einer Hand öffnete Nick wieder die Badezimmertür und blickte den Flur herunter zum Wohnzimmer. Kein Mensch war in Sicht. Er eilte über den Flur, trat in ein separates Schlafzimmer und hoffte, sich im gesuchten Raum zu befinden. Von dem kleinen Weg aus hatte er die Telefonleitung gesehen, die den Hügel hoch zum Haus führte. Der

Meisterdieb nahm an, daß sie genau außerhalb dieses Zimmers die Hauswand erreichte. Als er das Fenster öffnete, sah er, daß er damit recht gehabt hatte. Ein Stück über seinem Kopf und etwa einen halben Meter über dem Fenster verlief der Leitungsdraht.

Er holte zwei Angelhaken aus seiner Tasche und befestigte einen an jeder Seite eines langen Stückes Angelschnur aus Nylon. Dann warf er die Angelschnur über den Leitungsdraht und ließ sie herunterbaumeln, während er die in der Plastiktüte steckende Katze hochhob. Die Angelhaken griffen in die Löcher der Tüte und bald hing sie an der Telefonleitung.

Nick prüfte, ob das Ganze hielt, dann holte er tief und inständig Luft und gab der Tüte einen Stoß. Langsam glitt sie die Telefonleitung hinunter quer über den breiten Seitenhof und schließlich über die Mauer bis zu dem Mast am Straßenrand. Nicht weit von ihm entfernt kam die Tasche zum Stehen, doch indem Nick behutsam an seinem Ende des Leitungsdrahtes zerrte, konnte er sie auch noch die letzten Meter vorwärtsbewegen.

Er seufzte und schloß das Fenster. Das ganze Unternehmen hatte vier Minuten gedauert – eine Minute länger als geplant. Der Meisterdieb ging ins Wohnzimmer zurück, immer noch den Fisch in der Hand, und sah sofort, daß Pirrone, Frieda und der Rechtsanwalt ihn bereits erwarteten. In der Nähe der Tür stand ein großer Mann in Chauffeursuniform.

Mike Pirrone lächelte schwach und zog den stupsnasigen Revolver wieder hervor. »Ich hoffe, Sie entschuldigen meine Vorsichtsmaßnahme, Velvet, aber wir wollen nicht, daß Sie hier mit irgend etwas weggehen, das Ihnen nicht gehört. Durchsuch ihn, Felix.«

Nick hob die Arme hoch; der Chauffeur fuhr mit schnellen festen Händen über seinen Körper. Einige Sekunden später riß er eine Hand zurück; sie blutete. »Verdammt! Was hat er denn da drin?«

»Angelhaken«, antwortete Nick mit einem angedeuteten Lächeln. »Ich hätte Sie warnen sollen.«

Felix fluchte und beendete die Durchsuchung. »Er ist sauber, Mr. Pirrone.«

»Gut.« Der Don nahm seine Waffe wieder weg. »Sie können jetzt gehen, Velvet.«

»Danke«, erwiderte Nick und folgte dem Chauffeur und Beaman zum Auto.

Auf halbem Weg die Auffahrt hinunter hörte er noch, wie Pirrone seine Frau fragte: »Wo steckt Sparkle?«

Nick ging in gleichmäßigem Tempo weiter, blickte über die Mauer zum Telefonmasten hinüber und auf die daran hängende Plastiktüte. »Ich glaube, sie ist nach draußen gegangen«, antwortete Frieda.

Plötzlich rief Pirrone: »Velvet, stehengeblieben!«

Nick erstarrte. Felix, der Chauffeur, hatte sich zum Don umgedreht und wartete auf Anweisungen. »Was ist los?« fragte er, als Pirrone den Weg herunterkam.

»Dieser Fisch – geben Sie ihn mir. Sie könnten einen kleinen Gegenstand darin versteckt haben. Und wenn dem nicht so ist, dann gibt das ein feines Abendessen für Sparkle.«

Mit gespieltem Widerstand übergab ihm Nick den Fisch, dann stieg er mit Beaman in den Wagen.

Auf dem Weg in die Stadt unternahm der weißhaarige Rechtsanwalt den Versuch, die Dinge ein wenig zurechtzurücken. »Sie müssen Mike verstehen. Er ist ein richtiger Gentleman und hat ein goldenes Herz, aber er lebt in ständiger Furcht vor Rivalen, die versuchen, das an sich zu reißen, was er sein ganzes Leben lang aufgebaut hat.«

»Als ich den Revolver sah, dachte ich mir schon, daß er vor irgend etwas Angst hat«, nickte der Meisterdieb.

Beaman fuhr fort: »Frieda gefällt das nicht. Sie mag nichts, was mit seinem früheren Leben zu tun hat, doch Mike muß vorsichtig sein.«

»Natürlich.«

Beaman setzte ihn am Bootshafen ab und fuhr dann weiter zum Bahnhof. Kurz nach Einbruch der Dunkelheit fuhr Nick zurück zum Anwesen Pirrones, kletterte auf den außerhalb der Grundstücksmauer gelegenen Telefonmasten und holte die durchlöcherte Plastiktüte von dem über ihm hängenden Draht. Die Katze schlief noch friedlich vor sich hin. Von der anderen Seite der Mauer konnte Nick einen der Hausangestellten nach Sparkle rufen hören.

Paul Matalena war außer sich vor Freude. »Nick, ich habe nie gedacht, daß du das fertigbringen würdest!« Er streichelte die auf seinem Schoß sitzende Katze und lauschte ihrem Schnurren. »Wie, zum Teufel, hast du das nur geschafft?«

»Ich habe so meine Methoden, Paul.«

»Hier hast du das restliche Geld. Und meinen Dank.«

»Du bist dir doch darüber im klaren, daß es Sparkle nur einmal gibt, oder? Diese Katze wurde hundertmal mit Pirrone zusammen fotografiert, man wird sie also kaum für das Tier irgendeines anderen halten. Wenn die Leute sie sehen, dann wissen sie, daß es Pirrones Katze ist.«

»Da ist auch genau so geplant, Nick.«

»Wenn du vorhast, Sparkle bis zur Zahlung eines Lösegeldes zu behalten, dann spielst du mit Dynamit.«

»Ich habe nichts dergleichen vor. Ich brauche die Katze auch nur für ein Treffen morgen nachmittag. Dann kannst du sie wiederhaben. Wenn Pirrone sein Tier innerhalb eines Tages zurückbekommt, dann wird ihn die ganze Sache nicht allzusehr aufregen.«

»Du meinst, daß du Sparkle nur für einen Tag haben willst?«

»Ganz genau, Nick.« Matalena ging zum Telefon und begann zu telefonieren. Es war schon spät, aber das schien ihn nicht weiter zu stören. Sparkle beobachtete ihn eine Weile, dann rannte er zu Nick hinüber und rieb sich an dessen Bein. Als dieser hörte, was Paul sagte, wußte er, warum sein alter Schulfreund bereit war 20 000 Dollar dafür zu bezahlen, Sparkle einen Tag lang sein eigen zu nennen. Er blickte Paul Matalena an und gluckste vor Lachen.

»Was ist denn dabei so lustig, Nick?«

»Paul, du warst immer schon ein alter Schwindler, sogar früher in der Schule.«

»Wie bitte?«

Paul stand auf und ging zur Tür. »Viel Glück.«

Am nächsten Abend, als Nick vor seinem Haus auf der Veranda saß und ein Bier trank, rief Gloria ihm zu: »Telefon für dich, Nicky.«

Er ging hinein, stellte sein Bier auf den Tisch am Telefon. Sie hob es sofort hoch und wischte den Feuchtigkeitsring weg. Grinsend meinte er: »Du reagierst von Tag zu Tag mehr wie eine Ehefrau.«

Die Stimme am Telefon war weich und weiblich. »Nick Velvet?«

»Ja.«

»Frieda Pirrone am Apparat. Mein Mann ist unterwegs, um Sie umzubringen. Er glaubt, daß Sie irgendwie Sparkle gestohlen haben.«

»Danke für die Warnung.«

»Ich will nicht, daß er wieder in seine alte Gewohnheit verfällt, Leute umzubringen, so wie früher.«

»Ich auch nicht«, sagte Nick. Er legte auf und drehte sich zu Gloria um.

»Ärger, Nicky?«

»Nur ein kleines geschäftliches Problem.« Er biß sich auf die Lippe und dachte nach. »Schau, Gloria, ein Mann kommt, der mich sehen will. Warum gehst du nicht ins Kino oder so etwas?«

»Das war kein Mann am Telefon, Nicky.«

»Komm schon«, grinste er. »Stell keine Fragen, und ich kaufe dir auch den kleinen ausländischen Sportwagen, den du haben wolltest.«

»Wirklich, Nicky? Ist das dein Ernst?«

»Es ist mein voller Ernst.«

Als sie gegangen war, machte er alle Lichter im Haus aus, setzte sich hin und wartete. Kurz vor zehn hielt auf der anderen Seite der Straße eine große, schwarze Limousine. Nick hatte sein Haus immer als eine Art Schutzzone angesehen, jenseits von den Gefahren seines Berufes. Doch dieses Mal war es anders. Zwei Männer stiegen aus dem Wagen und kamen über die Straße zu seinem Haus herüber. Einer war Felix, der Chauffeur. Der andere war ein stämmiger Schlägertyp, den Nick nicht erkannte. Mike Pirrone würde im Wagen warten.

Als sie die Veranda erreichten, öffnete Nick die Tür. Felix' Hand tauchte in seine Tasche; der Schlägertyp packte Nick. Als sie ihn dazu zwangen, wieder ins Haus zu gehen, leistete er keinerlei Widerstand. »Ich möchte Pirrone sehen«, sagte Nick.

»Du wirst ihn gleich zu Gesicht bekommen.« Während der Schlägertyp Nick nicht aus den Augen ließ, ging Felix zur Tür und machte zur anderen Straßenseite hin ein Zeichen. Mike Pirrone verließ den Wagen und kam langsam die Auffahrt herauf, musterte das Haus und die mit Bäumen gesäumte Straße.

»Ein schönes Plätzchen hast du hier, Velvet.«

»Schön, Sie so schnell wiederzusehen.«

»Hast du etwa gedacht, das würdest du nicht?« Er ging ganz nah an Nick heran. »Hast du etwa gedacht, ich ließe dich einfach mit Sparkle durchbrennen?«

»Nein. Eigentlich nicht.«

»Wo ist sie?«

»Hier – ich hole sie.«

»Keine Tricks.« Pirrone hatte seine Waffe wieder gezogen. Dieses Mal sah er aus, als ob er sie wirklich benutzen wollte.

»Keine Tricks«, willigte Nick ein. Er ging in die Küche, Felix wich ihm nicht von der Seite. Nick rief: »Sparkle!«

Als die große Tigerkatze ihren Namen hörte, kam sie sofort angerannt, rieb sich kurz an Nicks Bein und stürzte dann in Pirrones offene Arme. Er legte den Revolver weg und streichelte ihr Fell, wobei er sie sorgfältig untersuchte.

»Nun gut«, meinte er ruhig. »Sparkle ist unversehrt, deshalb lasse ich dich leben. Aber Felix und Vic werden dir eine kleine Lektion darüber erteilen, was es heißt, mir Sparkle zu entwenden.«

»Warten Sie!« sagte Nick und hielt eine Hand hoch. »Können wir nicht noch einmal über die Sache reden?«

»Es gibt keinen Grund zu reden. Du hast deine Warnung bekommen, Velvet.«

»Dann lassen Sie mich erst noch eine Geschichte erzählen. Sie handelt von dem Mann, der mir den Auftrag gegeben hat, Sparkle zu stehlen.«

»Schieß los. Wir haben vor, auch ihm einen Besuch abzustatten.«

Nick sprudelte los. »Man könnte dies fast eine Kriminalgeschichte unter umgekehrten Vorzeichen nennen. Anstatt einen Schuldigen zu finden, fand ich einen Unschuldigen.«

»Was redest du da, Velvet?« Pirrone begann, die Geduld zu verlieren.

»Der Name des Mannes, der mir diesen Auftrag gegeben hat, soll ungenannt bleiben. Er leitet ein höchst profitables Geschäft in New York City, war fähig, das Geschäft aufzubauen und es über Jahre hinweg gewinnbringend zu führen. Das hat er vor allem dadurch geschafft, daß er sowohl seine Kunden als auch seine Konkurrenten davon überzeugte, ein wichtiges Mitglied der Mafia zu sein.«

Mike Pirrone runzelte die Stirn. »Du meinst, er ist das gar nicht?«

»Ganz genau«, bestätigte Nick. »Er ist kein Mitglied der Mafia und ist es auch nie gewesen. Er ist einfach ein schwer arbeitender Kerl, der seinen italienischen Namen wie auch die Tatsache zu seinem Vorteil nutzt, daß viele Leute gern glauben, alle Italiener, die gut im Geschäft stehen, gehörten zur Bande. Indem er die Vorstellung schürt, er habe wichtige Verbindungen zum Syndikat, ist er mit vielen Leuten ins Geschäft gekommen, die Angst davor hatten, zu jemand anderem zu gehen.

Doch vor kurzem kamen einem seiner Kunden allmählich Zweifel. Das Gerücht, er sei überhaupt kein großer Mann bei der Mafia, begann die Runde zu machen. Da ihm seine besten Kunden wegzulaufen drohten, beschloß er, eine Treffen einzuberufen, um sie bei der Stange zu halten. Am besten wäre es natürlich gewesen, wenn er mit jemandem wie Mike Pirrone zu diesem Treffen gekommen wäre. Aber da er Mike Pirrone nicht einmal kannte, gab er sich mit dem Zweitbesten zufrieden – mit Mike Pirrones Katze.«

»Was?« Pirrone stand der Mund offen. »Du meinst, er hat die Katze stehlen lassen, damit er die Leute dazu bringen konnte zu glauben, er sei ein Freund von mir?«

Nick Velvet lächelte. »Genau so ist es. Es war ihm meine Gebühr von 20 000 Dollar wert, seine Kunden bei der Stange zu halten. Er tauchte heute mit Sparkle in den Armen beim Treffen auf. Natürlich kannten alle Anwesenden die Katze vom Sehen – und wußten, daß Mike Pirrone nicht weit weg sein konnte. Es hat sie überzeugt.«

»Kam er nicht auf den Gedanken, daß mir so etwas zu Ohren kommen könnte?«

»Möglicherweise. Doch bis dahin würde Sparkle sicher und unversehrt wieder in Ihren Händen sein, und er nahm an, daß Sie nur ungern dazu bereit wären, irgend jemandem gegenüber zuzugeben, daß man Ihnen Ihre Katze gestohlen hat.«

»Sag mir, wie der Kerl heißt.«

»Damit Sie ihn zusammenschlagen oder umbringen können? Wo ist denn Ihr Humor geblieben? Sie haben Sparkle wieder, und der Mann seine Kunden. Keinem ist auch nur ein einziges Haar gekrümmt worden, und die Situation entbehrt nicht einer gewissen Komik. Zu einer Zeit, in der die Mafia große Anstrengungen unternimmt, ihre Existenz zu leugnen, haben wir hier jemanden, der mit der geschwindelten Geschichte, er gehöre zur Mafia, bares Geld macht. Daß er so offen darüber sprach, machte mich überhaupt erst argwöhnisch. Die richtigen Dons prahlen damit nicht herum.«

Felix trat von einem Fuß auf den anderen. »Was soll ich tun, Mr. Pirrone?«

Einen Augenblick lang betrachtete Pirrone Nick mit prüfendem Blick, dann lächelte er schwach. »Laß ihn laufen, Felix. Ihr habt wirklich Nerven, Velvet – du und der Kerl, der dir diesen Auftrag gegeben hat.« Er setzte sich zum Ausgang in Bewegung, doch an der Tür blieb er noch einmal stehen. »Wie hast du es gemacht? Wie hast du Sparkle aus meinem Haus geschafft?«

»Tut mir leid. Geschäftsgeheimnis. Aber ich will Ihnen bezüglich einer anderen Sache einen Tip geben.«

»Was für einen Tip?«

»Ihre Wachhunde sind von Harry Beaman gut abgerichtet worden.«

Pirrone zuckte die Achseln. »Er mag sie, nehme ich an.«

»Er hat sie mir vom Leibe gehalten und könnte sie auch seinen Freunden vom Leib halten, wenn sie Ihnen zufällig irgendwann einmal spät in der Nacht einen Besuch abstatten wollten.«

»Ich vertraue Harry«, sagte Pirrone schnell, aber seine Augen waren nachdenklich.

»Lassen Sie sich die Sache noch einmal durch den Kopf gehen. Sie könnten ein paar Jährchen länger leben.«

Pirrone ging einen Schritt nach vorne und schüttelte Nick die Hand. »Du bist ganz schön clever, Velvet. Jemanden wie dich könnte ich in der Organisation gut gebrauchen.«

Nick lächelte und schüttelte den Kopf. »Organisationen sind nichts für mich. Aber denken Sie an mich, wenn Sie irgendwann einmal irgend etwas gestohlen haben möchten. Etwas Sonderbares oder Ungewöhnliches«, – Nick grinste – »oder etwas Wertloses.«

Deutsch von Gunther Seipel

Die alte graue Katze

Joyce Harrington

»Ich sollte sie umbringen. Ich sollte sie wirklich umbringen.«

»Ja, ja. Aber wie, wie?«

»Ich könnte einen Weg finden. Ich wette, das könnte ich.«

»Oh, sicher.«

»Meinst du etwa, das könnte ich nicht? Ich könnte ihr Gift in den Kakao tun.«

»Was für ein Gift?«

»Na ja, du weißt schon. Arsen. Irgend etwas in dieser Richtung.«

»Klar. Du gehst einfach ins Geschäft, sagst: ›Geben Sie mir bitte ein Pfund Arsen, irgend etwas in dieser Richtung.‹ Und kein Mensch würde dich fragen, was du damit vorhast, nicht wahr?«

»Ich könnte sie auch die Treppe hinunterstoßen. Sie würde sterben.«

»Vielleicht auch nicht. Sie könnte sich alle Knochen brechen und immer noch leben. Sie würde sagen: ›Ellie hat mich die Treppe hinuntergestoßen.‹ Und was dann?«

»Sie lügt. Jeder weiß, daß sie Lügenmärchen erzählt.«

»Irgend jemand würde ihr glauben. Bei einer solchen Sache, warum sollte sie da lügen?«

»Jeder weiß doch, daß sie mich haßt. Sie stiehlt mir meine Sachen. Erinnere dich nur an das eine Mal, als ich die Schachtel mit den Kirschen mit Schokoladenüberzug hatte. Jede hat sie angebissen, und dann hat sie alle wieder in die Schachtel zurückgelegt. Selbst du hast gesagt, daß sie es gewesen ist.«

»Wahrscheinlich war sie es ja auch. Doch jeder weiß, daß du sie genauso haßt wie sie dich.«

»Du meinst, ich sollte sie nicht umbringen? Du meinst, ich sollte ihr das einfach durchgehen lassen?«

»Das habe ich nicht gesagt, oder? Du willst sie umbringen. Nur zu! Nur sei clever dabei. Laß dich nicht erwischen!«

»Es ist mir egal, ob ich erwischt werde.«

»Das wird dir bestimmt nicht gleichgültig sein, wenn du den Rest deines Lebens im Gefängnis verbringen mußt.«

»Ist das hier denn besser als ein Gefängnis? Paß auf, wenn ich erwischt werde, dann tue ich so, als sei ich verrückt geworden. Du denkst, das könnte ich nicht? Dann schau dir das mal an.«

Ellie verdrehte ihre Augen, ließ die Zunge heraushängen und wackelte mit dem Kopf. »Glah-glah-glah«, machte sie.

»Kein Mensch würde dir das auch nur eine Minute lang abkaufen. Du brauchst noch Nachhilfeunterricht im Verrücktspielen.«

»Margo, du bist zwar meine beste Freundin, aber jetzt hast du unrecht. Wenn ich sie jedenfalls wirklich umbringe, was ich ja wahrscheinlich nicht tun werde, aber wenn ich es tue, dann wird keiner wissen, daß ich es war. Nicht einmal du.«

»Wirst du es mir erzählen?«

»Ich denke schon. Vielleicht. Ich könnte ihr eine Giftschlange ins Bett legen. Das habe ich einmal in einem Buch gelesen.«

»Woher willst du denn eine Giftschlange nehmen?«

»Das ist natürlich ein Problem.«

Eine Klingel schrillte. Die Tür wurde aufgestoßen, und Miß Swiss marschierte in den Raum herein.

»Zeit zum Mittagessen, ihr Mädels«, verkündete sie. Ihre Stimme war unangenehm laut; ihr Haar hatte die gleiche Farbe wie blind gewordene Trompeten und war durch das viele Haarspray ganz steif und glänzend geworden. Über einem grünen Nylonkleid trug sie eine scharlachrote, mit einer Krause versehene Schürze. Die Krause flatterte über ihrem sich weit nach vorne wölbenden Busen und verlieh dem in einem Korsett eingeschnürten Fleisch darunter eine bebende Vitalität.

»Legt eure Spiele weg«, posaunte Miß Swiss. »Stellt alle Bücher und Zeitschriften wieder aufs Regal. Seht zu, daß der Raum wieder in Ordnung kommt, ihr Mädels.« Ihre Blicke fegten hin und her wie zwei Leuchtfeuer, ein boshaftes Funkeln blitzte in ihren Augen.

Ellie nahm eine Faust voller Spielfiguren von dem chinesischen Schachspiel, das zwischen ihnen auf dem Tisch lag und zielte damit auf die Rückseite der metallischen Frisur von Miß Swiss. Margo hielt ihren Arm über dem Tisch fest.

»Mach keine Dummheiten«, flüsterte sie.

Miß Swiss drehte sich um. »Na, müßt ihr beide wieder miteinander kämpfen? Margo, ich muß mich doch sehr wundern. Ellie, du bist bereits verwarnt worden. Ich muß dich jetzt dem Heimleiter melden. Für euch beide gibt es heute keinen Nachtisch.« Ihr Mund verzog sich zu einem breiten Lächeln, bei dem ihre goldenen Zahnfüllungen sichtbar wurden. »Heute gibt es Apfelkompott mit Schlagsahne!«

»Zum Teufel mit Ihrem verdammten Apfelkompott!« schrie Ellie und schleuderte die Figuren auf den abgewetzten, weinroten Teppich. »Und zum Teufel mit Ihnen, Sie fetter Elefant!«

»Halt den Mund, du Dummkopf«, flüsterte Margo noch eindringlicher.

»Deine Ausdrucksweise, Ellie, ist schockierend«, sagte Miß Swiss mit einem Lächeln, das noch größere Zufriedenheit ausdrückte. »Der Heimleiter wird fürchterlich enttäuscht sein. Margo, geh aus dem Zimmer. Ellie wird dableiben und die ganzen Figuren wieder aufheben. Sie bekommt heute überhaupt kein Mittagessen, wird auf ihr Zimmer gehen und dort so lange bleiben, bis ich ihr sage, daß sie wieder herauskommen darf. Nach dem Mittagessen gibt es einen Film; ich glaube, es ist ein Film über Hawaii. Setzt euch in Bewegung, ihr Mädels!«

Margo schloß sich den anderen an, die alle zur Ausgangstür des Freizeitraumes strömten. Der Geruch nach überbakkenem Fisch und gekochten Tomaten drang durch die Tür, als die zwanzig in kleinen Grüppchen langsam hinausströpfelten. In der Tür drehte sich Margo noch einmal zu Ellie um und formte mit den Lippen lautlos die Worte: »Ich bringe dir später etwas zum Essen.«

Ellie schüttelte ihren Kopf und blinzelte, damit ihr die Tränen nicht aus den Augen liefen. Plötzlich hatte sie Hunger. Das Essen war normalerweise nicht besonders lecker, aber jetzt, da sie nichts davon bekommen sollte, spürte sie ein Kneifen in ihrem Bauch, das nur durch eine große Portion dampfendes Essen besänftigt werden konnte.

»Ich habe Hunger«, jammerte sie.

»Das hättest du dir früher überlegen sollen« fuhr Miß Swiss sie an. Jetzt lächelte sie nicht mehr. »Heb die Spielfiguren auf.«

Ellie hockte sich auf den Boden; ihre dünnen Beine verschwanden in den Falten ihres zerknitterten Baumwollrocks. Sie ließ den Kopf auf ihre knochigen Knie sinken und breitete beide Arme darüber.

»Ich werde dich wirklich umbringen«, murmelte sie in das Blumenmuster des Teppichs.

»Was war das?« herrschte Miß Swiss sie an. Und: »Was hast du da gesagt?«, als sie keine Antwort bekam. »Schau mich an.«

Ellie sagte nichts und hob auch nicht den Kopf. Sie verharrte in ihrer zusammengekauerten Stellung, ein unzugängliches Häufchen auf dem Boden.

Miß Swiss langte hinunter und stach mit einem scharfen Zeigefinger in Ellies Schulter. Ihre Nägel waren zu gebogenen Krallen gefeilt und mit einem matten Scharlachrot gefärbt.

»Aufheben. Los. Die Spielfiguren. Da vorne«, befahl Miß Swiss und sprach die Worte dabei so aus, daß sie von ihren Lippen wie Steine auf Ellies Kopf fielen.

Ellie gab ein Brummen von sich und kippte zur Seite. Da lag sie nun auf dem Boden, mitten zwischen den in leuchtenden Farben bemalten Spielfiguren und blickte voller Haß zu Miß Swiss hoch.

»Wo ist die Katze?« fragte sie.

»Welche Katze?« Miß Swiss wich einen Schritt zurück, wirkte ganz überrascht. »Du weißt doch, daß wir hier drin keine Katzen gestatten. Für Hunde gilt in dieser Hinsicht das gleiche.«

»Meine alte graue Katze. Die Katze meine ich. Die Katze, die immer in mein Zimmer gekommen ist.« Ellie wußte, daß Miß Swiss nur so tat, als sei sie überrascht. Sie wußte, daß Miß Swiss irgendwie dafür verantwortlich war, daß der schlanke graue Kater nicht mehr auftauchte, der immer auf ihre Fensterbank sprang und jeden Leckerbissen verschlang, den sie ihm dort hinlegte, sie dann mit einem verruchten Blick bedachte und sich schließlich mit einer überheblichen, ruckartigen Bewegung seines gekrümmten Schwanzes davonmachte. Den ganzen Sommer über war die Katze jeden Tag bei Morgengrauen erschienen, während Ellie schlaflos dalag, keinen Grund hatte aufzustehen, und in ihrem Miß Swiss gegenüber empfundenen Haß schwelgte.

»Wenn du eine Katze in deinem Zimmer hattest, dann hast du gegen die Hausordnung verstoßen. Ich weiß nicht, was wir mit dir tun werden, Ellie. Du hast einen sehr schlechten Einfluß auf die anderen Mädels. Meinst du, es macht mir Spaß, dich immer zu bestrafen? Hättest du nicht auch gerne, daß wir Freundinnen sind?«

»Was haben Sie mit ihr gemacht? Haben Sie sie vergiftet? Oder haben Sie sie dem Tierschutzverein geschickt? Dort stecken sie die Katzen in Gaskammern. Wußten Sie das? Am liebsten würde ich Sie in die Gaskammer stecken.«

Ellie spürte, wie ihr die Tränen wieder in die Augen stiegen und rollte sich auf den Bauch, damit sie ihr Gesicht vor dem unerbittlichen Blick von Miß Swiss verstecken konnte. Sie spürte, daß sie mit der Hüfte auf einer Spielfigur lag und konzentrierte sich auf diesen leichten Schmerz, um ihre Tränen unter Kontrolle zu halten.

»Ellie, Ellie«, sagte Miß Swiss; ihre Stimme wurde schmeichlerisch und beschwichtigend. »Da hast du aber etwas ganz Schlimmes gesagt. Doch ich werde das nicht gegen dich verwenden. Ich werde es nicht einmal dem Heimleiter sagen. Aber du mußt jetzt wirklich aufstehen und die Spielfiguren aufheben. Ich helfe dir auch dabei. Und später, wenn ich Pause habe, kannst du in mein Zimmer kommen und bei mir Kakao trinken. Dann sprechen wir über diese Katze.«

Ellie setzte sich auf. So, dachte sie, dann weiß sie also, was mit der Katze los ist. Die kann mich nicht hereinlegen! Sie versucht, mich herumzukriegen, damit ich sie nicht doch umbringe. Da hat diese dicke Fettel eine gute Chance. Ellie hob eine rote Figur auf, dann eine gelbe. Miß Swiss rutschte auf allen Vieren hin und her und sammelte die restlichen Spielfiguren ein; ihr grünes Hinterteil ragte hoch in die Luft.

»Vielleicht kann ich dir sogar ein wenig Apfelkompott aufheben«, sagte sie.

»Mit Schlagsahne«, meinte Ellie. »Ich mag Schlagsahne.«

»Das werden wir dann sehen«, entgegnete Miß Swiss.

Ellie machte eine rüde Geste in Richtung Hintern von Miß Swiss...

Ellie wartete in ihrem Zimmer darauf, daß ihr Miß Swiss die Leviten lesen würde. Es war nicht das schönste Zimmer, aber Miß Swiss rief ihr oft ins Gedächtnis zurück, daß es eines der besten Zimmer im ganzen Haus war. Es hatte ein Fenster, von dem aus man auf den kleinen Park auf der anderen Seite der Straße schauen konnte. Die Blätter fielen jetzt von den dürren Bäumen, die überall im welken Gras standen; ein böiger Wind trieb das Laub in unregelmäßigen Spiralen zwischen den Bänken hin und her.

Ellie lag auf ihrem Bett und ließ ihren Gedanken freien Lauf. Ihr Kissen roch ganz muffig; der Geruch weckte in ihr eine ganz bestimmte Erinnerung, nicht an ein Ereignis, sondern an ein Leben, das sie in einem Haus verbracht hatte, in dem ein dunkler Schrank unter der Treppe den gleichen Geruch gehabt hatte. An einem Regentag aus diesem Schrank die Überschuhe herauszuholen, war immer mit großem Schrecken verbunden gewesen. Doch die große Frau mit dem weichen, braunen Haar und den langen, starken Händen war immer da, um die grausigen Fantasien mit Rosinenkeksen, einem Lied und der Gewißheit ihrer Liebe zu zerstreuen.

»Ma. Oh, Ma!« seufzte Ellie.

An den Tod ihrer Mutter konnte sie sich nicht erinnern; sie war damals zu klein gewesen. Nur das Gefühl ihrer unerträglichen Abwesenheit war noch da, der Verlust der Liebe, die Leere, die durch nichts gefüllt werden konnte, ganz gleich, wie sehr sie es auch versuchte. Und sie hatte es versucht.

Die Katze war ihr letzter Anlauf gewesen. Nur zu gut hatte sie erkannt, daß die Katze sich aus berechnender Liebe an sie band. Das Tier kam das erste Mal vorbei, als sie vom kalten Abendessen, das es jeden Sonntag gab, ein halbes Thunfischsandwich auf ihr Zimmer geschmuggelt hatte. Sie hatte es in eine Papierserviette gewickelt und auf die Fensterbank gelegt, um es zu essen, bevor sie zu Bett ging. Doch ein Streit über das Fernsehen hatte ihr eine Rüge von Miß Swiss eingebracht, und mit Tränen der Wut in den Augen war sie eingeschlafen. Das Thunfischsandwich war vergessen.

Ein Rascheln und eine graue Gestalt auf der Fensterbank hatte sie im Morgengrauen aufgeweckt. Die Katze, die ihre Bewegung gespürt hatte, hatte von ihrem Festschmaus aufgeschaut und sie warnend angefaucht. Dann war sie damit fortgefahren, ihrem Thunfisch den Garaus zu machen; sie beachtete sie nicht weiter, während das Sandwich verschwand und die schlaffe und zerfetzte Serviette dem Tier aus den Krallen fiel.

Ellie hatte von ihrem Bett aus beobachtet, wie sich die schlanken Flanken der Katze auf und ab bewegten, als sie gierig ihr Mahl verschlang. Die alte Frau hatte einen Laut gehört, der kein Schnurren mehr war, aber auch kein richtiges Grollen, und mit dem das Tier bekundete, daß die Nahrung jetzt ihm gehöre. Als es allmählich heller wurde, sah Ellie auch das ramponierte Ohr der Katze, das ungleichmäßige Fell, ein verkrustetes und ein trübes Auge. Die ist ja wie ich, dachte sie. Allein und hungrig. Unvermittelt war die Katze dann verschwunden. Sie hatte nicht einmal innegehalten, um sich zu putzen, wie es Hauskatzen sonst immer nach dem Fressen tun.

Nach diesem Ereignis ließ Ellie immer wieder etwas auf der Fensterbank liegen. Und jedes Mal kam die Katze im stillen Morgengrauen. Nach einigen Besuchen gestattete das Tier Ellie, sich dem Fenster zu nähern. Jedes Mal ließ sie sie ein bißchen näher an sich heran, bis sie ihr schließlich im Hochsommer ihren dreckigen Kopf zum Kraulen entgegenstreckte. Ellie kraulte sie gewissenhaft, tätschelte ihr zerfetztes Ohr und strich ihr mit sanften Fingern über das milchige Auge. Das erste Mal, als sie das tat, machte die Katze eine rasche Bewegung und packte die Hand mit ihren scharfen gelben Zähnen.

Ellie war ganz verblüfft, doch sie schreckte nicht vor dem Tier zurück. Die Katze hielt die Hand eine geschlagene Minute lang zwischen den Zähnen. Zwei Minuten. Ellie stand ganz still da, schwitzt in ihrem dünnen Nachthemd. Dann ließ die Katze ihre Hand wieder los und drückte ihre feuchte, vernarbte Nase dagegen. Näher konnten sich die beiden nicht mehr kommen. Ellie dachte sich nie einen Namen für die Katze aus. Sie war einfach ›die alte graue Katze‹.

Ellie hatte niemandem etwas von dem Tier erzählt. Als Ellies Transistorradio verschwunden war, mußte sie aber mit jemandem sprechen. Auf diese Weise erfuhr es Margo.

»Ich möchte wetten, ich weiß, wer es sich genommen hat«, sagte Margo.

»Meinst du, sie war es? Oh, ich könnte sie umbringen!«

»Sie hat doch auch meinen Snoopy genommen, nicht wahr? Sagte, ich sei zu alt für dieses Kinderspielzeug. Ich wette, sie hat einen ganzen Schrank voll mit Dingen, die sie den Leuten hier weggenommen hat. Sie ist wirklich ein Ekel.«

»Nun«, sagte Ellie stolz, »ich habe etwas, das sie mir nicht wegnehmen kann.« Und dann erzählte sie Margo von den Besuchen der Katze im Morgengrauen.

»Natürlich«, ergänzte sie, »ist sie häßlich wie die Nacht,

starrt vor Dreck und hat wahrscheinlich auch irgendwelche Krankheiten. Kein Mensch außer mir möchte sie haben, aber *sie* könnte sie nicht in irgendeinen Schrank stecken. Die Katze würde Miß Swiss die Augen auskratzen.« Ellie kicherte. »Das geschähe ihr ganz recht«, ergänzte sie.

»Sei bloß vorsichtig«, hatte Margo sie gewarnt. »Paß auf, daß sie es nicht herausbekommt. Sie wird sich irgend etwas einfallen lassen, mit dem sie dir den Spaß verderben kann. In dieser Hinsicht ist sie wirklich ein Genie.«

Ellie war vorsichtig gewesen. Aber irgendwie mußte Miß Swiss es doch herausgefunden haben. Die Katze war bereits seit über einer Woche verschwunden. Mittlerweile waren es schon fast zehn Tage. Zunächst sagte sich Ellie, daß der Kater in einen Kampf verwickelt worden sein könnte und sich verkrochen haben könnte, um seine Wunden zu heilen. Sie wartete und hielt jeden Morgen nach ihm Ausschau, wünschte, daß er sich bei ihr sicher genug fühlte, um zu ihr zu kommen und seine Verletzungen pflegen zu lassen. Dann dachte sie, er sei vielleicht von einem Auto überfahren worden und stellte sich vor, wie er irgendwo in der Stadt steif und durchnäßt in einem dreckigen Rinnstein lag. Doch sie hatte das Gefühl, daß auch das irgendwie nicht stimmte. Die Katze war zu wachsam und zu klug, als daß sie Opfer eines Unfalls hätte werden können.

Nein, entschied sie, die Katze war bei einem ihrer morgendlichen Besuche abgefangen worden. Sie war auf dem Weg zu ihr gewesen, und wegen ihrer Zutraulichkeit hatte man sie in eine Falle gelockt und getötet. Und wer konnte so gemein, so rücksichtslos und so grausam sein, so etwas zu tun? Nur Miß Swiss.

Ellie kramte in ihrer Kommode herum. Als sie ihre Stickschere nicht finden konnte, erinnerte sie sich, daß sie sie an Margo ausgeliehen hatte. Sie schlich sich aus ihrem Zimmer und den Flur hinunter bis zum Zimmer ihrer Freundin. Alle waren beim Film. Hawaii! Hula-Tänzerinnen, Ananas und Surfen. Als ob irgendeine von ihnen jemals hoffen könnte, dorthin zu fahren.

Selbst am Mittag lag Margos Zimmer im Dunkeln. Ein unangenehmer Geruch lag im Raum. Margo war keine sehr reinliche Person. Und dazu öffnete sich ihr Fenster auch noch zu der Gasse mit den Abfalltonnen hin. Sie fand ihre Schere auf dem Boden. Margo hatte mit ihr für eine Collage-arbeit Bilder aus Illustrierten ausgeschnitten. Überall lagen Papierschnipsel herum; der Teppich war übersät mit Tröpf-chen getrockneten Klebstoffs. Ellie eilte in ihr Zimmer zu-rück; die Stickschere hatte sie sicher in ihrer Rocktasche ver-staut.

Dort angekommen sah sie sich um und suchte nach einer anderen Waffe, mit der sie gegen Miß Swiss vorgehen konnte. Die Stickschere lief spitz zu, hatte aber nur eine kurze Klinge. Miß Swiss war von einer dicken Schicht Fett umgeben. Die kurze Klinge war dieser Aufgabe vielleicht nicht gewachsen. Doch soviel sie auch suchte, in ihrem Zim-mer gab es nichts anderes; keine Pillen, Gifte oder Puder. Mit Sicherheit kein Messer, und eine richtige Schußwaffe hatte Ellie in ihrem ganzen Leben noch nicht gesehen. Sie überlegte, ob sie vielleicht einen der Eisenstäbe am Fußende ihres Bettes aus dem Bettgestell herausdrehen sollte, aber sie wußte, daß sie die dazu nötige Kraft nicht besaß und ver-suchte es deshalb erst gar nicht. Vielleicht lag ja auch im Zimmer von Miß Swiss irgend etwas Geeignetes herum, ir-gendein unscheinbarer Gegenstand, auf den sie zurückgrei-fen konnte, wenn der richtige Moment gekommen war.

Wenn dieser Moment kommen würde. Doch wahrschein-lich würde er nicht kommen. Ellie würde im Zimmer von Miß Swiss sitzen, Kakao trinken und der Lektion zuhören, die damit verbunden war. Sie würde nicken und lächeln und versprechen, sich gut zu benehmen, während sie gleichzeitig die scharlachrote Miß Swiss mit ihrem falschen Lächeln mit tödlichen Gedanken bedachte. Doch Gedan-ken, wie tödlich sie auch immer sein mochten, konnten nicht töten. Sie suchte mit ihren Händen in den Falten ihres Rockes herum und drückte die harten, scharfen Konturen der kleinen Schere gegen ihren Schenkel.

Es hatte nicht geklopft. Miß Swiss klopfte nie. Der Tür-knauf drehte sich, und die Tür öffnete sich gerade weit genug, um die steifen Locken und das angemalte, affektierte Grinsen durchzulassen.

»Komm jetzt, Ellie. Der Kakao ist fertig, und der Film wird noch etwa eine halbe Stunde dauern. So bleiben wir bei unserem Plauderstündchen wenigstens unter uns.«

»Ich komme schon, Miß Swiss.«

Ellie folgte der flatternden, scharlachroten Schürze durch den Flur. Mit der Hand drückte sie immer noch die Schere gegen ihren Schenkel. Zweifellos hatte Miß Swiss das beste Zimmer im Haus, wenn man vom Büro des Heimleiters im zweiten Stock einmal absah, das mit leuchtendem Rosenholz verkleidet und mit burgunderfarbenem Samt ausgeschmückt war. Doch der Heimleiter wohnte im Gegensatz zu Miß Swiss nicht auf dem Grundstück.

Miß Swiss öffnete die massive Tür und geleitete Ellie in ihre Privatgemach.

»Nimm den Schaukelstuhl, liebe Ellie, und rück ihn an den Tisch heran. Ich gieße uns den Kakao ein. Hier ist der Nachtisch, den ich für dich aufgehoben habe. *Und* ein Schüsselchen Schlagsahne. Wir können auch welche in unseren Kakao tun. Obwohl ich es bei meinen Gewichtsproblemen eigentlich lieber lassen sollte, nicht wahr?«

Während Miß Swiss weiterplapperte, schaute sich Ellie anerkennend im Zimmer um. Überall standen Porzellantiere herum. Drollige Mäuse wurden von niedlichen Katzen verfolgt, die wiederum von fröhlichen Hunden über den Bücherschrank gejagt wurden. Eine Pyramide aus Eulen thronte wissend in einem Setzkasten am Fenster. Die Raubvögel mußten sich auf eine Kommode beschränken, wo sich auf einem Spitzendeckchen wahllos Löwen, Leoparden und Bären umschlichen. Oben auf einem in eine Konsole eingelassenen Fernseher weidete selbstvergessen eine Tiergruppe vom Bauernhof. Innerlich hatte Ellie über den scheußlichen Geschmack von Miß Swiss nur ein Hohnlächeln übrig, obwohl sie sie sowohl um ihre Freiheit als auch um den Privatbereich beneidete, in dem sie ihre wunderlichen Einfälle Gestalt werden lassen konnte.

»Wie ich sehe, bewunderst du gerade meinen Tierpark.

Ich sammle schon seit Jahren. Ich bin einfach vernarrt in Tiere, du nicht auch?«

»Nein«, sagte Ellie und ließ ihren Blick zum Kamin wandern: Dort stellten sich noch mehr Tiere zur Schau: Elefanten, Hirsche und ein ausgesprochen häßliches Exemplar eines Kamels mit einem überdachten Sitz auf dem Rücken.

»Nein? Aber ich dachte, deswegen sind wir hier zusammengekommen. Wegen irgendeiner Sache mit einer Katze. Greif zu; nimm ein wenig von der Sahne, meine Liebe.«

Ellie tat wie geheißen und schaufelte sich den Nachtisch in den Mund, bevor sie darauf etwas sagte. »Eine Katze«, sagte sie, während sie vorsichtig von dem Kaminbock aus Messing und dem eisernen Schürhaken Notiz nahm, der neben dem künstlichen Kaminfeuer stand.

»Und? Was ist mit dieser Katze? Du weißt, daß wir euch Mädels nicht erlauben können, Tiere zu halten.«

»Ich habe sie auch nicht gehalten. Keiner hätte sie halten können. Sie kam einfach so vorbei. Das Tier war mein Freund, und jetzt sind Sie hingegangen und haben ihm irgend etwas angetan.« Ellie löffelte weiter die Sahne und kleine Apfelstückchen.

Miß Swiss nippte am Kakao und leckte sich den Schaum von ihren rundlichen, dicken Lippen. »Aber diese Katze habe ich noch nie gesehen, meine liebe Ellie. Hätte ich das, dann wäre ich natürlich nicht in der Lage gewesen, dir zu gestatten, sie weiter in deinem Zimmer zu haben. Ich hätte dich darauf angesprochen. Gerechtigkeit muß sein.«

»Gerechtigkeit muß sein«, spottete Ellie. »Sie haben sie umgebracht, nicht wahr?« Sie aß ihren Nachtisch auf und fuhr mit dem Finger durch den Rest Schlagsahne im Schüsselchen.

»Ellie«, tadelte Miß Swiss, »iß nicht mit den Fingern. Nimm den Löffel dafür. Deine Katze habe ich ganz bestimmt nicht getötet. Ich liebe doch Tiere. Aber ich kann verstehen, wie dir zumute ist. Wie wäre es, wenn ich dir eine von diesen Katzen gebe?«

Sie setzte ihren Becher Kakao ab und ging zum Bücherschrank hinüber.

»Nun, welche soll es denn werden? Eine Siamkatze? Oder hättest du lieber dieses niedliche, kleine, flauschigweiße Kätzchen? Die Tigerkatze kann ich dir leider nicht geben. Sie ist mein absolutes Lieblingstier und wurde mir von einem Mädchen geschenkt, das uns vor sieben Jahren verlassen hat. Doch jede andere kannst du haben. Wähl dir eine aus.«

Während Miß Swiss eine Porzellankatze nach der anderen tätschelte, wischte Ellie das letzte Fleckchen Sahne aus dem Schüsselchen und erhob sich geräuschvoll von dem Schaukelstuhl. Sie spürte, daß der Moment gekommen war. Wenn sie es jetzt nicht tat, würde sie es nie tun. Und nach ihren ganzen Gesprächen mit Margo fühlte sie sich verpflichtet, das zu tun, was sie beabsichtigte. Sie schlich sich immer näher an den Kamin heran. Noch ein Stück näher.

Miß Swiss hielt sich nach wie vor voll zärtlicher Gefühle in der Nähe der lackierten Darstellungen drollig herumkaspernder Katzen auf. »Die hier ist besonders süß. Ich nenne sie meine Manxkatze, weil ihr der Schwanz abgebrochen ist, aber sie sieht so lebendig aus, wie sie mit diesem winzigen Garnknäuel herumspielt.«

Ellie nahm den Schürhaken. Sein Gewicht zog an ihrem Arm, und sie fragte sich, ob sie wohl die Kraft haben würde, ihn hochzuheben. Ihr Herz klopfte; ihr Kopf fühlte sich an, als ob er vor Aufregung von ihren Schultern davonschweben würde. Sie fühlte, wie sich ihr Magen auf sonderbare Weise zusammenzog, fast als ob ihre ganzen lebenswichtigen Organe für eine einzige ungeheure Anstrengung zusammenrücken würden. Mit beiden Händen hielt sie den Schürhaken hoch über ihren Kopf. Ihre Füße begannen über den geflochtenen Läufer zu wandern.

Miß Swiss schaute über die Schulter nach hinten und stieß einen Schrei aus. Der Schürhaken flog Ellie aus den Händen. Miß Swiss sprang einen Schritt zur Seite und entwickelte dabei für eine Frau ihrer Größe und ihres Gewichts eine erstaunliche Geschwindigkeit. Die Krause an ihrer Schürze wogte wild auf und ab; ihr normalerweise rosafarbenes Gesicht hatte urplötzlich die Farbe eines ausgespuckten Kaugummis. Der Schürhaken krachte in den Bücherschrank und hinterließ in der ordentlich aufgestellten Reihe dümmlich grinsender Katze ein Bild der Verwüstung.

Ellies Hände fummelten in den Falten ihres Rocks herum, doch bevor sie die Tasche finden konnte, gaben ihr die Knie nach, und mit einem dumpfen Geräusch fiel sie auf den Boden. Sie rang nach Atem und kämpfte gegen den Schmerz an, der wie ein eingeschlossenes Tier in ihrem Körper wütete. Sie knirschte mit den Zähnen und schloß die Augen. Ihre Hand suchte sich den Weg in ihre Tasche; sie umklammerte den kalten Stahl der Schere.

»Meine Katze«, keuchte sie. »Dafür bring' ich dich um.«

Und sie starb. Ellie starb.

Miß Swiss hatte schon einmal jemanden sterben sehen. Sie erkannte die fürchterliche Gegenwart des Todes auf Ellies Gesicht, das eine bläuliche Farbe angenommen hatte und für immer zu einer höhnischen Grimasse wurde. Doch noch nie war sie selbst dem Tod so nahe gewesen. Wenn sie sich nicht so schnell bewegt hätte, dann läge sie vielleicht jetzt selbst mit eingeschlagenem Schädel neben Ellie auf dem Läufer. Zitternd schlich sie sich auf Zehenspitzen um die mitleiderregende Leiche herum und öffnete die schwere Tür.

Im Flur starrten sie fragende Augen an.

»Wir hörten einen Lärm«, sagte Margo. »Der Film ist sowieso vorbei. Er war nicht so gut.«

»Ellie ist zusammengebrochen«, sagte Miß Swiss und beantwortete damit die ungestellte Frage. »Ich muß den Arzt und den Heimleiter rufen. Und ihren Sohn benachrichtigen.«

»Ist sie tot?« fragte Margo.

»Ja«, sagte Miß Swiss leise, dann verfiel sie wieder in ihren trompetenähnlichen Ton. »Geht auf eure Zimmer, ihr Mädels. Dies ist nicht der richtige Zeitpunkt, hier herumzulaufen.«

Graue und weiße Köpfe nickten, in Hausschuhen steckende Füße schlurften davon. Einige mutlose Stimmen flüsterten sich etwas zu, doch größtenteils herrschte Schweigen. Jede der alten Frauen dachte darüber nach, wie nah ihr eigener, unausweichlicher Tod war. Nur Margo blieb.

»Miß Swiss«, sagte sie. »Kann ich Ellies Zimmer bekommen? Ich weiß, es ist jetzt vielleicht nicht der richtige Zeitpunkt zu fragen, aber es ist ein viel schöneres Zimmer als meins, und wenn ich warten würde, könnte ja jemand anderes es kriegen. Darf ich also? Bitte!«

»Ja, ja«, sagte Miß Swiss. »Margo, du warst doch ihre Freundin. Weißt du, warum...? Nein, es ist nicht weiter wichtig. Geh jetzt.«

Margo taumelte durch den Flur, brauchte sich kaum noch auf den Stock lehnen, den sie in diesen Tagen nicht mehr aus der Hand legte. In ihrem Zimmer fing sie an, sich auf den Umzug in Ellies Zimmer vorzubereiten, zog ihre Sachen aus der Kommode und legte sie in einem großen Stapel auf ihr Bett: Flanellnachthemden, warme Winterunterwäsche, ein Transistorradio. Zu schade um Ellie, dachte sie, aber wenn sie nicht gestorben wäre, dann hätte man sie eines schönen Tages hinausgeworfen.

Als sie zum Schrank kam, blieb sie stehen. Der Gestank war ziemlich schlimm geworden. Sie tastete auf dem Schrankboden herum und kam mit einer Plastiktüte wieder nach oben. Die Tasche hing in der Mitte durch; Margo behandelte sie mit großer Vorsicht, hielt sie mit steifen Fingerspitzen von ihrem Körper weg.

Es war so einfach gewesen, die Katze auf ihre eigene Fensterbank zu locken. Ein kleines Stück von einem fettigen Hamburger hatte ausgereicht. Es war für sie auch ein Kinderspiel gewesen, so zu tun, als leide sie unter Schlaflosigkeit, und von Miß Swiss eine Schlaftablette zu ergattern, eine Kapsel auseinanderzunehmen und deren Inhalt mit dem Fleisch zu vermischen. Die Katze, die durch Ellies Freundlichkeit völlig wehrlos war, hatte es Margo erlaubt, sich ihr zu nähern. Ein rascher Schlag mit dem Stock, dann landete sie in der Plastiktüte. Margo wußte nie, ob sie nun am Inhalt der Kapsel oder an ihrem eingeschlagenen Schädel gestorben oder in der Plastiktüte erstickt war. Vielleicht alles zusammen.

Aber jetzt hatte sie keine weitere Verwendung für die Katze. Ellie war ja auch tot. Wenn Ellie diesen Nachmittag nicht gestorben wäre oder zumindest Miß Swiss dazu provoziert hätte, sie aus der Anstalt zu werfen, dann hätte Margo einen letzten Plan gehabt. Am frühen Morgen hätte sie die tote Katze auf Ellies Fensterbank gelegt. Das hätte mit Sicherheit seinen Zweck erfüllt und Ellie außer sich geraten lassen, und dann hätte man sie sicher hinausgeworfen. Doch nichts von alledem war jetzt noch notwendig.

Margo trug die übelriechende Plastiktüte zum offenen Fenster und ließ sie in eine Abfalltonne ohne Deckel fallen. Dann machte sie sich fröhlich daran, ihre Kleider aus dem Schrank zu nehmen.

Es war die Sache wert gewesen. Jetzt gehört das beste Zimmer im Haus ihr. Natürlich lag es direkt neben dem Zimmer von Miß Swiss.

Deutsch von Gunther Seipel

Die Geisel des Straßenräubers

Eine Geschichte von der Katze des Ermittlers
(wie sie uns von James Boswell erzählt wurde)

Lillian de la Torre

An jenem Abend, an dem ich meine jugendlich gefärbte Reithose anzog und meinen mit goldenen Bändern versehenen Dreispitz aufsetzte und mich auf den Weg machte, meinem philosophischen Freund Dr. Samuel Johnson meine Aufwartung zu machen, stieg gerade ein goldener Herbstmond am Horizont auf. Dr. Johnson war bei der Aufklärung von Verbrechen und Betrügereien unentbehrlich und wohnte am Waterfield Square. Dort stieß ich aber zunächst auf Frank, seinen finsteren Hausangestellten, der am Türpfosten lümmelte.

»Ist Dr. Johnson drinnen?« fragte ich. Frank schaute verdrießlich drein. »Ja, Sir. Sie finden ihn in der Küche.« Gequält fügte er hinzu: »Er öffnet Austern.« Begierig darauf, den großen Philosophen bei dieser eher einem Herkules zustehenden Geduldsarbeit zu sehen, eilte ich zum angegebenen Ort. Und tatsächlich! Da fand ich ihn, wie er auf seinen dicken Schenkeln hockte und mit einem rostigen Messer Austern öffnete.

Sobald er die zweischaligen Muscheln geöffnet hatte, reichte er den Inhalt einem großen, getigerten, grauen Kater, dessen kleine, rosafarbene Schnauze rasch alles vertilgte. Aufrecht wie ein Grenadier saß der Kater da; mit würdevoller Herablassung nahm er seinen Lohn an Austern entgegen.

»Das ist eine prächtige Katze, Sir«, bemerkte ich. »Oh«, sagte Dr. Johnson unbedacht, »ich hatte schon prächtigere.« Als ob er merken würde, daß das Geschöpf durch eine solch abfällige Anmaßung aus der Fassung gebracht wurde, fügte

173

er hastig hinzu: »Aber Hodge ist durchaus eine prächtige Katze. Hodge ist eine überaus prächtige Katze.«

Er betrachtete seinen Liebling mit jenem wohlwollenden Lächeln, das den harten Zügen seines zerfurchten Gesichtes mit den vielen Skrofulosenarben immer etwas an Schärfe nahm und den warmherzigen, guten Willen des weisen Mannes durchscheinen ließ, der Mensch und Katze gleichermaßen zu ihm hinzog. Der alte Mann erhob sich aus den Austernschalen und hieß mich mit der ihm eigenen, feierlich vornehmen Höflichkeit willkommen.

»Sie sind gerade richtig gekommen, Bozzy. Bleiben Sie einfach da und trinken Sie eine Tasse Tee mit mir. Ich werde Sie mit der hübschesten jungen Lady von ganz London bekanntmachen.«

»Von Herzen gern, Sir. Wie kommt es denn, daß Sie eine so kostbare Bekanntschaft gemacht haben?«

»Ganz einfach. Sie müssen wissen, Sir, daß meine bescheidene Wohnung direkt neben dem Stadthaus eines Richters Seiner Majestät liegt, nämlich dem Haus von Mylord Stanfield.«

»Stanfield?« echote ich. »Dieser Name wurde in der letzten Zeit in der Anwaltsinnung recht oft genannt. Es hieß, daß er noch in dieser Woche Natty Jack auf die Anklagebank bekommt und ihn zum Tod durch den Strang verurteilen muß.«

»Natty ist ein berüchtigter Straßenräuber!« rief Dr. Johnson aus. »Stanfield wird ihn nicht verschonen.«

»Wo wir gerade von Stanfield sprechen«, meinte ich, »da kommt er ja.«

Ich hatte nur flüchtig wahrgenommen, daß sich der Richter in Begleitung dem Hause näherte. Ein häufiger Besucher des Gerichtshofs wird das habichtähnliche Profil des Richters immer wiedererkennen; die Frauen in seiner Gesellschaft stellten ihre Qualitäten durch ihre modische Kleidung unter Beweis. Hastig machten wir uns unter dem Wasserhahn zurecht und hießen dann unseren prominenten Besuch alsbald in dem ein Stockwerk höher gelegenen Salon willkommen.

Dr. Johnson hatte nicht übertrieben. Miß Bess war das reizendste kleine, an ein Porzellanfigürchen erinnernde Frauenzimmer, mit dem mich mein gnädiges Schicksal in so manchen Jahren zusammentreffen ließ. Lange schwarze Wimpern beschatteten ein Paar schmachtender, veilchenblauer Augen. Kleine, weiße Zähne blitzten aus dem wohlgeformten roten Mund hervor wie Schneeflocken aus dem Innern einer Rosenblüte. In der Armbeuge trug sie ein kleines Geschöpf, das genau so reizend war wie sie: eine schneeweiße Katze mit wasserblauen Augen, die sie vor ihre Füße stellte und sagte: »Darf ich meine Freundin vorstellen? Sie heißt Powder Puff.«

»Bess!« rief Lady Stanfield in scharfem Ton und warf Hodge einen finsteren Blick zu. »Nimm Powder Puff hoch. Wir sind hier unter Wüstlingen.«

Auf der anderen Seite des Raumes war Hodge vor Aufmerksamkeit wie erstarrt. Er ließ Powder Puff nicht eine Sekunde aus seinen grünen Augen. Powder Puff lächelte affektiert und erwiderte seinen Blick.

Als ich Miß Bess betrachtete, fühlte ich dem grauen Kater gegenüber ein ganz kameradschaftliches Gefühl. Mit dem untrüglichen Instinkt einer Katze, die jeden erkennt, der ihr nicht freundschaftlich gesinnt ist, begann sich Hodge zu behaupten.

Urplötzlich stieg er an den französischen Seidenstrümpfen der Mylady in die Höhe, pflanzte sich auf ihren purpurfarben-violetten Schoß und begann damit, auf ihrem eleganten Knie mit scharfen, kleinen Krallen ›Teig zu kneten‹. Die Mylady schrie auf und warf ihn von sich; die Teegesellschaft löste sich in einem völligen Tohuwabohu auf.

Ich sah zu, wie sie davongingen; der Mylord führte Lady Jeanne bei der Hand, Miß Bess trug Powder Puff.

Das letzte, was ich von dieser kleinen Prozession, die den Platz entlang heimwärts schritt, noch sah, war der lange, graue Schwanz von Hodge. Er war steil in die Höhe gerichtet wie eine Lanze, als er seine neue Freundin nach Hause begleitete.

Auf dem Waterfield Square kehrte wieder Frieden ein.

Doch nicht lange.

»Du lieber Himmel!« rief ich plötzlich aus. »Was ist das denn? Eine Todesfee?«

»Wie, Bozzy«, lächelte Dr. Johnson, »haben Sie denn in Auchinleck noch nie einen balzenden Kater gehabt?«

»Doch, Sir«, antwortete ich und war mir dabei meines Grinsens bewußt, »doch ich jaule nicht so.«

»Sir, das ist nichts, worüber man sich lustig machen sollte«, meinte mein Mentor in Sachen Moral. »Nein, Sir«, antwortete ich demütig. Das Gejaule brach plötzlich mit einem Schmerzensschrei ab. Einen Augenblick später ließ ein rasendes Kratzen die Küchentür erzittern, und Dr. Johnson eilte hinüber, um sie zu öffnen. Herein schoß Hodge, die Nackenhaare steil aufgerichtet, der Schwanz doppelt so breit wie normal, und drückte sich zwischen den Austernschalen unter dem Küchentisch auf den Boden. Ein zorniger Mann war ihm dicht auf den Fersen – der Richter, der seinen mit Silber beschlagenen Stock ergrimmt und drohend hinter dem Tier her schwang.

»Ich bitte Sie inständig, sich zu setzen, Mylord«, sagte Dr. Johnson gelassen. »Beehren Sie mein Privatbüro mit einem inoffiziellen Besuch. Sie werden die Sitzbank neben der Feuerstelle nicht allzu unbehaglich finden.«

»Hm! Dieser Ruhestörer gehört Ihnen?« entgegnete der Richter und bewegte seinen Stock mit einem Ruck auf Hodge zu, der die Ohren eng an seinen Körper preßte und die Zähne fletschte.

»Jawohl, Sir, was ist denn?«

»Dann wünsche ich, daß Sie ihn im Haus lassen und ihn Powder Puff, dem Lieblingskätzchen meiner Tochter, vom Leib halten. Er verdirbt einem ja die Nacht mit seinem Gejaule.«

»Ich räume ein, daß Hodge kein italienischer Sopran ist«, sagte Dr. Johnson, »aber bedenken Sie, Mylord, daß das Herz von Mensch und Tier von den gleichen Leidenschaften entflammt wird. Hodge beteuert seine Liebe zu seiner schönen Geliebten auf seine Weise, Shakespeare tat es mit den unsterblichen Worten: ›Soll ich dich mit einem Sommertag vergleichen?‹«

»So ein Quatsch!« fuhr ihn der Richter an.

»Sir«, sagte Johnson streng, »die Worte des unsterblichen Shakespeare sind kein Quatsch.«

»Hodges Liebesbezeugungen werden zum öffentlichen Ärgernis«, schnauzte Richter Stanfield, »und ich verlange, daß man ihnen ein Ende bereitet.«

»Das wird geschehen, Mylord«, sagte mein Freund.

Die Episode endete damit, daß man Höflichkeiten austauschte. Der seiner Austern beraubte Hodge blies derweil unter dem Küchentisch Trübsal.

Als ich am nächsten Morgen am Waterfield Square vorbeischaute, war ich ganz schockiert von den schlechten Nachrichten, die mir dort zu Ohren kamen. Miß Bess war von irgendwelchen übelmeinenden Personen aus ihrem Bett heraus entführt worden! Sie hatten sie zusammen mit dem in ihren Armen schlafenden Powder Puff einfach in ihre Decke gewickelt und mitgenommen. Der Vorfall wurde in der Stadt zum Tagesgespräch, und bald sickerte durch, daß die Kidnapper zu Natty Jacks Räuberbande gehörten.

Entsetzt sah ich den Zettel, den sie an die Tür des Richters geheftet hatten.

VERFLUCHTER STANFIELD
Wenn Natty Jack hängt, hängt auch Miß Bess. Wir halten sie in einem sicheren Versteck fest, so ihr sie erst finden werdet, wenn sie am Strick baumelt.

DER O-BEINIGE BART

»Das ist Natty Jacks Stellvertreter, ein weiterer gefährlicher Schurke«, erläuterte Dr. Johnson. »Die Männer von der Bow Street haben vergeblich jede Räuberhöhle in der näheren Umgebung durchsucht. Miß Bess muß gefunden und an einen sicheren Ort gebracht werden. Kommen Sie, Boswell, wir müssen zum Richter eilen und ihm unsere Dienste anbieten.«

Wir wurden vom livrierten Butler hereingelassen. Sein langes Gesicht war noch nie so lang gewesen.

Im Salon berieten der Richter und seine Lady gerade angstvoll die Lage. »Wenn du das Todesurteil über Natty Jack fällst«, weinte die Mylady, »dann fällst du gleichzeitig das Todesurteil über deine eigene Tochter!«

»Gott steh mir bei!« stöhnte der Mylord. »Ich kann nicht anders.«

»O weh! Was sollen wir nur machen?« schluchzte Lady Jeanne.

»Seid geduldig, Mylady, der Arm des Gesetzes wird Miß Bess beschützen«, versuchte ich Trost zu spenden.

»Wie kann er sie beschützen«, entgegnete die Mylady ärgerlich, »wenn er sie nicht einmal findet?«

»Ich werde meine besten Spürhunde aus Auchinleck holen lassen. Bald ist sie wieder da«, rief ich. »Lieb von Ihnen, Boswell«, sagte der Richter hoffnungslos.

»Man wird sie finden, Mylady, ich gebe Ihnen mein Wort«, sagte Dr. Johnson. »Kommen Sie, Boswell, es gilt keine Zeit zu verlieren.« Er machte einen Kratzfuß, und wir begaben uns nach Hause. Dort saß Hodge immer noch unter dem Küchentisch und blies Trübsal.

Vom Eilkurier dazu angewiesen, schickte mein Gutsverwalter umgehend die beiden Spürhunde mit dem Wagen herüber. Flasher und Dasher waren die klügsten Hunde, die ich hatte. Bei Sonnenuntergang rumpelte der Karren vor Dr. Johnsons Tür.

»Hurra!« rief ich. »Die Spürhunde sind da.«

»Spürhunde!« schnaubte Dr. Johnson. »Was nutzen Spürhunde?«

»Sie werden sehen, Sir«, antwortete ich. »Ich hole sie aus dem Wagen.« Ich öffnete die Haustür. Wie der Blitz war Hodge auf und davon.

»So«, lächelte Dr. Johnson. »Die Katze ist etwas schneller als die Hunde.«

»Nicht viel«, lächelte ich zurück, ergriff die beiden kräftigen Lederleinen und steuerte das Nachbarhaus an.

Es tat mir in der Seele weh, als der Richter den winzigen, roten Seidenschlüpfer in meine Hand legte. So klein war Miß Bess und schwebte schon in so großer Gefahr! Flasher und Dasher nahmen die Witterung auf.

Die Hunde liefen bellend überall auf dem Platz herum, dann begannen sie, an der Tür des Richters zu kläffen. Auf der anderen Seite des Platzes steckte ein erzürnter Hausbesitzer seinen Kopf aus dem Fenster und brüllte herüber: »Macht, daß ihr wegkommt, oder ich rufe die Wache!«

Flasher und Dasher zogen mich kreuz und quer über den Platz zu jeder Stelle, an der die kleinen roten Schuhe den Boden berührt hatten. Dann nahmen sie einen Geruch wahr, der ihr Interesse in besonderem Umfang weckte. Mit einem unvorhergesehenen Ruck, der mich auf meinen Hosenboden beförderte, rasten sie davon, als sei der Teufel hinter ihnen her. Lose Pflastersteine und Ziegelbrocken erzählten meinem verlängerten Rückgrat ihre Geschichten, als meine unfreiwilligen Hengste mich in wilder Jagd bis zum Fuß des Water Lane Hills zerrten. Sie hatten eine Katze auf den Baum gejagt.

Es war unser Pech, daß es sich dabei um Hodge handelte. Bei dem Geplänkel verwundete er Dashers Nase, riß Flasher ein Ohr ab und landete mit allen vieren und ausgefahrenen Krallen auf meinem besten, mit goldenen Bändern versehenen Hut.

Die Hunde jaulten hysterisch; irgendwo hoch über unseren Köpfen erscholl Hodges Triumphgeheul. Dann stieg das Liebeslied einer balzenden Katze zum Herbstmond auf.

Eine massige Gestalt kreuzte mein Gesichtsfeld. Es war Dr. Samuel Johnson, und er stellte sich an die Rückwand eines verrucht aussehenden, baufälligen Wohnhauses. Ich rappelte mich hoch und eilte an seine Seite.

»Mr. Boswell, können Sie klettern?«

Ich betrachtete die hoch über mir aufragende Hausmauer. »Ja, Sir. Wie Sie sehen, ähneln die Laibungen der Fenster einer Treppe. An ihnen komme ich hoch.«

»Sind Sie bewaffnet?«

»Ich habe einen Degen.«

»Dann klettern Sie. In der obersten Kammer brennt ein Binsenlicht. Das Schiebefenster steht einen Spalt weit offen. Kriechen Sie hinein, ziehen Sie Ihr Schwert und bewachen Sie die Schläferin.«

Ich begann hochzuklettern und fühlte mich wie ein Ritter aus alten Zeiten, der eine im Turm gefangene Prinzessin rettet. Der Erdboden lag beunruhigend weit unter mir. Hastig schaute ich wieder woanders hin und sah eine dunkle Gestalt, die sich im Mondlicht über den Platz bewegte.

Über meinem Kopf tönte es wieder triumphierend von Hodge. Der Kater saß auf einem Fenstersims und schaute aufmerksam durch die Scheibe. Mich seiner erwehrend, öffnete ich vorsichtig das Fenster und schlüpfte hindurch. Da schlief die Gesuchte auf einem groben Strohsack! Sie trug ein mit einem Erdbeermuster besticktes Gewand aus reiner französischer Gaze. Die Erdbeeren waren genauso rot wie die festen, kleinen Rosenknospen, die ihre weißen Brüste krönten. So kostbar war mein Schützling! Ich zog mein Schwert und bezog neben der Kammertür Stellung.

Mit einem Dolch in der Hand stieg ein o-beiniger Mann von der Dachstube herunter. Mit einem Satz hatte ich ihm das blanke Metall meiner Rapiersschneide gezeigt und ihn damit in die Flucht gejagt. Am Fuß der Treppe wurde eine Tür aufgestoßen; ich hörte die Tritte der Männer von der Bow Street. Dann brach die Hölle los – Flüche und Geräusche von Faustschlägen waren zu hören. Ich rannte die Treppe hinunter, den Degen in der Hand, da hatten die Wachmänner die Schurken bereits dingfest gemacht.

Ein stämmiger Mann von der Bow Street – nein, es war Dr. Samuel Johnson – tauchte aus der Kammer auf und trug das Mädchen und Powder Puff in seinen Armen.

Am Fuß der Treppe angelangt, ließ sich Dr. Johnson mit seiner Last vorsichtig in die Rundung des Sofas am Eingang gleiten und gab der schmächtigen Gestalt an seiner kräftigen Schulter etwas Halt. Miß Bess öffnete ihre großen, veilchenblauen Augen und schaute ihren Retter an.

»Oh, Dr. Johnson«, hauchte sie, »die Männer haben uns, ich meine Powder Puff und mich, denn Powder Puff halte ich immer ganz fest bei mir, unaufhörlich von einem Versteck zum anderen gebracht.«

»Wo?« fragte Dr. Johnson.

»Das weiß ich nicht, Sir«, antwortete sie. »Sie haben mich die ganze Zeit zu Boden gedrückt. Ich denke, sie haben mir einen Schlaftrunk gegeben. Wie haben Sie uns in ganz London nur gefunden?«

»Nun, meine Liebe«, sagte der große Ermittler, »Hodge war es, der Sie gefunden hat. Sobald ein Kater einmal den Wohlgeruch seiner Dame fest in der Nase hat, kann man sich fest darauf verlassen, daß sich die Liebe ihren Weg bahnt.«

»Wie wahr«, sagte ich.

»So ist es passiert«, fuhr Dr. Johnson fort. »Hodge spürte Powder Puff auf und verriet mir durch seinen Balzgesang, wo sie war. So kam es dazu, daß Mr. Boswell die Mauer zu dem Zimmer hochkletterte, in dem Sie lagen, und Sie mit seinem Degen bewachte.«

»Lieber Mr. Boswell«, hauchte Miß Bess zartfühlend.

»Und als mein Bote die Männer von der Bow Street informiert hatte«, schloß Dr. Johnson, »erledigten die den Rest.«

»Hodge ist eine vortreffliche Katze«, sagte Miß Bess, streckte ihre Hand aus und tätschelte die samtenen Ohren.

»Hodge ist eine ganz vortreffliche Katze«, bekräftigte Dr. Johnson. »Er wird von nun an den Titel ›Spürkatze‹ bekommen. Wir werden ein hübsches, kleines Schild auf dem Platz aufstellen, auf dem man dann lesen kann: ›Johnson und Hodge, Spürnasen‹.«

»Und was ist mit mir?« fragte ich.

»Nun, Mr. Boswell, Sie wollen sich also der Firma anschließen. Was sind Ihre Fähigkeiten?«

»Schreiben Sie einfach: ›J. Boswell, Freibeuter‹.«

»Sagen Sie uns doch um Himmels willen, was Sie mit einem Freibeuter meinen?« fragte Miß Bess.

»Ich meine einen herumwütenden Raufbold, der mit seinem Rapier um sich schlägt.«

»Und wie kühn er gewesen ist!« rief Miß Bess, faltete ihre Hände und schenkte mir fast den gleichen Blick, mit dem Powder Puff Hodge betrachtete.

Ich zog meine Schreibtafeln hervor und fertigte auf Natty Jacks Schreibpult neben dem Kamin eine Skizze von dem neuen Schild an.

Da ich mit dem Ergebnis sehr zufrieden war und ich es für überaus gelungen hielt, entschloß ich mich, es an der Küchentür zu befestigen, sobald die aufgehende Sonne genügend Licht für diese Operation abgab.

Ich stellte das neue Schild aus einer Dachschindel her und beschriftete es mit einem Stück Holzkohle aus dem Kamin. Hodge, neugierig wie jede Katze, überwachte den Vorgang. Als ich die Schindel dann über der Küchentür festnagelte, lockte der unerwünschte Krach Dr. Johnson in Hemdsärmeln die Treppe herunter. Er wollte sehen, was da vor sich ging.

Wir tranken gerade am Küchentisch unseren Frühstückstee, Hodge schlapperte unter ihm seine Milch, als ein donnerndes Pochen an der Küchentür die morgendliche Ruhe störte.

Ich eilte zur Tür, um sie zu öffnen. Augenblicklich flitzte Hodge unter den Tisch.

Unser Nachbar, der Richter, war es, der da in Hausschuhen und einem mit purpurfarbenem Brokat verzierten Morgenmantel vor uns stand. Er hatte einen großen, abgedeckten Korb dabei, setzt sich auf die Treppe zur Küche, machte den Korb auf und begann, Austern zu öffnen. Von dem schweren, würzigen Fischgeruch angelockt, schlich sich Hodge vorsichtig an ihn heran. Eine kleine Auster in der Hand des Richters brachte ihn schnell auf dessen Seite.

Als Mann und Katze einträchtig auf der Treppe zur Küche beieinandersaßen und sich Austern teilten, quietschte das große Tor, und eine unerwartete Erscheinung tauchte auf, die über einem prächtigen, weißen Rüschenkleid eine rosarote Schürze aus Barchentköper trug. Die Erscheinung setzte sich neben Hodge und begann, ihm kleine Bissen Austern mit der gleichen Geschwindigkeit aufzudrängen, in der ihr Vater sie öffnete.

»Ein hübscher Anblick«, sagte Dr. Johnson und stand plötzlich neben mir. Er schenkte der Gruppe sein wärmstes, liebevollstes und freundlichstes Lächeln: dem Richter in seinem purpurfarbenen Gewand, seiner schönen Tochter, rosig wie die aufgehende Sonne, und dem stattlichen Hodge, der in bestem Einvernehmen zwischen beiden saß.

Und über allem hing das Schild:

JOHNSON & HODGE
SPÜRNASEN

J. Boswell, Freibeuter

Randbemerkung des Autors: Es ließ sich nicht vermeiden, daß Dr. Samuel Johnsons Lieblingskatze Hodge bei seinen meisterhaften Ermittlungsaktionen eine bedeutende Rolle spielen sollte. Das hier ist seine Geschichte.

Viele Leute haben diese Geschichte möglich gemacht, und ich danke ihnen aus vollem Herzen.

Meinem Neffen, Dr. José de la Torre-Bueno, verdanke ich, daß ich mir einen Begriff davon machen konnte, was Katzenpsychologie bedeutet. Erst dadurch wurde Hodge zur ›Spürkatze‹.

Meinem Bruder Theodore de la Torre-Bueno und seiner Frau Evelyn und ihren prächtigen Katzen Tuxedo und Leon verdanke ich das Wissen über Katzen. Dadurch bekam Hodges Geschichte Fülle.

Meiner lieben Freundin Jackie Bellmyer bin ich für ihre in jeder Form erteilte moralische Unterstützung zu Dank verpflichtet, ferner für ihr kritisches Urteil, ihre intimen Katzenkenntnisse und dafür, daß sie ein ziemlich schnell zusammengestoppeltes Manuskript in Form brachte und tippte.

Meinem sehr geschätzten, langjährigen Freund Vincent O'Brien, dem ich für seine kenntnisreiche Kritik, seine reiche Hilfe und Ermutigung Dank schulde, danke ich auch dafür, daß er Dr. Johnson mit einem äußerst präzisen Gespür für dessen Person auf Band sprach.

Viele andere Freunde halfen und ermutigten mich. Zu ihnen allen sage ich: »Danke, gute Freunde.«

Deutsch von Gunther Seipel

Der schwarze Kater

Edgar Allan Poe

Ich verlange und erwarte nicht, daß man die höchst seltsame und doch einfache Geschichte, die ich hier niederschreiben will, glaubt. Es wäre auch töricht, dies zu tun, denn ich selbst vermag dem Zeugnis meiner Sinne kaum zu trauen. Doch bin ich weder wahnsinnig, noch habe ich geträumt. Morgen aber muß ich sterben und möchte darum heute meine Seele entlasten. Zu diesem Zweck will ich der Welt klar und bündig und ohne weitere Erörterungen eine Reihe rein häuslicher Begebenheiten vor Augen führen. Die Folgen dieser Begebenheiten haben mich dem Entsetzen, haben mich der Qual anheimgegeben und mich schließlich zugrunde gerichtet. Doch will ich nicht versuchen, sie weiter zu erklären. Mir haben sie ein Schaudern verursacht; anderen mögen sie vielleicht weniger schrecklich als sonderbar erscheinen. Später vielleicht wird ein denkender Geist meine Wahngebilde auf Selbstverständlichkeiten zurückführen – er wird, ruhiger, logischer und viel weniger nervös als ich, in all den Umständen, die ich nun mit Grausen erzähle, die gewöhnliche Folge ganz natürlicher Ursachen und Wirkungen erkennen.

Von früher Kindheit an war ich wegen meines gelehrigen, liebevollen Wesens bekannt. Die Zärtlichkeit meines Herzens war so ungewöhnlich, daß sie mich zum Gespött meiner Kameraden machte. Ich war ein großer Tierfreund, und meine Eltern gestatteten mir gütigst, eine ganze Anzahl solcher Lieblinge zu halten. Mit ihnen verbrachte ich den größten Teil meiner Zeit und fühlte mich nie so glücklich, als wenn ich sie fütterte und liebkoste. Diese Eigenheit meines Wesens wuchs mit den Jahren und war später im Mannesalter der Quell meiner größten Vergnügungen. Denen, die jemals Neigung für einen treuen und gelehrigen Hund gehabt haben, brauche ich wohl die Natur und die innige Befriedigung, die aus solch einer Liebhaberei entstehen kann, nicht weiter zu erklären. In der selbstlosen und aufopferungsfähigen Anhänglichkeit eines Tieres liegt etwas, das unmittelbar zum Herzen dessen spricht, der oft Gelegenheit gehabt hat, die Armseligkeit und Unbeständigkeit der Menschen – was Freundschaft und Treue angeht – zu erproben.

Ich heiratete früh und war glücklich, bei meiner Frau eine meinem Wesen entsprechende Gemütsart zu finden. Als sie meine Vorliebe für Haustiere bemerkte, ließ sie keine Gelegenheit vorübergehen, mir die gefälligsten zu verschaffen. Und so besaßen wir denn Vögel, Goldfische, einen schönen Hund, Kaninchen, einen kleinen Affen und einen – Kater.

Er war ein auffallend großes und schönes Tier, vollständig schwarz und erstaunlich klug. Meine Frau, die ein wenig abergläubisch war, machte oft, wenn sie von dieser Klugheit sprach, Anspielungen auf den volkstümlichen Aberglauben, nach dem alle schwarzen Katzen verkappte Hexen sind. Ich will nicht sagen, daß sie jemals ernsthaft daran glaubte, und ich erwähne es überhaupt nur, weil ich mich zufällig wieder daran erinnere.

Pluto – so hieß der Kater – war mein bevorzugter Liebling und Spielgenosse. Ich allein fütterte ihn, und er begleitete mich auf Schritt und Tritt im ganzen Hause herum. Ich konnte ihm nur mit Mühe verwehren, mir auch auf die Straße zu folgen.

Unsere Freundschaft hatte nun schon mehrere Jahre bestanden – Jahre, in denen mein Temperament und mein Charakter, wie ich mit Beschämung gestehen muß, durch den Dämon Unmäßigkeit allmählich eine vollständige Wandlung zum Schlimmen erfuhr. Ich wurde von Tag zu Tag trübsinniger, reizbarer, rücksichtsloser. Selbst meiner Frau gegenüber gestattete ich mir eine brutale Sprache und vergriff mich schließlich sogar tätlich an ihr. Meine Lieblinge mußten natürlich ebenfalls unter dieser Veränderung meiner Gemütsart leiden. Ich vernachlässigte sie nicht nur, sondern mißhandelte sie. Für Pluto jedoch empfand ich noch immer so viel Zuneigung, daß ich ihn wenigstens nicht quälte, obwohl ich mir kein Gewissen daraus machte, die Kaninchen, den Affen und selbst den Hund, wenn sie mir aus Zufall oder Anhänglichkeit in den Weg liefen, zu peinigen, wie ich nur konnte. Aber meine Krankheit gewann immer mehr Macht über mich – denn welche Krankheit ist an Hartnäckigkeit dem Hang zum Alkohol zu vergleichen? –, und zum Schluß mußte selbst Pluto, der anfing alt und infolgedessen etwas mürrisch zu werden, die Wirkungen meiner Verdüsterung an sich erfahren.

Eines Nachts, als ich vollständig betrunken aus einer meiner geliebten Kneipen in der Stadt spät nach Hause zurückkehrte, bildete ich mir ein, der Kater meide meine Gegenwart. Ich fing ihn ein, raffte ihn hoch, wobei er mir, wahrscheinlich aus Angst vor meiner Heftigkeit, mit den Zähnen eine kleine Wunde an der Hand beibrachte. In demselben Augenblick ergriff mich eine wilde Wut; ich kannte mich selbst nicht mehr, es war, als sei meine Seele aus dem Körper entwichen; eine mehr als teuflische, vom Schnaps noch angefeuerte Bosheit zuckte in jeder Fiber meines Leibes. Ich zog ein Federmesser aus meiner Tasche, öffnete es, packte das arme Tier an der Gurgel und stach ihm ganz bedächtig eins seiner Augen aus der Höhle heraus. Oh! – es überläuft mich abwechselnd ein glühender und eisiger Schauder, da ich diese fluchwürdige Scheußlichkeit hier niederschreibe.

Als ich am anderen Morgen den Dunst meiner nächtlichen Ausschweifung verschlafen hatte und wieder zu Verstand kam, empfand ich über mein Verbrechen ein aus Abscheu und Gewissensbissen gemischtes Gefühl; doch war es nur eine schwache Empfindung, und in ihrer Tiefe blieb meine Seele von derselben unberührt. Ich überließ mich aufs neue meinen Unmäßigkeiten, und jede Erinnerung an die Tat ertränkte ich im Branntwein. Der Kater genas mittlerweile langsam. Seine leere Augenhöhle bot allerdings einen schauerlichen Anblick, doch schien er keine Schmerzen mehr zu leiden. Wie früher strich er im Haus umher, floh aber, wie leicht erklärlich, entsetzt davon, sobald ich in seine Nähe kam. Ich hatte mir noch so viel Gefühl bewahrt, daß mich die offenbare Abneigung eines Geschöpfes, das mir früher zugetan war, betrübte. Doch wich diese Empfindung bald einer tückischen Erbitterung. Und dann kam auch, um meinen endgültigen, unwiderruflichen Untergang zu besiegeln, der Geist der *Perversität* über mich. Die Psychologie hat sich noch nie mit diesem Dämon befaßt. Doch so wahr meine Seele lebt, ich glaube, daß die Perversität einer der Grundtriebe des menschlichen Herzens ist, eine der unteilbaren Urfähigkeiten oder Gefühle, die dem Charakter des Menschen seine Richtungslinie geben. Wem wäre es nicht hundertmal begegnet, daß er sich bei einer niedrigen oder törichten Handlung überraschte, die er nur deshalb beging, weil er wußte, daß sie verboten war? Haben wir nicht beständig die Neigung, die Gesetze zu verletzen, bloß weil wir sie als solche anerkennen müssen? Dieser Geist der Perversität kam also, wie ich schon sagte, über mich, um meinen Untergang zu vollenden. Jener unergründliche Drang der Seele, sich selbst zu quälen, ihrer eigenen Natur Gewalt anzutun und das Unrecht nur um des Unrechts willen zu begehen, trieb mich an, das unschuldige Tier, das ich schon so gräßlich mißhandelt hatte, noch weiter zu quälen. Eines Morgens legte ich kaltblütig eine Schlinge um seinen Hals und hängte es an dem Ast eines Baumes auf; hängte es auf, während mir die Tränen aus den Augen strömten und Gewissensbisse mein Herz folterten; hängte es auf, *weil* ich wußte, daß es mich geliebt, und weil ich fühlte, daß es mir nie eine Ursache zu dieser Mißhandlung gegeben hatte; hängte es auf, *weil* ich fühlte, daß ich mit der Tat eine Sünde beging, eine Todsünde, die das Heil meiner Seele vernichten konnte, sie, wenn es noch möglich gewesen wäre, dem Bereich der Gnade des allgerechten und allbarmherzigen Gottes hätte entziehen müssen.

In der Nacht, die dem Tag folgte, an dem ich die grausame Tat vollführt hatte, wurde ich durch Feuerlärm aus dem Schlaf geweckt. Die Vorhänge meines Bettes brannten, das ganze Haus stand schon in Flammen. Unter großen Gefahren entrannen meine Frau, unser Dienstbote und ich der Feuersbrunst. Alles wurde zerstört, mein ganzer

Besitz an irdischen Gütern war dahin. Und ich selbst überließ mich von nun ab nur noch widerstandsloser dem
Trunk.

Ich bin längst über die Schwäche hinaus, ein Verhältnis
von Ursache und Wirkung zwischen diesem Unglück und
der vorhergegangenen Schändlichkeit zu erblicken. Ich stelle
nur eine Kette von Tatsachen fest und möchte dabei kein
Glied unerwähnt lassen. Am Tag nach dem Brand besichtigte
ich die Trümmer. Die Mauern waren bis auf eine zusammen-
gestürzt: und zwar war die nicht sehr dicke Scheidewand in
der Mitte des Hauses, an der das Kopfende meines Bettes gestanden hatte, stehengeblieben. Die Wandverkleidung selbst
hatte dem Feuer auffallend gut widerstanden – ich führte
dies auf den Umstand zurück, daß sie erst vor kurzem neu
angeworfen worden war. Um diese Mauer herum hatte sich
eine dichte Menschenmenge versammelt und schien einen
bestimmten Teil derselben einer eingehenden, eifrigen Prü-
fung zu unterziehen. Worte wie ›seltsam!‹ und ›sonderbar!‹
und ähnliche Ausrufe erregten meine Neugierde. Ich näherte
mich und erblickte auf der weißen Oberfläche, wie im Bas-
Relief eingegraben, die Gestalt eines riesigen Katers. Die
Konturen waren mit wunderbarer Sorgfalt ausgeführt. Um
den Hals des Tieres lag ein Strick.

Als ich diesen Spuk – für etwas anderes konnte ich's
kaum halten – erblickte, geriet ich vor Staunen und Grausen
außer mir. Schließlich erinnerte ich mich, daß ich den Kater
in einem Garten erhängt hatte, der dicht an mein Haus an-
stieß. Bei dem Feuerlärm hatte sich der Garten sofort mit
Menschen gefüllt. Einer von ihnen mußte das Tier abge-
schnitten und durch ein offenes Fenster – wahrscheinlich in
der Absicht, mich aus dem Schlaf zu wecken – in mein Zimmer geschleudert haben. Beim Einsturz der anderen Mauer
mußte irgendein Zufall das Opfer meiner Grausamkeit in
die frisch aufgetragene Masse des Mauerputzes fest einge-
drückt haben. Das Feuer hatte dann in Verbindung mit dem
tierischen Alkali des Kadavers seine Umrisse fest in den
Kalk eingebrannt.

Obgleich ich, was diese aufregende, rasch erzählte Tatsache angeht, meiner Vernunft, wenn nicht meinem Gewissen Genüge tat, machte sie nichtsdestoweniger einen tiefen Eindruck auf meine Fantasie. Monatelang konnte ich mich von der Spukgestalt des Katers nicht befreien, und eine bestimmte Empfindung, die wie Reue erschien, es aber doch nicht war, kehrte in mein Gemüt ein. Ich fing sogar an, den Verlust des Tieres aufrichtig zu bedauern, und begann, mich in den niedrigen Schenken, die ich meist besuchte, nach einem anderen Tier derselben Art und von einigermaßen ähnlichem Aussehen umzusehen, das den Platz Plutos wieder ausfüllen konnte.

Eines Nachts, als ich, schon halb stumpfsinnig, in einer der allerniedrigsten Lasterhöhlen saß, lenkte sich meine Aufmerksamkeit plötzlich auf einen dunklen Gegenstand, der oben auf einem riesigen Oxhoftfaß voll Branntwein oder Rum lag, das ein Hauptstück der Ausstattung des Lokals bildete. Einige Minuten lang blickte ich fest nach dem in die Höhe gerichteten Boden des Fasses, und es setzte mich in Erstaunen, daß ich den betreffenden Gegenstand nicht eher bemerkt hatte. Ich ging darauf zu und berührte ihn mit der Hand. Es war ein schwarzer Kater – ein sehr großer schwarzer Kater –, ganz so groß wie Pluto und ihm, mit Ausnahme einer einzigen Abweichung, vollständig ähnlich. Pluto hatte an seinem ganzen Körper kein einziges weißes Haar; dieser Kater hatte dagegen einen großen, wenn auch undeutlich gezeichneten weißen Flecken, der beinahe die ganze Brust bedeckte.

Als ich das Tier berührte, erhob es sich sofort, begann laut zu schnurren, rieb sich an meiner Hand und schien über die ihm gespendete Aufmerksamkeit höchst erfreut. Dies war also wohl gerade das Tier, das ich suchte! Ich machte dem Wirt sofort ein Angebot, um es zu kaufen, aber der erhob überhaupt keinen Anspruch darauf, sagte, er kenne es nicht und habe es nie zuvor gesehen.

Ich fuhr in meinen Liebkosungen fort, und als ich mich auf den Heimweg machte, schien das Tier mir folgen zu wollen. Ich gestattete es und stand unterwegs hin und wieder still, um es zu streicheln. Zu Hause angekommen, gewöhnte es sich gleich ein und wurde sofort der Liebling meiner Frau.

In mir jedoch fühlte ich bald eine Abneigung gegen das Tier entstehen. Das war gerade das Gegenteil von dem, was ich erwartet hatte, aber – ich weiß nicht, wie und weshalb – seine augenscheinliche Anhänglichkeit an mich widerte mich an. Nach und nach verwandelte sich dies Gefühl des Widerwillens in erbitterten Haß. Ich mied die Katze; ein gewisses Gefühl der Beschämung und die Erinnerung an meine frühere Grausamkeit verhinderten jedoch, daß ich sie mißhandelte. Einige Wochen vergingen, ohne daß ich sie schlug oder sonst quälte. Aber allmählich – ganz allmählich – fing ich an, sie mit unaussprechlichem Abscheu zu betrachten und vor ihrer verhaßten Gegenwart wie vor dem giftigen Hauch der Pest schweigend zu entfliehen.

Was ohne Zweifel meinen Haß gegen das Tier noch verschärfte, war die Entdeckung, die ich gleich am ersten Morgen machte: daß das Tier, gerade wie Pluto, des einen Auges beraubt war. Dieser Umstand machte es meiner Frau nur noch lieber, die, wie ich schon sagte, in hohem Maße jene Zärtlichkeit des Herzens besaß, die auch einst mein hervorstechendster Charakterzug und die Quelle einfachster und reinster Freuden gewesen war.

Doch schien mit meinem Widerwillen gegen den Kater dessen Vorliebe für mich nur noch zu wachsen. Er folgte mir stets auf dem Fuße, mit einer Beharrlichkeit, die ich nur schwer beschreiben kann. Setzte ich mich nieder, so kauerte er sich unter meinen Stuhl oder sprang mir auf die Knie und überhäufte mich mit den häßlichsten Liebkosungen. Stand ich auf, um wegzugehen, so zwängte er sich zwischen meine Füße und warf mich fast zu Boden, oder er klammerte sich mit seinen langen, scharfen Krallen in meine Kleider und kletterte an mir fast bis zur Brust herauf. Und obgleich mich bei solchen Gelegenheiten das Verlangen packte, ihn mit *einem* Hieb totzuschlagen, hielt mich immer wieder irgend etwas davon zurück, teils die Erinnerung an mein früheres Verbrechen, jedoch hauptsächlich – ich will es nur gleich gestehen – eine wirkliche *Angst* vor dem Tier.

Ich fürchtete mich nicht gerade vor einer körperlichen Verletzung durch den Kater – und doch wüßte ich nicht, wie ich sonst dies Gefühl erklären sollte! Ich gestehe mit Beschämung, selbst in dieser Verbrecherzelle, daß der Schreck und der Abscheu, den das Tier mir einflößte, durch ein nichtiges Hirngespinst – so nichtig, wie man sich nur eins vorstellen mag – noch gesteigert wurde. Meine Frau hatte mich gelegentlich auf die Form des weißen Fleckens hingewiesen, von dem ich schon gesprochen habe, und der den einzigen sichtbaren Unterschied zwischen diesem seltsamen Tier und dem von mir getöteten ausmachte. Der Leser wird sich erinnern, daß dieser Fleck, obgleich er groß war, nur sehr undeutliche Umrisse aufwies. Aber in ganz allmählichen, kaum wahrnehmbaren Steigerungen, die meine Vernunft sich vergeblich als Einbildungen einreden wollte, erlangten dieselben eine fürchterliche Deutlichkeit. Sie stellten jetzt einen Gegenstand dar, den ich zu nennen schaudere und dessentwegen allein ich das Ungeheuer verabscheute und fürchtete und mich von ihm befreit haben würde, hätte ich es nur *gewagt*. Es war das Abbild eines scheußlichen, spukhaften Gegenstands – ich spreche es aus: es war die Zeichnung eines Galgens. O trauriges und furchtbares Mahnbild der Schande und der Sühne niedrigsten Verbrechens – voll Todesqual und Tod!

Und nun war ich elend – elend über alle Grenzen menschlichen Elends hinaus. Und ein unvernünftiges Tier – von dessen Geschlecht ich eines verächtlich getötet hatte –, ein vernunftloses Tier bereitete mir, einem Menschen nach dem Ebenbilde Gottes, eine solch unerträgliche Qual! Ach! Weder bei Tage noch bei Nacht empfand ich mehr die Wohltat der Ruhe. Tagsüber ließ mich das Tier keinen Augenblick allein, und des Nachts fuhr ich stündlich aus Träumen voll unaussprechlichsten Grauens auf, fühlte seinen Atem über meinem Gesicht und sein schweres Gewicht – wie einen körperlich gewordenen Nachtspuk, den ich abzuschütteln nicht die Kraft hatte – unablässig auf meiner Brust!

Unter dem Druck solcher Qualen schwand der schwache Rest dahin, der noch von Gutem in mir war. Schlimme Gedanken wurden meine einzigen Begleiter – schlimmste, finsterste Gedanken! Mein gewöhnlicher Trübsinn artete in Haß aus gegen alles in der Welt, ja gegen die ganze Menschheit: meist war es meine still duldende Frau, die unter den plötzlichen zügellosen Wutausbrüchen, denen ich mich jetzt oft blindlings überließ, bitter zu leiden hatte.

Eines Tages begleitete sie mich wegen irgendeiner häuslichen Angelegenheit in den Keller des alten Gebäudes, das zu bewohnen uns unsere Armut nötigte. Die Katze folgte mir die steilen Treppen hinunter und veranlaßte, daß ich stolperte und fast kopfüber hinuntergestürzt wäre. Dies erboste mich sehr. Ich ergriff eine Axt, vergaß in meiner kindlichen Wut die Angst, die bis jetzt meine Hand zurückgehalten hatte, und führte einen Streich auf das Tier, der sicher tödlich gewesen wäre, wenn er so getroffen hätte, wie ich es wünschte. Meine Frau jedoch hielt den Schlag auf. Dies versetzte mich in eine mehr als teuflische Raserei, ich riß meinen Arm aus den Händen meiner Frau los und hieb ihr die Axt in den Schädel. Ohne den geringsten Laut brach sie sofort tot zusammen.

Kaum war dieser grauenvolle Mord geschehen, als ich mich auch schon daran machte, den Leichnam mit aller Überlegung zu verbergen. Ich sah ein, daß ich ihn weder bei Tag noch bei Nacht aus dem Hause schaffen konnte, ohne Gefahr zu laufen, von den Nachbarn bemerkt zu werden. Mancherlei Pläne kamen mir in den Sinn. Einmal dachte ich daran, den Körper in lauter kleine Teile zu zerschneiden und zu verbrennen, dann beschloß ich, ihn im Boden des Kellers zu vergraben, dann überlegte ich, ob ich ihn nicht in den Brunnen, der sich auf unserem Hof befand, werfen solle – ja, ich dachte sogar daran, ihn wie eine Ware in eine Kiste zu verpacken und diese von einem Paketträger aus dem Haus wegschaffen zu lassen. Endlich blieb ich bei einer Idee, die mir bei weitem als beste erschien. Ich beschloß, ihn im Keller einzumauern, wie es nach verschiedenen Überlieferungen die Mönche des Mittelalters mit ihren Opfern gemacht haben sollen.

Der Keller schien mir für einen solchen Zweck wohl geeignet. Die Mauern waren leicht gebaut und erst kürzlich mit grobem Mörtel beworfen worden, der in der feuchten Kellerluft noch nicht vollständig verhärtet war. Überdies befand sich an einer der Mauern ein Vorsprung, hinter dem sich ein falscher Kamin befand, den man ausgefüllt hatte, wodurch die Stelle den übrigen Wänden gleichgemacht war. Ich zweifelte nicht, die Ziegel an dieser Stelle leicht herausbrechen, den Leichnam in der Höhlung verbergen und das Ganze wieder so zumauern zu können, daß kein Auge irgend etwas Verdächtiges entdecken würde.

Und diese Annahme täuschte mich nicht. Ich entfernte mittels eines Brecheisens mit leichter Mühe die Steine, lehnte den Körper gegen die innere Wand, befestigte ihn etwas in dieser Stellung und stellte die Mauer, genauso, wie sie ursprünglich gewesen, wieder her. Da ich mir mit Verbrecherschlauheit Mörtel, Sand und Stroh verschafft hatte, bereitete ich einen Bewurf, der von dem vorigen nicht zu unterscheiden war, und verstrich die neugemauerte Stelle auf das sorgfältigste. Als ich fertig war, empfand ich eine große Befriedigung darüber, daß nun alles in Ordnung sei. An der Wand war nicht das geringste zu bemerken, den Fußboden säuberte ich mit peinlichster Sorgfalt von dem übriggebliebenen Schutt. Dann blickte ich mit triumphierenden Blicken umher und sagte zu mir: »Hier ist meine Arbeit wenigstens keine vergebliche gewesen.«

Mein nächster Gang galt dem Kater, der all dies Elend verschuldet hatte und den ich nun mit Bestimmtheit töten wollte. Hätte ich ihn in dem Augenblick gefunden, so wäre sein Schicksal entschieden gewesen, doch es schien, als habe das schlaue Tier noch Furcht vor meinem wilden Zorn und vermeide es, sich vor mir in meiner augenblicklichen Stimmung blicken zu lassen. Es ist unmöglich, das tiefe, selige Gefühl der Erleichterung, mit welchem mich die Abwesenheit des verhaßten Wesens erfüllte, zu beschreiben oder gar sich vorzustellen. Auch am Abend kam es nicht wieder zum Vorschein, und so verbrachte ich die erste Nacht, seit es ins Haus gekommen war, in gesundem, tiefem Schlaf; ja, ich *schlief*, obwohl ein Mord meine Seele belastete!

Der zweite und dritte Tag verging – mein Peiniger kam nicht wieder. Noch einmal atmete ich in Freiheit auf. Das Untier war vor Schrecken aus meinem Haus entflohen! Ich würde es nicht mehr sehen! Mein Glück war unbeschreiblich. Das Andenken an meine schwarze Tat beunruhigte mich so gut wie gar nicht. Man hatte einige Nachforschungen angestellt, doch hatte ich sie bald zu erledigen gewußt. Sogar eine Haussuchung hatte stattgefunden, die natürlich ergebnislos verlaufen war. Ich fühlte mich vollständig ruhig und sicher.

Am vierten Tag nach dem Mord erschienen jedoch ganz unerwartet noch einige Abgesandte der Polizei und nahmen von neuem eine sorgfältige Haussuchung vor. Da ich jedoch vollkommen überzeugt war, daß man das verhängnisvolle Versteck nicht auffinden werde, blieb ich ganz kaltblütig. Die Beamten forderten mich auf, sie bei der Durchsuchung zu begleiten. Sie ließen keinen Winkel, keine Ecke außer acht. Endlich stiegen sie zum dritten- oder viertenmal in den Keller hinab. Ich zuckte mit keiner Wimper, und mein Herz schlug so ruhig wie das eines Menschen, der in Unschuld schläft. Ich durchschritt den Keller von einem Ende zum andern, kreuzte die Arme über die Brust und ging seelenvergnügt auf und ab. Die Beamten schienen befriedigt und schickten sich an, wieder hinaufzugehen. Die Freude meines Herzens war zu groß, als daß ich sie ganz hätte verbergen können. Es stachelte mich förmlich, meinem Triumph, wenn auch nur durch *ein* Wort, Ausdruck zu verleihen und sie in ihrer Überzeugung von meiner Unschuld zu bestärken.

»Meine Herren«, sagte ich endlich, als die Gesellschaft schon die Stufen hinaufschritt, »ich freue mich, daß sich Ihr Verdacht als unbegründet erwiesen hat. Ich wünsche Ihnen ein herzliches Lebewohl und für die Zukunft etwas mehr Höflichkeit. Im übrigen, meine Herren, ist dies ein sehr solide gebautes Haus!« (In dem wahnsinnigen Verlangen, irgend etwas Anzügliches leicht hinzuwerfen, wußte ich kaum selbst mehr, was ich sprach.) »Man könnte es fast ein außerordentlich solide gebautes Haus nennen! Diese

Mauern – Sie gehen schon, meine Herren? – diese Mauern sind fest gefügt.« Und hier klopfte ich aus purer Prahlerei mit einem Stock, den ich in der Hand hielt, heftig gerade gegen den Teil der Mauer, hinter dem der Leichnam jener Frau verborgen war, die ich von Herzen geliebt hatte.

Aber möge Gott mir gnädig sein und mich aus den Klauen des Erzfeindes befreien! Kaum war der Nachklang der Schläge in der Stille verhalt, als eine Stimme aus dem Innern des Grabes antwortete: – Es war ein Geschrei, anfangs gebrochen und halb erstickt, wie das Schluchzen eines Kindes, ein Geschrei, das dann zu einem langen, anhaltenden Laut anschwoll, der übernatürlich und unmenschlich klang – einem Geheul, einem kreischenden Wehklagen, in dem sich Schreck und Frohlocken zu mischen schienen, wie es sich nur den Kehlen der Verdammten in ihren Qualen und der Brust triumphierender Teufel entringen kann.

Es wäre unnütz, von meinen Empfindungen sprechen zu wollen. Einer Ohnmacht nahe, taumelte ich gegen die Rückwand des Kellers. Einen Augenblick standen die Polizisten im Übermaß des Entsetzens und Grausens regungslos und starr, im nächsten jedoch arbeiteten bereits ein Dutzend kräftiger Arme an der Mauer.

Sie war bald niedergerissen, und der schon stark in Verwesung übergegangene, mit geronnenem Blut bedeckte Leichnam meiner Frau stand aufrecht vor ihren Augen da. Auf dem Kopf, mit aufgerissenem rotem Maul und seinem einzigen glühenden Auge, hockte das scheußliche Tier, dessen Gebaren mich zum Mord verleitet hatte und dessen verräterische Stimme mich jetzt dem Henker überlieferte.

Ich hatte das Ungeheuer mit in das Grab eingemauert.

Ins Deutsche übersetzt von Till Eulenberg

Ein Besucher Mombasas

James Holding

Sergeant Harper von der Polizei von Mombasa träumte gerade von Rebecca Conway, als sein Telefon ging. Er streckte einen langen Arm nach dem Gerät auf seinem Schreibtisch aus. »Ja?«

»Constable Jenkins am Apparat, Sir. Ich will einen kleinen Vorfall vom Hafen melden.«

»Worum handelt es sich, Jenkins?«

»Eine komische Geschichte, Sir. Wahrscheinlich steckt nichts weiter dahinter, aber ich dachte, ich sollte es Ihnen trotzdem berichten.« Jenkins hatte gerade bei der Polizei angefangen und war bemüht, immer auf Nummer Sicher zu gehen.

»Worum geht es?« wiederholte Haper.

»Um einen Mann namens Crosby, Sir. Er arbeitet als Nachtwächter in der Nähe des Dammendes. Er behauptet, er habe einen Leoparden gesehen, der sich letzte Nacht über den Damm in die Stadt geschlichen hat. Oder vielmehr heute morgen. Kurz vor Anbruch der Dämmerung.«

»Ein Leopard!« Harpers Stimme klang überrascht.

»Ja, Sir.« Jenkins wartete höflich Harpers Reaktion ab.

Sie ließ nicht lange auf sich warten. »Der Kerl war betrunken«, meinte Harper.

»Das dachte ich auch, Sir.« Jenkins klang jetzt besorgt, ließ sich aber nicht beirren. »Crosby gab zu, daß er während seiner Nachtschicht einiges getrunken hatte. Aber er schwört, den Leopard gesehen zu haben. Das Raubtier lief vom Festland aus über den Damm, frech wie Oskar. Die Flecken der Raubkatze konnte Crosby nicht erkennen, dafür war es zu dunkel, aber er sagt, er habe für einen kurzen Moment den Umriß sehen können und sei sich sicher, daß es ein Leopard war.«

Harper meinte: »Wir haben heute morgen von niemand irgendwelche Berichte, daß ein Leopard gesichtet wurde. Das hätten wir inzwischen sicherlich, wenn so ein Tier hier frei herumliefe. Jedenfalls vielen Dank, Jenkins. Ich werde die Sache prüfen.« Er legte auf.

Harper lehnte sich in seinem Schreibtischsessel zurück. Er verfluchte die stickige Hitze seines überfüllten Büros und die Einfältigkeit aller Polizeirekruten. Ein Leopard in Mombasa, schnaubte er. Natürlich, der Tsavo und der Nairobi Nationalpark und das Amboseli Wildreservat lagen nicht allzu weit entfernt, aber nein... zum Teufel damit. Vor seinem inneren Auge ließ er wieder das Bild der Frau von Lieutenant Conway, eine klare, skandinavische Schönheit, entstehen.

Zehn Minuten später läutete das Telefon erneut. Der diensthabende Polizist von der Telefonzentrale sagte: »Eine Dame ruft wegen eines Leopards an. Sie will unbedingt jemand Kompetenten sprechen.«

Harper stöhnte. »Stell sie durch.«

Die Lady, eine Mrs. Massingale, berichtete, sie habe diesen Morgen bei Tagesanbruch ein Tier gesehen, von dem sie sicher sei, daß es sich um einen Leoparden handele.

»Wo?« fragte Harper.

»Na, mitten in Mombasa, Sergeant!« sagte Mrs. Massingale ungehalten. »Das wenigste, was wir in dieser gottverdammten Stadt verlangen können, scheint mir doch der Schutz vor wilden Tieren zu sein, die frei auf den Straßen herumlaufen!«

»Ich meinte«, erläuterte Harper mit übertriebener Geduld, »wo in Mombasa haben Sie diesen Leoparden gesehen?«

»Auf der alten Eisenbahnlinie in der Nähe vom Mbaraki Creek. Unser Häuschen liegt nur etwa zwanzig Meter von den Schienen entfernt. Ich schaute heute morgen bei Tagesanbruch zufällig aus dem hinteren Fenster, und da schlich doch glatt dieser schwarze Schatten über die Schwellen. Einen Augenblick lang konnte ich seinen Umriß deutlich erkennen. Es war ein Leopard.«

»Vielen Dank, daß Sie das gemeldet haben, Mrs. Massingale«, sagte Harper. »Ich werde mich umgehend um die Sache kümmern.«

»Sorgen Sie dafür, daß ihr nachgegangen wird!« Sie legte mit einem gedämpften Krachen den Hörer auf, Harper mußte grinsen.

Zwei Berichte. Vielleicht *war* ja ein Leopard in Mombasa, so unwahrscheinlich das auch erscheinen mochte. Harper erhob sich. Er war ein großer, kräftig gebauter Mann mit einem dicken schwarzen Schnurrbart und einem Gesichtsausdruck allgemeiner Frustration, den er überhaupt nicht zu verbergen suchte.

Die Frustration war leicht erklärlich, ja sogar bei einem Mann seines Typs verständlich. Vor dem *Uhuru* war er lange weißer Jäger in Tanganyika gewesen und erst recht spät zur Polizei gekommen. Nachdem er sich in Ostafrika als Jäger einen gewissen Namen gemacht hatte, fand er sich urplötzlich als bescheidener Sergeant bei der Polizei wieder, den man darauf reduziert hatte, die Anordnungen Lieutenant Conways zu befolgen, eines spießigen Mannes, der zehn Jahre jünger war als er und der ›zum Leidwesen Harpers‹ unübersehbar mit der schönsten Frau in Mombasa verheiratet war.

Mit zwei Schritten stand Harper vor dem mit Klebeband an der Wand seines Büros befestigten Stadtplan. Von einem Leoparden auf dem Damm kurz vor Tagesanbruch war die Rede gewesen – er legte eine Fingerspitze auf die Stelle des Planes, die das Dammende markierte. Bei Tagesanbruch wurde ein Leopard auf der Eisenbahnstrecke in der Nähe des Mbaraki Creek gemeldet – er berührte die Stelle mit der Spitze eines weiteren Fingers und betrachtete die Distanz zwischen seinen Fingern mit zusammengekniffenen Augen. Ja, entschied er, es war durchaus möglich.

Plötzlich überkam ihn eine Woge der Fröhlichkeit. Sich mit einem Leoparden zu befassen, war eine Arbeit, die er kannte. Den Blick immer noch auf die Wandkarte gerichtet, versuchte er, sich bewußt in den engen Schädel und das gefleckte Fell eines Leoparden hineinzuversetzen, zu denken, wie die Raubkatze denken könnte, und die Bewegungen dieses Killers vorherzusagen, den er auf über einhundert Safaris so gut kennengelernt hatte.

Nehmen wir einmal an, grübelte er, der Leopard sei zufällig aus einem der nahegelegenen Wildreservate entlaufen. Der unerwartete Anblick einer langen Brücke, die verlassen und in anheimelndem Dunkel dalag, könnte bei der Raubkatze genug Neugier geweckt haben, um sie dazu zu veranlassen, sich hinaus auf den Damm zu wagen. War sie erst einmal auf ihm, könnte der über das Wasser herüberwehende Duft des am Hafen eingepferchten Viehs ihn auf der Suche nach Fleisch weiter in Bewegung gehalten haben. Harper konnte sich lebhaft vorstellen, wie die stille Raubkatze vorsichtig über den Damm getrottet war, und wie ihre Nasenlöcher mit geziertem Abscheu vor den Dieselschwaden und dem Gestank des verrotteten Abfalls zuckten, der mit dem vom Hafen von Kilindini herüberdringenden Viehgeruch wetteiferte.

Harper überlegte weiter, daß der Leopard die Brücke überquert hatte und keinen direkten Weg zu dem Platz gefunden hatte, von dem der Viehgeruch ausging, der ihn bis dahin gelockt hatte. Plötzlich umgeben von den befremdlichen Ausdünstungen einer großen Stadt, würde der Leopard schnell in Verwirrung geraten und Angst bekommen. Die Neugier und der Hunger würden durch den instinktiven Drang, in diesem unvertrauten Terrain schnell Deckung zu finden, vergessen sein.

Die Raubkatze, hatte Harper im Gefühl, würde sich daher von der breiten, ungeschützten Fläche der Makupa Road weg in die vergleichsweise abgeschiedene Umgebung der verlassenen Eisenbahnstrecke begeben und mit anmutigen Bewegungen über die Schwellen durch das Industriegebiet der Stadt hindurch bis zum Mbaraki Creek laufen, wo Mrs. Massingale sie flüchtig gesehen hatte. Von der Karte her schien man daher offensichtlich erwarten zu können, daß der Leopard im Bereich der Küstenklippen am Azania Drive herauskam. Mit mittlerweile schmerzenden Pfoten würde das Tier bei zunehmendem Tageslicht immer ängstlicher werden. Sein Bedürfnis nach Deckung würde panische Dimensionen annehmen.

Azania Drive. Harper bemühte sich, sich in Erinnerung zu rufen, wie das Land an der Stelle aussah, an der die Eisenbahnlinie die Azania Drive in zwei Abschnitte unterteilte. Wenn er das Bild richtig im Kopf hatte, war es ein öder und einsamer Teil der Küstenstraße, die sich dort die Klippen entlangwand, am alten, arabischen Wachturm vorbeiführte und an jener Stelle nur wenig der eleganten Azania Drive ähnelte, von der aus man das Meer, das Oceanic Hotel, den Golfclub und die dahinter liegenden, unzähligen, komfortablen Wohnhäuser sehen konnte. Harper entsann sich, daß oberhalb der Fähre an jenem Teil der Azania Drive eine ganze Reihe Affenbrotbäume standen, die den vom Meer kommenden Winden trotzten.

Er nickte sich zu und dachte mit äußerster Intensität und fast einem Gefühl von Aufregung daran, daß das dichte, in sich verflochtene Laub dieser Affenbrotbäume einem verängstigten Leoparden möglicherweise eine willkommene Zufluchtsstätte bieten konnte.

Harper wandte sich von der Karte ab. Ihm war jetzt klar, was als nächstes zu tun war. Er wollte Constable Gordon in die Einsatzzentrale rufen und ihm auftragen, sich sofort auf die Socken zu machen, um die Affenbrotbäume an der Azania Drive nach einem herumstreunenden Leoparden abzusuchen. Gordon würde die ganze Aktion begrüßen, und darüber hinaus war er, wie Harper wußte, ein exzellenter Schütze. Doch nachdem Harper sich der stimulierenden Übung unterzogen hatte, geistig den wahrscheinlichen Aufenthaltsort des Leoparden in Mombasa zu bestimmen, war er nur widerwillig dazu bereit, die Jagd jemand anderem zu überlassen, bevor er selbst das Wild auch nur ein einziges Mal zu Gesicht bekommen hatte. Er mußte nicht dabei sein, wenn das Tier getötet wurde, sagte er sich. Auf der Safari hatte er den letzten Schuß immer einem seiner Kunden überlassen – er kannte das. Doch er wollte das Ziel mit Sicherheit bestimmt haben, bevor er jemand anderem gestattete, das Tier zu töten. Abgesehen von seinen bisher erfolglosen Bemühungen, Rebecca Conway ihrem wichtigtuerischen Gatten anzuspannen, war diese Leopardenjagd in der Stadt das Aufregendste, das Harper erlebte, seit er zur Polizei gegangen war.

Der Verlockung erliegend, griff er nach seinem Hut, nahm das Fernglas vom Regal unter der Wandkarte und schlenderte in die Einsatzzentrale. »Ich bin in ein paar Minuten wieder zurück, Gordon«, sagte er dem Polizisten, als er an ihm vorbeiging. »Bleiben Sie im Dienst, bis Lieutenant Conway kommt, ja?« Conway kam nie vor neun Uhr zur Arbeit. Doch wer sollte ihm das schon anlasten, dachte Harper neidisch, wenn ihn die lüsterne Rebecca bis zum letzten Moment zu Hause festhielt?

Sobald er aus dem Gebäude des Hauptquartiers heraus auf den Hof trat, spürte er, wie ihm der Schweiß ausbrach. Er stieg in einen der beiden dort abgestellten Polizeiwagen, einen Landrover. Als er dann aus dem Innenhof hinausfuhr und die Azania Drive ansteuerte, hatte die Sonne den Fahrersitz bereits so sehr aufgeheizt, daß die Polster sogar durch seine Hose hindurch brannten.

Etwa einhundertfünfzig Meter von den Affenbrotbäumen entfernt hielt er den Landrover an, stellte ihn am Straßenrand ab und ging langsam zu den Bäumen hinüber. Das Fernglas hatte er um den Hals gehängt. Es war erst kurz nach acht. Auf der Azania Drive war erst wenig Verkehr.

Er wartete, bis in beiden Richtung kein Auto zu sehen war, bevor er auf die nachgiebige Grasfläche trat, die wie ein ungepflegter Teppich die Straße auf der Landseite säumte und die etwa viertausend Quadratmeter große, von Affenbrotbäumen bestandene Fläche bedeckte. Vorsichtig näherte er sich den Bäumen bis auf dreißig Meter, dann blieb er stehen und hielt sich das Fernglas vor die Augen. Sorgfältig musterte er die ineinander verschlungenen Äste und das in sich verflochtene Laubwerk der Affenbrotbäume. Er sah nichts, was auch nur entfernt einem Leoparden ähnelte.

Fünf Minuten später bewegte er sich, immer noch ein gutes Stück von den Bäumen entfernt, über die Straße und ging weitere fünfzig Meter bis zu einer Stelle, von der aus er die Bäume aus einem anderen Winkel heraus absuchen konnte. Er wanderte mit dem Fernglas langsam von Baum zu Baum und war sich seiner wachsenden Enttäuschung bewußt, als er nicht fand, wonach er suchte.

Das Fernglas war auf den letzten Baum gerichtet – einen knorrigen Riesen, der etwas näher an der Straße stand als die Nachbarbäume – als er sich plötzlich und mit dem Gefühl einer mit einer unerwarteten Explosion verknüpften elektrischen Stromschlages durch die Vergrößerungslinsen zwei unbarmherzigen, gelben Augen gegenübersah, die scheinbar körperlos im von der Sonne gesprenkelten Halbdunkel der Bäume zu schweben schienen.

Beim Ausatmen stieß er einen Laut aus, der zum Teil seine Bewunderung für die großartige Raubkatze zum Ausdruck brachte, deren wilder Blick ihn wie versteinert dastehen ließ, zum anderen Zufriedenheit über seinen eigenen Scharfsinn, durch den er das wilde Tier aufgespürt hatte.

Vorsichtig merkte er sich den Baum und die Position der Raubkatze. Dann zog er sich in seinen Landrover zurück und fuhr weg, pfiff leise vor sich hin und dachte, er hätte ein Gewehr mitnehmen sollen, als er das Hauptquartier verließ. Er rechtfertigte die Unterlassung vor sich selbst damit, daß er sich eigentlich nur eine Chance von eins zu zehn ausgerechnet hatte, den Leopard in den Affenbrotbäumen zu finden.

Doch das war jetzt einerlei; die Raubkatze war da!

Harper hatte ganz plötzlich das Gefühl zu feiern. Vorübergehend war seine Frustration vergessen. Er hatte wirklich ein überraschendes Meisterstück vollbracht, nämlich einem wilden Leoparden auf die Spur zu kommen... nur durch Überlegung... und das über etliche Meilen einer ausgedehnten Stadt hinweg bis zu einem bestimmten Schlupfwinkel. Er war in Hochstimmung.

Darin bin ich gut, sann er. Das ist es, was ich *wirklich* tun sollte – und nicht meine Zeit mit einem stinkenden, kleinen Job bei der Polizei in einer dreckigen Stadt vertrödeln. Ich sollte irgendwie, irgendwo im freien, offenen Gelände etwas mit wilden Tieren zu tun haben, sie verfolgen und erlegen, oder darauf hinarbeiten, sie vor dem Aussterben zu bewahren. Es war egal, was er tat, solange die Arbeit einen Sinn hatte und – ja, gefährlich war. Als er die Jagd auf Tiere aufgab, um nach Menschen zu jagen, hatte er einen schrecklichen Fehler begangen. Wenn er Rebecca Conway nur davon überzeugen könnte, mit ihm zu kommen, dann würde er schon morgen Mombasa verlassen und nach Nairobi, Uganda, Australien, Indien oder Alaska gehen – überallhin, nur weg von hier, von dem Ort, wo er nach der gebieterischen Pfeife von Rebeccas unmöglichem und unerträglichen Mann tanzen mußte.

Er hatte sie ein Dutzend Mal gebeten, diesen Idioten zu verlassen, mit dem sie verheiratet war, und mit ihm irgendwo anders ein neues, freies Leben aufzubauen. Doch Rebecca hatte nur ein müdes Lächeln für sein Flehen übrig gehabt, ihm einen sachten, schwesterlichen Kuß auf die Wange gegeben, ihn einen alternden Schwerenöter (mit einundvierzig Jahren!) genannt und Shakespeare zitiert, um ihm begreiflich zu machen, daß sie lieber die vorhandenen Mißstände ertrug, als sie gegen welche einzutauschen, von denen sie vielleicht gar nichts ahnte. Sie war natürlich von seiner ihr gegenüber gehegten Leidenschaft geschmeichelt. Trotzdem hatte sie das müßige, angenehme Leben als Conways Frau in Mombasa viel zu liebgewonnen, als daß sie es leichtfertig aufs Spiel setzen wollte.

Harper entschloß sich, durch das Stadtzentrum zum Hauptquartier zurückzufahren. Das würde ihm noch ein wenig zusätzliche Zeit zum Auskosten seines Erfolges mit dem Leoparden geben und die Vorfreude auf den bald bevorstehenden Kitzel verstärken, den perfekt sitzenden Schuß anzubringen, der Mombasa von seinem gefährlichen Besucher im Affenbrotbaum befreite. Soweit er das beurteilen konnte, würde es keinem etwas ausmachen, ob er den Leoparden nun eine Viertelstunde früher oder später tötete. Der Leopard war auf den Baum getrieben worden und dort weit von der Straße weg. Zweifellos war er jetzt immer noch verängstigt und gereizt und hungriger als je zuvor. Doch Harper wußte, daß er für Passanten auf der Azania Drive keine Gefahr darstellte, solange sich keiner seinem Baum näherte.

Eine der Warnungen, die er immer den Jägern auf der Safari gegeben hatte, kam ihm in den Sinn: Denkt daran, daß ein auf einem Baum sitzender Leopard normalerweise alles angreift, was sich unter ihm bewegt, wenn er hungrig, ängstlich oder verwundet ist. Warum sollte aber irgend jemand ausgerechnet jetzt unter diesen Affenbrotbaum treten? Harper war der einzige Mensch in der ganzen Stadt, der ein Interesse daran haben konnte.

Die mit hohen Zinnen versehenen Befestigungen von Fort Jesus ragten links von ihm über den karmesinroten Blüten eines tropischen Baumes auf, als er am Mombasa Club vorbeikam. Im Zentrum des Kreisverkehrs fing die Büste King Georges das Licht der Morgensonne und schien Harper zuzuzwinkern, als er den Landrover durch den Kreisverkehr steuerte und in die Prince Arthur Street einbog.

Am Polizeihauptquartier dachte er daran, seinen Wagen im von der Straße abgetrennten Hof abzustellen, auch wenn er ihn sofort wieder benutzen wollte, sobald er aus dem Waffenschrank in seinem Büro ein Gewehr geholt hatte. Wenn man so wollte, war das eine von Lieutenant Conways dummen Regeln: Die Parkbucht vor dem Hauptquartier muß jederzeit frei sein, damit genug Platz für den Fuhrpark der Feuerwehr da ist, sollte das hölzerne Gebäude einmal Feuer fangen.

Als er an Lieutenant Conway und dadurch unweigerlich auch an Rebecca dachte, verflog Harpers durch den Leoparden entstandene gute Laune. Die vor nur zehn Minuten vorhandene Hochstimmung hatte sich, als er das Büro erreichte, in eine schleichende Depression verwandelt. Das erhabene Gefühl, ein Ratespiel mit einem Leoparden gewonnen zu haben, verlor seinen Reiz. Wenn Rebecca ihm noch einmal einen Korb gab, schwor er sich, dann würde er diesen verdammten Job auf jeden Fall an den Nagel hängen und ohne sie davonziehen.

Er schloß seinen Waffenschrank auf und entnahm ihm eine seiner alten Flinten, die er seit seiner letzten Safari vor fünf Jahren nicht mehr benutzt hatte. Lieutenant Conway hatte ihm eine besondere Gunst erwiesen, als er ihm erlaubte, neben dem Waffenbestand des Hauptquartiers dort seine persönliche Waffe aufzubewahren. Harper war jetzt froh darüber.

Er steckte sich Munition in die Tasche, schloß den Waffenschrank wieder ab und drehte sich gerade zur Tür, als sein Telefon schellte. Ungeduldig blieb er an seinem Schreibtisch stehen, nahm den Hörer auf und sagte: »Ja?«

»Irgendeiner will den Lieutenant sprechen«, sagte der Mann von der Telefonzentrale.

»Dann geben Sie ihm den Lieutenant doch«, gab Harper zurück. »Ich habe zu tun.«

»Der Lieutenant ist noch nicht im Hause, Sir«, meinte der Polizist kleinlaut.

Harper blickte auf seine Armbanduhr. Es war noch vor neun. »Wer ruft denn um diese Zeit den Lieutenant an?«

»Der Anrufer will seinen Namen nicht nennen, Sir. Er sagt, es handle sich um eine vertrauliche Angelegenheit, die sehr dringend sei. Ich glaube, es ist ein Einheimischer. Er spricht Kisuaheli.«

»Stell ihn durch.«

Die tiefe Stimme des Anrufers gehörte zu einem Mann und klang sehr jung. »Wer ist am Apparat«, fragte er.

Harper antwortete: »Sergeant Harper. Lieutenant Conway ist nicht da. Was wollen Sie?«

»Die Belohnung, Sir«, flüsterte die junge Stimme. »Die Belohnung, die mir Ihr Lieutenant angeboten hat.«

»Welche Belohnung?«

»Für das Pfeilgift, Sir. Für die Namen der Wakamba-Medizinmänner, die gegen das neue Gesetz verstoßen und Pfeilgift herstellen.«

»Ah ja.« Harper erinnerte sich, daß Conway seit sechs Monaten herauszufinden versuchte, welche der Medizinmänner der Wakama immer noch Pfeilgifte herstellen und so zum massenhaften Abschlachten der Waldtiere in den Reservaten beitrugen. Das Pfeilgift der Wakamba wurde aus Baumsaft gewonnen, roch nach Lakritze und hinterließ in der Wunde eine schwarze Verfärbung. Ein Elefantenbulle starb innerhalb einer Viertelstunde daran.

Harper sagte: »Haben Sie die Belohnung auch verdient?«

»Ja, Sir. Ich habe zwei Namen für Lieutenant Conway.«

»Wer ist es? Ich werde es dem Lieutenant sagen.«

»Keine Namen«, murmelte der junge Wakamba, »bevor ich nicht die Belohnung habe. Erst dann.«

Harper grinste. »Sie mißtrauen uns, nicht wahr?«

Der Junge verstummte.

»In dem Fall geben wir Ihnen zuerst die Belohnung. Okay? Wie heißen *Sie?*«

»Ich habe keinen Namen«, sagte der junge Mann sehr steif. »Ich riskiere mein Leben, wenn ich dem Lieutenant diese Informationen gebe, Sir. Meine eigenen Leute werden mich umbringen, wenn sie davon erfahren.«

Harper versuchte es auf einem anderen Weg. »Von wo aus rufen Sie an?«

»Vom ›Golden Key‹.«

Harper kannte das ›Golden Key‹. Es war eine verrufene Bar direkt hinter der Nyalle Bridge. Sie war auch unter dem Namen ›Phantom Inn‹ bekannt, weil sich dort Eingeborene verkleideten und Gespenster spielten, um den Gästen einen Schrecken einzujagen. »Sind Sie da angestellt?« fragte er.

»Nein, Sir.«

Harper hob sein Gewehr hoch. Er brannte darauf, seinem Leoparden nachzustellen. »Wie können wir es denn arrangieren, Ihnen die Belohnung zu geben, wenn Sie uns nicht sagen wollen, wer Sie sind?«

»Ganz einfach, Sir. Ich treffe den Lieutenant privat. Er bringt mir die Belohnung, ich gebe ihm die Namen der Giftmischer.«

Harper dachte einen Moment darüber nach. »Wo wollen Sie den Lieutenant treffen?«

»Wo mich kein Wakamba bei meinem Gespräch mit einem Polizisten beobachten kann.« Einfach und deutlich.

»Wann?« fragte Harper.

»Heute, Sir. Bitte, wenn möglich, noch an diesem Morgen. Ich brauche die Belohnung ganz dringend, Sir. Andererseits natürlich...« Seine Stimme verlor sich, zeigte einen Anflug von Verzweiflung.

»Na gut«, meinte Harper. »*Ich* werde Sie treffen und die Belohnung mitbringen, denn der Lieutenant ist noch nicht da. Wieviel hat man Ihnen versprochen?«

»Zehn Pfund, Sir.« Jetzt war er wieder voller Eifer. »Das ist sehr gut. Wo soll ich Sie treffen?«

Die einfache Frage des Wakamba-Jungen schien auf eine fremdartige, vereinnahmende Weise in Harpers Schädel nachzuhallen. In jenem Augenblick fiel ihm etwas ein, das sein Herz vor Freude in die Höhe hüpfen ließ. Er sank in seinen Schreibtischsessel und umklammerte mit einer Hand das vor ihm liegende Gewehr.

Dann holte er tief Luft und sagte: »Kennen Sie den alten arabischen Wachturm, mein Junge? Unterhalb der Azania Drive nahe der Fähre?«

»Ja, Sir.«

»Ich treffe Sie dort in einer Stunde. Wenn er noch rechtzeitig hier eintrifft, kommt Lieutenant Conway selber. Sie schaffen es doch innerhalb einer Stunde, oder?«

»Ja. Aber vergessen Sie bitte nicht, daß man mich nicht sehen darf, Sir. Die Azania Drive ist sehr belebt. Gibt es denn keine Stelle dort, wo wir unter uns sind?«

»Es ist da abgelegen genug«, meinte Harper kurz angebunden. »Gehen Sie nicht über die Azania Drive dorthin. Kommen Sie am Strand unterhalb der Klippen die Küste hoch. Kein Mensch wird Sie sehen. Kein Mensch geht da zum Turm.«

»Sehr gut«, sagte die leise, jungenhafte Stimme. »Ich werde da sein, Sir. In einer Stunde.«

»Gut«, erwiderte Harper. Seine Hand war feucht geworden. Sie berührte den Schaft seines Gewehrs. Nachdem er aufgelegt hatte, wischte er die Handflächen an seiner Uniformjacke trocken. Ein weiteres Mal blickte er auf seine Armbanduhr. Zehn nach neun. Conway war heute später dran als sonst.

Er stand auf und stellte die Flinte in den Wandschrank zurück. Dann tat er so, als beschäftige er sich mit einem Stapel

Berichte und saß ganz ruhig an seinem Schreibtisch, bis er in der Einsatzzentrale Lieutenant Conways hektische Stimme hörte, mit der er auf dem Weg zu seinem Büro Constable Gordon grüßte.

Harper wartete noch einen Augenblick ab, bevor er in Conways Zimmer trat.

»Morgen, Sergeant«, sagte Conway knapp. »Haben Sie etwas auf dem Herzen?«

Harper berichtete ihm von dem Anruf des jungen Wakamba-Informanten, der seinen Namen nicht preisgeben wollte. »Jetzt sind Sie ja da, Sir«, schloß er sachlich. »Ich denke mir, Sie wollen den Jungen bestimmt selber treffen und sich die Informationen holen, oder? Immerhin ist es sozusagen Ihr Informant.«

»Natürlich.« Conway rieb sich die Hände mit einer Geste der Zufriedenheit, die Harper ungeheuer irritierend fand. Er war bester Laune; seine hohe Stimme war fast ein Freudenschrei, als er fortfuhr: »Dann hat der kluge Junge, wer immer er auch sein mag, also ein paar Namen von Medizinmännern für mich, nicht wahr? Wenn wir dieses Geschäft mit den Pfeilgiften endlich zerschlagen können, dann haben wir uns einige Lorbeeren verdient, was, Sergeant? Wo soll ich ihn treffen?«

Harper sagte ruhig: »Am arabischen Wachtturm unterhalb der Azania Drive. Ich dachte, das ist abgelegen genug, um die Befürchtungen des Jungen zu zerstreuen, gesehen zu werden, doch für uns gut erreichbar. Sie kennen den Platz doch?«

»Sicher kenne ich ihn. Eine bessere Wahl hätten Sie nicht treffen können, Sergeant. Ohne die Zeit des Steuerzahlers über Gebühr zu beanspruchen, komme ich innerhalb einer Viertelstunde hin und zurück. Wenn ich mich recht entsinne, führt ein alter Pfad die Klippen hinunter zum Fundament des Turms.«

»Ganz richtig, Sir. Sie können den Wagen an den Affenbrotbäumen parken und dann direkt unter den Bäumen bis zum Rand der Klippen gehen, von wo aus der Pfad hinunterführt.«

»Ich darf nicht vergessen, daß Geld für den Jungen mitzunehmen. Wann haben Sie sich bei ihm angekündigt.«

»Sobald wie möglich. Er war ängstlich darauf bedacht, die Sache hinter sich zu bringen und behauptete, sich einem beträchtlichen Risiko auszusetzen.«

»Ich bin sofort weg.« Lieutenant Conway erhob sich. »Übernehmen Sie solange die Aufsicht hier, Sergeant.« Er stolzierte aus dem Raum und verlangte lauthals vom Kassierer draußen, er solle ihm sofort zehn Pfund geben.

Das war um neun Uhr zwanzig gewesen. Um zehn Uhr fünfzehn kam der Anruf.

»Ein Autofahrer auf der Azania Drive hat angerufen, Sir«, sagte der Mann von der Telefonzentrale. »Er sagt, er habe da oben beim Vorüberfahren unter einem Baum einen blutüberströmten Menschen liegen sehen; er habe angehalten, um nachzuschauen, ob er ihm helfen könne, und habe aus zwanzig Metern Entfernung gesehen, daß er tot war. Deswegen rief er uns auch an.«

»Tot?« Harper ließ seine Stimmlage unverändert. »Wie konnte er das denn aus einer Entfernung von zwanzig Metern erkennen?«

»Es war kein Gesicht mehr da, Sir«, sagte der Mann von der Telefonzentrale, als ob er gerade meldete, der Verpflegungsstelle sei das Bier im Eisschrank ausgegangen. »Ein Klumpen aus blutigem Fleisch und zerfetzter Kleidung sei alles gewesen, was noch von ihm übrig war, sagte der Autofahrer. Der Mann sah aus, als sei er von einem Leoparden zerfleischt worden.« Der Polizist räusperte sich. »Besteht die Möglichkeit, Sir, daß es sich um den Leoparden handelt, den die Dame heute früh gemeldet hat?«

»Möglich«, sagte Harper. »Von wo aus hat er telefoniert?«

»Vom nächstgelegenen Haus aus. Er sagte, er bliebe da, bis einer unserer Leute eintrifft.«

»Ausgezeichnet. Ich hoffe, er hat genug Verstand, andere von dem Baum fernzuhalten, unter dem der Tote liegt. An welcher Stelle der Azania Drive ist es?«

»In der Nähe des alten, arabischen Wachturms. Dort stehen etliche Affenbrotbäume...«

»Richtig«, sagte Harper. »Ich bin unterwegs. Ich denke, ich nehme besser ein Gewehr mit. Leiten Sie alle Anrufe für mich an Constable Gordon weiter.«

Als er die Affenbrotbäume erreicht hatte und hinter Conways geparktem Wagen anhielt, war überraschenderweise bis auf den Autofahrer, der im Hauptquartier angerufen hatte – ein Mann namens Stacy – kein Mensch in der Nähe. Stacy begrüßte Harper bei seiner Ankunft mit offensichtlicher Erleichterung; er sagte, er habe es geschafft, sich die paar Schaulustigen vom Hals zu halten, indem er ihnen erzählt habe, daß im Wäldchen ein wilder Leopard frei herumlaufe.

»Gut gemacht«, grunzt Harper und stieg aus seinem Wagen. Wie von einem Magneten angezogen, wanderten seine Augen zu der gräßlich zugerichteten Gestalt, die unter dem nächstgelegenen Baum auf dem Boden lag und alle Viere von sich streckte. Dann sagte er mit einer Stimme, die sogar ihn schockierte: »So, wie der arme Kerl unter dem Baum aussieht, würde ich sagen, Sie hatten recht mit dem Leoparden, Mr. Stacy.«

Stacy schluckte kräftig. »Ich mußte mich im Graben übergeben, als ich es sah«, sagte er. »Dann bin ich wie der Teufel losgerannt und habe Sie angerufen.«

Harper nickte und griff hinten im Landrover nach dem Gewehr. »Dann wollen wir mal sehen, was wir da machen können«, sagte er. »Können Sie auf die andere Straßenseite gehen, sich den Bäumen fernhalten und sich um jeden kümmern, der anhält, um zu gaffen, Mr. Stacy?«

Stacy war überglücklich, sich auf die andere Straßenseite zurückziehen zu können.

Harper wußte, wo sein Ziel zu finden war. Wegen Stacy war er allerdings dazu gezwungen, so zu tun, als suche er die Bäume ab. Er bewegte sich zu verschiedenen Stellen auf beiden Seiten der Bäume, von denen aus man sie gut einsehen konnte. Das Gewehr hielt er bereit. Schließlich hob er plötzlich eine Hand in Stacys Richtung und nickte lebhaft, als ob er die Raubkatze zu guter letzt ausgemacht habe.

Und das hatte er tatsächlich. Selbst ohne Fernstecher

hatte er keine Schwierigkeiten, diese glühenden Augen, die sich unverwandt auf ihn richteten, ins Visier zu nehmen. Und er konnte sogar die Blutsträhnen und Blutflecken an der gefährlichen Schnauze erkennen. Es war Lieutenant Conways Blut, sagte er sich mit grimmiger Zufriedenheit.

Er hob das Gewehr, fixierte das kleine Ziel und drückte ab.

Im gleichen Augenblick krachte ein kreischender Wirbel aus geflecktem Fell und eingezogenen Krallen vom Baum herunter und fiel durch das Laub des Affenbrotbaums. Als der Schuß losging, erhob sich ein Witwenvogel vom Wipfel eines benachbarten Baumes, flatterte langsam davon und zog seine langen, schwarzen Federn hinter sich her. Harper fragte sich, ob das ein Omen sei. Als der Leopard nur einen Meter neben seinem zerfetzten Opfer auf den Boden schlug, war er tot.

»Sie haben ihn erwischt!« brüllte Stacy von der anderen Straßenseite herüber. Seine Stimme versagte ihm fast ihren Dienst vor Aufregung. »Bravo!«

Harper wich mit den Augen nicht vom Leoparden, hielt das Gewehr für einen zweiten Schuß bereit, obwohl er sich recht sicher war, daß der erste gründliche Arbeit geleistet hatte. Er erinnerte sich an einen weiteren Grundsatz weißer Jäger: Geh nie an ein erlegtes Tier heran, bevor du dir nicht ganz sicher bist, daß es wirklich tot ist.

Nach einer Weile war er zufrieden. Er bedeutete Stacy, an der Stelle zu bleiben, an der er sich gerade aufhielt und näherte sich vorsichtig über den rauhen Grasstreifen hinweg dem Affenbrotbaum mit den reglosen Gestalten darunter. Ein Blick zeigte ihm, daß der Leopard wirklich tot war. Er konnte stolz auf den Kopfschuß sein.

Dann wandte er sich der Leiche Lieutenant Conways zu. Eine Unzahl von Gedanken schoß ihm plötzlich durch den Kopf. Jetzt, da Conway tot war, durfte er nicht vergessen, dem Wakamba-Jungen am Wachturm seine Belohnung zu geben und dem Handel mit Pfeilgiften ein Ende zu bereiten. Er mußte Rebecca Conway über den tragischen Tod ihres Mannes informieren und sie nach besten Kräften trösten.

Würde er jetzt zum Lieutenant befördert und so in der Lage sein, Rebecca eine Fortsetzung des privilegierten Lebens zu bieten, daß sie in Mombasa so faszinierend zu finden schien? Wenn ihm etwas Zeit zur Verfügung stand, war er sich sicher, sie dazu überreden zu können, ihn zu heiraten – und jetzt, dachte er und lächelte dabei ein wenig, hatte er eine Menge Zeit.

Doch er irrte sich. Er hatte nicht einmal die Zeit, auf den Ast über sich zu schauen oder das Gewehr zu heben, das noch locker in seiner Hand hing. Bevor erbarmungslose Zähne und Klauen ihm die Kehle herausrissen, blieb ihm nur noch ein Sekundenbruchteil, in dem ihn eine einzige Erkenntnis durchzuckte: Ein Leoparden*pärchen* hatte Mombasa besucht!

Deutsch von Gunther Seipel

Mings größte Beute

Patricia Highsmith

Gerade hatte Ming es sich in der Kabine seiner Herrin am Fußende des Bettes bequem gemacht, als der Mann ihn am Kragen packte, die Kabinentür öffnete, ihn nach draußen auf Deck setzte und die Tür wieder zumachte. Die blauen Katzenaugen wurden weit vor Schreck und Zorn, mußten sich aber bis auf einen schmalen Schlitz gleich wieder schließen, denn das Sonnenlicht war zu hell. Dies war nicht das erstemal, daß man ihn so rücksichtslos aus der Kabine entfernte; und Ming wußte sehr wohl, daß der Mann das nur tat, wenn Elaine, die Herrin, es nicht merkte.

Ein schattiger Platz war jetzt auf dem Segelboot nicht zu finden, doch für Ming war die Hitze noch erträglich. Leichtfüßig sprang er auf das Kabinendach; dort lag hinter dem Mast das zusammengerollte Tau, das er als Ruheplatz schätzte – hier oben konnte man alles gut beobachten, und es ruhte sich auch schön in der Taumulde, sie schützte vor steifen Brisen und milderte, da sie in der Schiffsmitte lag, das plötzliche Schaukeln und Schwanken der ›Weißen Lerche‹. Jetzt waren gerade die Segel gerafft worden, denn Elaine und der Mann hatten soeben ihren Lunch zu sich genommen; darauf folgte meistens eine Ruhestunde, und da wollte der Mann ihn nicht in der Kabine haben, das wußte Ming. Lunch war etwas Gutes; er hatte sich ebenfalls eine Mahlzeit einverleibt, die aus köstlich gegrilltem Fisch und etwas Hummer bestand. Nun lag er bequem zusammengerollt auf dem Tau und öffnete die Schnauze zu einem langen Gähnen; die schrägen Augen waren wegen des Sonnenglastes fast geschlossen, er blinzelte ein wenig und sah in der Ferne die hellbraunen Hügel und die rosa und weißen Häuser und Hotels in der weiten Bucht von Acapulco. Auf der Wasserfläche zwischen dem Boot und dem Strand, wo Menschen herumplantschten, von denen hier nichts zu hören war, glitzerte die Sonne wie tausend kleine elektrische Lichter, die unaufhörlich aus- und angingen. Ein Mann auf Wasserskiern jagte vorbei und ließ eine weiße Gischtspur hinter sich aufsprühen. So viel Tatendrang, dachte Ming schläfrig. Er fühlte, wie die Sonnenwärme ihm tief ins Fell eindrang. Ming stammte aus New York, und Acapulco war für ihn unvergleichlich viel schöner als das Milieu seiner ersten Wochen. Er erinnerte sich an einen sonnenlosen Kasten, der Boden war strohbedeckt, und mit ihm zusammen saßen noch drei oder vier andere Kätzchen darin. Hinter dem Fenster sah man Riesen vorübergehen; manchmal blieb einer stehen und klopfte an die Scheibe, damit Ming aufblickte, und dann ging er weiter. Von seiner Mutter wußte er gar nichts mehr. Eines Tages erschien eine junge Frau, die angenehm roch; die nahm ihn mit sich, fort von dem scheußlichen Geruch nach Hunden, Medizin und Papageienkot. Sie bestiegen etwas, das, wie er jetzt wußte, ein Flugzeug war. Heute war er längst an Flugzeuge gewöhnt und hatte sie gern. Während des Fluges saß er immer auf Elaines Knien oder schlief in ihrem Schoß, und stets gab es etwas zu essen, wenn er hungrig war.

Elaine verbrachte viel Zeit in einem Laden in Acapulco, wo an den Wänden Kleider und Hosen und Badeanzüge hingen. Es roch dort frisch und sauber, in den Vasen und den Blumenkästen vorn an der Straße standen frische Blumen, und der Fußboden war aus kühlen blauweißen Fliesen. Ming durfte überall herumwandern, auch in den Patio hinter dem Laden, oder er konnte in seinem Körbchen schlafen, das in der Ecke stand. Draußen vor dem Laden schien die Sonne, und es war wärmer, aber da trieben sich oft böse Kinder herum, die ihn zu greifen versuchten, wenn er vor der Tür saß. Ruhe hatte er dort fast nie.

Am liebsten lag Ming in der Sonne, wenn seine Herrin ebenfalls auf einem der Liegestühle ausgestreckt lag, die zu Hause auf der Terrasse standen. Weniger lieb waren ihm die Gäste, die sie zuweilen einlud und die dann über Nacht blieben, viele Gäste, die aßen und tranken und bis in die

Nacht hinein aufblieben, Klavier oder Schallplatten spielten und die ihn alle von Elaine fernhielten. Sie traten ihm auf die Pfoten, packten ihn manchmal von hinten am Kragen, bevor er entwischen konnte, so daß er sich winden und kämpfen mußte, um freizukommen; sie strichen ihm grob übers Fell oder machten irgendwo eine Tür zu, so daß er nicht hinauskonnte. Menschen! Ming fand sie alle gräßlich. Auf der ganzen Welt mochte er nur Elaine. Sie liebte ihn und verstand ihn auch.

Vor allem diesen einen Mann, der Teddie hieß, verabscheute Ming. Teddie war in letzter Zeit andauernd da, und die Art, wie er Ming ansah, wenn Elaine nichts merkte, mochte Ming gar nicht. Manchmal, wenn sie nicht in der Nähe war, murmelte Teddie etwas, das nach Drohung klang; das verstand Ming. Oder er wollte Ming hinausschikken. Ming nahm alles gelassen und mit ruhiger Würde auf. Elaine war ja doch auf seiner Seite; der Störenfried war der Mann. In ihrer Gegenwart spielte er manchmal Theater und versuchte Ming zu hätscheln, doch Ming ließ sich darauf nicht ein, er drehte sich um und ging mit zierlichen Samtschritten in anderer Richtung fort.

Jetzt wurde Mings Schläfchen unterbrochen, die Kabinentür ging auf. Er hörte Elaine und den Mann lachen und reden. Der große feuerrote Sonnenball lag fast am Horizont.

»Aber Ming – mein Kleines, Armes!« Elaine trat näher. »Du mußt ja fast gebraten sein bei der Hitze. Ich dachte, du wärst drinnen!«

»Ich auch«, sagte Teddie.

Ming schnurrte, wie er es immer tat beim Erwachen. Behutsam nahm Elaine ihn auf den Arm und trug ihn nach unten in die Kabine, wo es kühl und schattig war. Dabei sagte sie etwas zu dem Mann, und keineswegs in sanftem Ton. Sie setzte Ming vor seinem Schüsselchen mit Wasser ab, und ihr zuliebe trank er ein wenig, obgleich er nicht durstig war. Er war tatsächlich etwas benommen von der Hitze und schwankte ein wenig.

Elaine nahm ein nasses Tuch und fuhr ihm damit sanft über das Gesicht, die Ohren und die vier Pfoten. Dann legte sie ihn vorsichtig auf das Bett, das nach ihrem Parfüm duftete, aber auch nach dem Mann, den Ming haßte. Jetzt zankten sich die beiden, das hörte Ming an dem Ton der Stimmen. Elaine blieb bei Ming auf dem Bettrand sitzen, und nach einer Weile hörte Ming draußen ein klatschendes Geräusch: Teddie war also ins Wasser gesprungen. Ming hoffte, er werde dort bleiben, vielleicht sogar ertrinken, jedenfalls nie wiederkommen. Elaine trat mit einem Waschlappen an den Aluminiumausguß, ließ Wasser darauf laufen, drückte ihn aus, legte ihn auf das Bett und hob Ming hinauf. Sie brachte Wasser, und nun war Ming durstig und trank. Dann ließ sie ihn schlafen, während sie das Geschirr wegräumte – lauter vertraute Geräusche, die Ming gern hörte.

Platsch – platsch – platsch. Ming hörte Teddies nasse Füße oben an Deck und war sofort hellwach.

Der Streit fing wieder an. Elaine stieg die Stufen zum Deck hinauf. Ming blieb angespannt liegen, das Kinn noch auf dem feuchten Tuch, den Blick auf die Kabinentür gerichtet. Jetzt hörte er Teddies Schritte näher kommen. Ming hob ein wenig den Kopf; er wußte, hinter ihm gab es keinen Ausgang, er war in der Kabine gefangen. Der Mann blieb mit dem Badetuch in der Hand stehen und starrte Ming an.

Ming reckte sich, als wollte er gähnen; die Augen schielten etwas, und die Zunge schob sich ein wenig aus der Schnauze. Der Mann wollte etwas sagen, einen Augenblick sah es so aus, als werde er das zusammengerollte Badetuch Ming an den Kopf werfen, doch er zögerte und verschluckte, was er hatte sagen wollen. Dann schleuderte er das Badetuch in den Ausguß und bückte sich, um das Gesicht zu waschen. Es war nicht das erstemal, daß Ming ihm die Zunge herausgestreckt hatte. Oft hatten Leute gelacht, bei einer Party zum Beispiel, wenn Ming das tat, und das hatte Ming gefreut. Aber er spürte auch, daß Teddie es für eine feindliche Geste hielt, und deshalb streckte er ihm eigens und mit Bedacht die Zunge heraus, während es ihm bei anderen Leuten oft unabsichtlich passierte.

Der Streit ging weiter. Elaine war dabei, Kaffee zu machen. Ming fühlte sich besser und stieg wieder auf Deck; die Sonne war nun untergegangen. Elaine ließ den Motor an, und das Boot glitt langsam auf die Küste zu. Ming hörte schon die Vögel singen; es waren sonderbare Rufe, die wie schrille Sätze klangen und die manche Vögel erst bei Sonnenuntergang hören ließen. Ming freute sich auf die Heimkehr in das Steinhaus oben auf der Klippe, sein und Elaines Heim. Er hatte es zu Hause bequemer als auf dem Boot, aber er kannte den Grund, warum sie ihn nie zu Hause ließ, wenn sie mit dem Boot wegfuhr: sie hatte Angst, jemand könnte ihn wegholen oder sogar umbringen. Das verstand er. Sie hatten schon fast unter ihren Augen versucht, ihn zu greifen. Einmal hatte er unversehens in einem Sack gesteckt, und obgleich er wie ein Wilder kämpfte, hätte es ihm wahrscheinlich alles nichts genützt, wenn nicht Elaine selber den Jungen geohrfeigt und ihm den Sack entrissen hätte.

Ming hatte vorgehabt, noch einmal auf das Kabinendach zu springen, doch nach kurzem Blick beschloß er, seine Kräfte zu schonen; er legte sich mit eingezogenen Pfoten auf das noch sonnenwarme abfallende Dach und ließ den Blick über die näherkommende Küste schweifen. Vom Strand herauf kamen Gitarrenklänge. Die Stimmen der Herrin und des Mannes waren jetzt verstummt. Eine Weile übertönte das Chock-chock-chock des Motors die anderen Geräusche; dann hörte Ming, wie bloße Männerfüße die Stufen von der Kabine heraufkamen. Ming wandte nicht den Kopf, nur die Ohren legte er unbewußt ein wenig zurück. Er blickte über das Wasser vor sich und unter sich – es war nur einen Katzensprung entfernt. Sonderbar: von dem Mann hinter ihm kam kein Laut. Die Haare an Mings Hals sträubten sich ganz leicht. Er warf einen Blick über die rechte Schulter. Im gleichen Augenblick bückte sich der Mann und kam mit ausgebreiteten Armen auf ihn zu.

Ming war sofort auf den Füßen und sprang auf den Mann zu; da das Deck keine Reling hatte, blieb ihm kein anderer Weg. Der Mann hob den linken Arm und versetzte Ming einen Stoß vor die Brust, der ihn zurückschleuderte. Die kleinen Krallen kratzten über das Holz, doch die Hinterbeine rutschten über den Decksrand. Mit den Vorderfüßen klammerte sich Ming an das glatte Holz, das wenig Halt bot, während die Hinterbeine sich abmühten, einen Vorsprung zu finden und an der Seitenwand des Bootes hochzuklimmen, die sich – ungünstig für Ming – nach außen wölbte.

Der Mann trat vor, um mit dem Fuß Mings Pfoten vom Deckrand zu schieben, doch in diesem Moment kam Elaine die Treppe herauf.

»Was ist los? Ming!!«

Mings kräftigen Hinterbeinen gelang es allmählich, ihn Schritt für Schritt an Deck zu hieven. Der Mann war niedergekniet, als wollte er ihm helfen.

Elaine hatte sich ebenfalls auf die Knie niedergelassen und hielt jetzt Ming am Kragen.

Ming reckte sich, dann hockte er sich auf den Boden. Sein Schwanz war naß.

»Er ist über Bord gefallen«, sagte Teddie. »Er ist immer noch groggy, siehst du. Einfach vornüber gefallen, als das Boot schaukelte.«

»Die Sonne ist schuld. Armer Ming!« Elaine hielt ihn fest an sich gedrückt und trug ihn nach unten in die Kabine. »Teddie – kannst du das Steuer übernehmen?«

Der Mann kam ebenfalls hinunter in die Kabine, wo Elaine Ming auf ihr Bett gelegt hatte und leise zu ihm sprach. Sein Herz schlug immer noch hart und schnell. Er hatte jetzt Angst vor dem Mann am Steuer, obgleich Elaine da war. Sie fuhren in die kleine Bucht, wo sie immer anlegten, bevor sie von Bord gingen.

Hier hatte Teddie viele Freunde und Kumpane, die Ming alle verabscheute, weil sie zu Teddie gehörten, auch wenn dies hier bloß mexikanische Halbwüchsige waren. Einige Bengels in Shorts schrien auch gleich: »Señor Teddie!«, sie boten Elaine die Hand zum Aussteigen, sie ergriffen das Tau, das vorn am Boot festgemacht war, und erboten sich immer wieder, Ming zu tragen. »Ming – Ming!« Mit einem Sprung setzte Ming an Land und hockte sich nieder, um auf Elaine zu warten und schnell zur Seite zu springen, wenn eine Hand näher kam, um ihn zu packen; und es waren viele braune Hände da, die nach ihm zu greifen versuchten und denen er immer wieder ausweichen mußte. Geschrei, Lachen, Getrampel von nackten Füßen auf Holzbohlen, und dann Elaines beruhigende Stimme, die den Jungens warnende Worte zurief. Ming wußte, sie war noch damit beschäftigt, die Plastiktaschen an Land zu bringen und die Kabinentür abzuschließen. Teddie ließ sich von einem der Jungens dabei helfen, die Leinenplane über das Kabinendach zu ziehen. Und nun waren Elaines sandalenbekleidete Füße neben Ming angekommen, und Ming folgte ihr. Ein Junge nahm ihr die Sachen ab, die sie trug, und sie hob Ming auf den Arm.

Sie bestiegen den großen Wagen ohne Dach, der Teddie gehörte, und fuhren die gewundene Straße hinauf zu Elaines und Mings Haus. Einer der Jungen saß am Steuer. Der Ton, in dem Elaine und Teddie miteinander sprachen, war jetzt ruhiger, sanfter. Der Mann lachte. Ming saß angespannt auf Elaines Schoß; er spürte ihre liebevolle Fürsorge an der Art, wie sie ihn streichelte und am Hals kraulte. Der Mann streckte die Hand aus und legte sie Ming auf den Rücken, und Ming ließ ein dunkles Grollen hören, das stieg und absank und tief aus der Kehle kam.

»Na, na«, sagte der Mann mit gespielter Heiterkeit und zog die Hand zurück.

Elaine hatte angefangen, etwas zu sagen, und sich dann unterbrochen. Ming war sehr müde, er wollte jetzt nichts als schlafen, schlafen auf dem breiten Bett zu Hause, auf dem eine rot-weiß gestreifte Decke aus dünner Wolle lag. Kaum hatte er den Gedanken zu Ende gedacht, da fand er sich auch schon in der kühlen duftenden Umgebung des eigenen Hauses und wurde behutsam auf das Bett mit der weichen wollenen Decke gelegt. Seine Herrin gab ihm einen Kuß und sagte etwas, in dem das Wort ›hungrig‹ vorkam. Ming hatte verstanden: er sollte ihr Bescheid sagen, wenn er hungrig war.

Ming döste ein und erwachte erst, als er auf der Terrasse in wenigen Metern Entfernung, hinter der offenen Glastür,

Stimmen hörte. Es war jetzt ganz dunkel draußen; Ming konnte das Ende des Tisches sehen und erkannte auch an der Art des Lichtes, daß Kerzen auf dem Tisch brannten. Concha, die Dienerin, die im Hause schlief, räumte gerade den Tisch ab; Ming hörte ihre Stimme und dann auch die Stimmen von Elaine und dem Mann. Er roch den Zigarrenrauch, sprang auf und hockte sich einen Augenblick vor die offene Tür, die auf die Terrasse führte. Er gähnte, machte einen Buckel, reckte sich und lockerte die Muskeln, indem er die Krallen in den dicken Sisalteppich grub. Dann glitt er nach rechts hinaus auf die Terrasse und lief lautlos weiter, die breite Steintreppe hinunter in den Garten. Der Garten war wie ein Urwald, eine Dschungelwildnis mit Avocado- und Mangobäumen, die bis zur Terrasse reichten, an der Mauer kletterte Bougainvillea hoch, Orchideen rankten sich an den Bäumen empor, und Magnolien und Kamelien, die Elaine selbst gepflanzt hatte, wuchsen in üppiger Fülle. Ming hörte auch Vögel in den Nestern zwitschern; er kletterte zuweilen hinauf, um an die Nester zu kommen, doch heute abend hatte er keine Lust, obgleich er nicht sehr müde war. Die Stimmen der Herrin und des Mannes beunruhigten ihn. Die Herrin stand heute abend nicht gut mit dem Mann, das war deutlich zu merken.

Concha war sicher noch in der Küche; Ming beschloß hineinzugehen und sie um etwas zu essen zu bitten. Concha hatte ihn gern. Einmal hatte das Haus eine Dienerin gehabt, die ihn nicht mochte; die war von Elaine entlassen worden. Ming dachte lustvoll an gegrilltes Schweinefleisch, das wäre schön heute abend. Die Herrin und der Mann hatten das zum Abendessen gehabt. Vom Meer her wehte eine kühle Brise und fuhr ihm leicht durchs Fell. Er war nun wieder ganz erholt nach dem gräßlichen Erlebnis vorhin, als er fast ins Wasser gefallen war.

Auf der Terrasse war niemand mehr. Ming bog nach links ein, ins Schlafzimmer, und wußte sofort, daß der Mann da war, obgleich kein Licht brannte und er ihn nicht sehen konnte. Der Mann stand am Toilettentisch und war dabei, ein Kästchen zu öffnen. Ohne es zu wissen, ließ Ming noch einmal das tiefe Grollen hören, das aufstieg und wieder absank; er blieb starr so stehen, wie er in dem Augenblick stand, als er den Mann bemerkte: der rechte Vorderfuß war zum nächsten Schritt vorgestreckt und die Ohren zurückgelegt. Er war zum Sprung bereit, irgendwohin, obgleich ihn der Mann noch nicht gesehen hatte.

»Sss-sst, verdammt noch mal!« sagte der Mann leise und stampfte leicht mit dem Fuß auf, um Ming zum Rückzug zu bewegen. Ming rührte sich nicht. Er hörte das weiche Scheppern der weißen Halskette, die der Herrin gehörte und die nun in der Tasche des Mannes verschwand. Der Mann ging rechts an Ming vorbei und zur Tür hinaus, die in das große Wohnzimmer führte. Ming hörte das Klirren der Flaschen gegen das Glas, das jetzt gefüllt wurde. Ming ging durch dieselbe Tür und wandte sich nach links, der Küche zu. Miau-miau... Elaine und Concha waren in der Küche und begrüßten ihn. Aus Conchas Radioapparat ertönte Musik.

»Fisch? – Nein, Braten. Braten mag er gern«, sagte Elaine in dem speziellem Idiom, das Concha leichter verstand.

Ming deutete ohne Mühe an, daß ihm Braten auch lieber sei; er erhielt ihn und fraß mit großem Appetit. Concha rief einmal: »Ahii-iii!«, als die Herrin ihr etwas auseinandersetzte, und sie beugte sich nieder, um Ming zu streicheln. Er duldete es, aber er blickte dabei weiter auf seinen Teller, bis sie aufhörte und er seine Mahlzeit beenden konnte. Elaine ging hinaus. Concha goß ein wenig kondensierte Milch, die Ming sehr liebte, in seine Untertasse, und er leckte sie auf. Zum Dank rieb er schnurrend die Flanke an ihrem nackten Bein und ging dann ebenfalls hinaus. Vorsichtig trat er auf dem Weg ins Schlafzimmer in den Wohnraum, aber die Herrin und der Mann saßen jetzt draußen auf der Terrasse. Ming war gerade im Schlafzimmer angekommen, als er Elaine rufen hörte:

»Ming –? Wo bist du?«

Ming ging zur Terrassentür und blieb einen Augenblick dort stehen, dann setzte er sich auf die Schwelle.

Elaine saß seitwärts am Ende des Tisches. Hell schien das

Kerzenlicht auf das lange blonde Haar und die weißen Hosenbeine. Sie klopfte sich auf den Schenkel, und Ming sprang ihr auf den Schoß.

Der Mann sagte etwas mit halblauter Stimme, etwas Unerfreuliches. Elaine erwiderte im gleichen Ton, aber sie lachte dazu.

Das Telefon klingelte. Elaine setzte Ming auf den Boden und ging hinüber ins Wohnzimmer.

Der Mann leerte sein Glas, sagte leise etwas zu Ming und stellte das Glas auf den Tisch. Dann stand er auf und versuchte, Ming einzukreisen oder ihn auf den Rand der Terrasse zu treiben, das merkte Ming, und er wußte auch, daß der Mann betrunken war; er bewegte sich langsam und ungeschickt. Rings um die Terrasse lief ein Geländer, das dem Mann etwa bis zur Hüfte reichte; an drei Stellen wurde es von einem Gitterrost durchbrochen, und die Gitterstäbe waren weit genug, daß Ming hindurchschlüpfen konnte, was er jedoch niemals tat, er warf nur zuweilen einen Blick durch die Stäbe. Es war ihm klar, daß der Mann ihn durch eins der Gitter jagen wollte, oder er wollte ihn packen und über die Brüstung werfen. Es war kinderleicht für Ming, ihm auszuweichen. Jetzt ergriff der Mann einen Stuhl und schwang ihn plötzlich durch die Luft, dabei traf er Ming an der Seite, schnell und heftig, das tat weh. Ming suchte den nächsten Ausweg, das war die Steintreppe, die nach unten in den Garten führte, und lief hinunter. Der Mann kam hinter ihm her. Ohne nachzudenken, schoß Ming die paar Stufen wieder hinauf, die er eben hinuntergelaufen war, wobei er sich dicht an der im Schatten liegenden Mauer hielt. Der Mann hatte ihn nicht gesehen, das wußte er. Er sprang auf das Terrassengeländer, setzte sich und leckte sich einmal die Pfote, nur um sich zu sammeln; sein Herz schlug so hart, als sei er mitten im Kampf. Haß erfüllte ihn, Haß brannte in seinen Augen, als er sich jetzt hinkauerte und horchte, wie der Mann unsicher begann, die Treppe emporzuklimmen. Da – er kam in Sicht.

Ming spannte sich zum Sprung und sprang dann, so hart er konnte, mit allen vieren auf den rechten Arm des Mannes nahe der Schulter, wo er sich an der weißen Jacke fest-krallte. Sie fielen beide um, und der Mann stöhnte. Ming ließ nicht locker. Zweige knackten. Ming wußte nicht mehr, was oben und unten war. Er sprang ab, erkannte zu spät die Richtung und den Erdboden und landete auf der Seite. Fast gleichzeitig hörte er, wie der Mann dumpf zu Boden schlug und dann etwas weiter rollte. Stille. Mings Atem ging schnell, die kleine Schnauze stand offen, bis der Schmerz in der Brust nachließ. Aus der Richtung des Man-nes kam der Dunst von Alkohol und Tabak und der scharfe Geruch der Angst. Aber der Mann rührte sich nicht.

Ming konnte jetzt ganz gut sehen; auch schien ein wenig Mondlicht durch den Garten. Er machte sich auf den Weg zur Treppe – ein langer Weg durch Buschwerk über Sand und Steine, bis er die ersten Stufen fand. Er stieg nach oben und stand wieder auf der Terrasse. Elaine kam gerade durch die Glastür nach draußen.

»Teddie?« rief sie und trat zurück ins Schlafzimmer, um eine Lampe anzuschalten. Dann ging sie in die Küche, und Ming folgte ihr. Concha hatte das Licht brennen lassen; sie war jetzt in ihrem eigenen Zimmer, aus dem Radiomusik tönte.

Elaine öffnete die Haustür. Der Wagen des Mannes stand noch auf dem Weg, das sah Ming. Seine Hüfte schmerzte ihn jetzt, oder er spürte den Schmerz erst jetzt; er hinkte leicht. Elaine bemerkte es, legte ihm weich die Hand auf den Rücken und fragte, was ihm fehle. Ming schnurrte nur.

»Teddie – wo bist du?« rief Elaine noch einmal. Sie nahm eine Taschenlampe und leuchtete hinunter in den Garten, zwischen die starken Stämme der Avocadobäume, die Or-chideen und Lavendelblüten und die roten Flammen der Bougainvillea. Ming saß in Sicherheit neben ihr auf der Terrassenbrüstung und folgte dem Strahl der Lampe mit den Augen. Er schnurrte behaglich. Gleich hier unten war der Mann nicht, er war weiter hinten und mehr rechts. Elaine trat an die Terrassentreppe, die kein Geländer, son-dern nur breite Stufen hatte, und zielte mit dem Lichtstrahl nach unten. Ming blickte nicht hin. Er saß jetzt oben auf der Terrasse, wo die Stufen anfingen.

»Teddie!« rief Elaine. »Teddie!« Sie lief die Stufen hinunter. Ming blieb oben sitzen. Er hörte, wie sie die Luft einzog und dann laut rief: »Concha!« Eilig kam sie die Treppe wieder hinauf. Concha war aus ihrem Zimmer gekommen, Elaine sprach mit ihr, und Concha wurde ganz aufgeregt. Elaine trat ans Telefon und sprach eine Weile, dann ging sie zusammen mit Concha die Treppe hinunter. Ming blieb bequem mit eingezogenen Pfoten auf dem Terrassenboden sitzen, der noch immer warm war von der Sonne. Ein Wagen fuhr vor, Elaine kam die Treppe herauf und ging an die Haustür. Ming blieb unbemerkt in einer dunklen Ecke der Terrasse sitzen und schaute zu, wie drei oder vier fremde Männer heraustraten und mit schweren Schritten die Treppe in den Garten hinuntergingen. Er hörte, wie sie unten redeten und dabei hin und her gingen, es knackte in den Büschen, dann kam der Geruch von allen zusammen die Stufen herauf, der Dunst von Tabak und Schweiß und der vertraute Geruch von Blut. Ming war sehr zufrieden. Er freute sich – so wie er sich immer freute, wenn er einen Vogel getötet und den Blutgeruch mit seinen Zähnen hervorgerufen hatte. Das hier war seine Beute – einem mächtige Beute. Keiner sah, wie sich Ming zu seiner vollen Größe aufrichtete, als die Männer mit der Leiche vorbeigingen, und wie er das würzige Aroma seines Sieges mit erhobener Nase einsog.

Dann war auf einmal das Haus ganz leer. Alle waren fort, sogar Concha. Ming trank etwas Wasser aus seinem Schüsselchen in der Küche; dann ging er ins Schlafzimmer seiner Herrin, sprang auf das Bett, rollte sich auf dem Kissen zusammen und war in kurzer Zeit eingeschlafen. Er erwachte erst durch das laute Rr-rr-rr eines fremden Wagens. Die Haustür wurde geöffnet, er erkannte Elaines und dann auch Conchas Schritte; aber er blieb liegen, wo er lag. Ein paar Minuten lang unterhielten sich die beiden Frauen mit leisen Stimmen, dann kam Elaine ins Schlafzimmer, wo das Licht noch brannte. Ming sah ihr zu, wie sie langsam das Käst-

chen auf dem Toilettentisch öffnete und mit leisem Scheppern die weiße Halskette hineinfallen ließ. Sie schloß den
Kasten und begann ihre Bluse aufzuknöpfen, doch bevor sie
damit fertig war, warf sie sich plötzlich auf das Bett und
streichelte Mings Kopf, hob seine linke Pfote und drückte
sie sanft, so daß die Krallen heraustraten.

»O Ming – Ming«, sagte sie leise.

Und Ming hörte aus ihrer Stimme, wie lieb sie ihn hatte.

Deutsch von Anne Uhde

Es lebe die Königin

Ruth Rendell

Es war sofort vorbei. Ein orangefarbener Blitz aus der grünen Hecke, ein Streifen quer über die Straße, ein dumpfer Aufschlag. Der Aufprall war als überraschend schwere Erschütterung zu spüren. Kein Schrei erscholl. Anna hatte gebremst, jedoch zu spät, und der Wagen war zu schnell gefahren. Sie fuhr an den Randstein, stieg aus, ging zurück.

Sie mußte sich zusammennehmen, um hinsehen zu können. Die Katze war gegen den Grasstreifen geschleudert worden, der die Straße von dem schmalen Gehweg trennte. Sie war tot. Sie wußte, bevor sie sich hinkniete und ihm die Seite befühlte, daß das Tier tot war. Aus seinem Mund kam ein bißchen Blut. Seine Augen waren bereits glasig geworden. Es war eine schöne Katze gewesen, die Art, die man als Marmeladenkatze bezeichnete, wegen der zwei Orangetöne, Streifen wie dunkle Stückchen Schale und dazwischen das klare Orange. Pfoten, Brust und ein Teil des Gesichts waren weiß, die Augen stachelbeergrün.

Es war eine ihr unbekannte Straße; sie hatte sie nur genommen, um der Baustelle auf der Brücke auszuweichen. Anna dachte bei sich, ich bin zu schnell gefahren. Hier gilt zwar keine Geschwindigkeitsbegrenzung, aber es ist eine Landstraße zwischen kleinen Cottages, und ich hätte nicht so schnell fahren sollen. Die arme Katze. Nun mußte sie hingehen und ihr Mißgeschick beichten, einem verärgerten oder betrübten Besitzer unter die Augen treten, dem Besitzer, der wahrscheinlich im Haus hinter dieser Hecke wohnte.

Sie öffnete das Gittertor und ging den Weg entlang. Es war ein Cottage, aber kein sehr hübsches: roter Backstein mit einem niedrigen Schieferdach, Erkerfenster im Erdgeschoß und dazwischen eine grüne Tür. In jedem Erkerfenster saß eine Katze, eine schwarze und eine orangegelbweiße, wie die, die ihr vors Auto gelaufen war. Sie blickten unverwandt, unergründlich her, als sähen sie sie nicht, als sei sie gar nicht vorhanden. Sie konnte die schwarze immer noch sehen, als sie schon an der Haustür war. Während sie den Finger auf die Glocke legte und läutete, rührte die Katze sich nicht, bewegte nicht einmal die Augen.

Niemand kam an die Tür. Sie läutete noch einmal. Dann fiel ihr ein, daß der Besitzer ja vielleicht hinten im Garten war, und ging ums Haus herum. Es war kein richtiger Garten, eher ein Urwald von hohem Gras, dichtem Unkraut und wirr wachsenden Bäumen. Es war niemand da. Sie spähte durchs Fenster in die Küche, wo eine Schildpattkatze in Sphinx-Pose auf dem Kühlschrank saß und eine braungetigerte Katze genüßlich auf der Fußbodenmatte herumrollte und mit ihren gestreiften Pfoten durch die Luft strich.

Draußen waren, soweit sie sehen konnte, keine Katzen, zumindest keine lebenden. Links in der Ecke, hinter einem angebauten niedrigen Kohlenschuppen und einem Busch, staken, gerade noch sichtbar, drei kleine Holzkreuze im hohen Gras. Anna hatte keinen Zweifel, daß es Katzengräber waren.

Sie sah in ihrer Handtasche nach und fand ein Visitenkärtchen von ihrem Friseur, auf dessen leere Rückseite sie ihren Namen, die Adresse ihrer Eltern und deren Telefonnummer schrieb und hinzufügte: *Ihre Katze ist vor mein Auto gelaufen. Es tut mir leid; ich bin sicher, sie war sofort tot.* An der Haustür, wo die schwarze und die orangegelbweiße Katze immer noch ins Freie starrten, steckte sie die Karte durch den Briefschlitz.

Dann erst warf sie einen Blick durch das Fenster, in dem die kleine Katze saß. Drinnen befand sich ein kleines vollgestelltes Wohnzimmer, das aussah, als hätte es einen Geruch. Zwei Katzen lagen auf dem Kaminvorleger, zwei weitere hatten sich auf einem Sessel zusammengerollt. Rechts und links auf dem Kaminsims saß je eine Porzellankatze, weiß und rot mit vergoldeten Schnurrhaaren. Anna dachte sich, eigentlich müßte zwischen ihnen mitten auf dem Sims noch eine sitzen, da dies der einzige frei Fleck im ganzen Raum war; alle anderen Ecken und Flächen waren mit Sachen vollgestellt, von denen viele mit Katzen zu tun hatten: Katzenaschenbecher, Katzenvasen, silbergerahmte Katzenfotos, Katzenpostkarten, Becher mit aufgemalten Katzengesichtern und Keramik-, Messing-, Silber- und Glaskatzen. Über dem Kamin hing das Porträt einer orangegelbweißen Katze in Öl und links davon an der Wand ein Katzenkalender.

Anna hatte das beklommene Gefühl, daß es die Katze da auf dem Bild war, die tot an der Straße lag. Jedenfalls sah sie ihr sehr ähnlich. Sie konnte die tote Katze nicht einfach liegenlassen. Im Kofferraum ihres Wagens waren zwei Plastiktüten, ein paar Zeitungen und eine Decke, mit der sie manchmal Sachen abpolsterte, damit sie beim Fahren nicht aneinanderstießen. Als Einwickelmaterial für den Katzenkadaver würden die Plastiktüten grausam aussehen, noch schlimmer die Zeitungen. Sie würde die Decke opfern. Es war eine saubere, dunkelblaue Decke in Standardgröße, recht passabel und ansehnlich.

Nachdem sie den Katzenkadaver in die Decke gewickelt hatte, trug sie sie den Weg hinauf. Die schwarze Katze hatte sich vom linken Erkerfenster in eines der Fenster im oberen Stockwerk verlagert. Anna warf noch einmal einen Blick ins Wohnzimmer. Die neuerliche Betrachtung des Gemäldes bestätigte ihre Vermutung, daß es das abgebildete Modell war, das sie da trug. Sie fuhr zurück. Die schwarze Katze starrte sie von oben her an, drehte den Kopf weg und gähnte ausgiebig. Natürlich wußte sie nicht, daß sie da eine ihrer Gefährtinnen trug, tot und schon erkaltet, eingewickelt in eine alte Autodecke, eines gewaltsamen Todes gestorben. Sie hatte das unbehagliche Gefühl, ein lächerliches Gefühl, daß die Katze sich nicht anders verhalten hätte, wenn sie es gewußt hätte.

Sie legte den Katzenkadaver auf das Dach des Kohlenschuppens. Als sie wieder um die Ecke bog, bemerkte sie im Nachbargarten eine Frau. Es war ein sauber angelegter Garten mit Blumen und einem Rasen. Die Frau war in den Fünfzigern, weißhaarig, schlank und trug ein Strick-set.

»Eine von den Katzen ist mir vors Auto gelaufen«, sagte Anna. »Ich fürchte, sie ist tot.«

»Ach du meine Güte.«

»Ich habe den – die, die Leiche auf den Kohlenschup-pen gelegt. Wissen Sie, wann die nach Hause kommen?«

»Es ist nur eine Person«, erwiderte die Frau. »Sie wohnt da allein.«

»Na gut. Ich habe ihr einen Zettel geschrieben. Mit mei-nem Namen und meiner Adresse.«

Die Frau warf ihr einen seltsamen Blick zu. »Sie sind aber ehrlich. Die meisten Leute wären einfach weiterge-fahren. Das müssen Sie doch nicht melden, wenn Sie eine Katze überfahren haben, wissen Sie. Das ist nicht das glei-che wie bei einem Hund.«

»Ich konnte nicht einfach weiterfahren.«

»An Ihrer Stelle würde ich den Zettel zerreißen. Lassen Sie mich nur machen, ich sag's ihr, daß ich Sie gespro-chen habe.«

»Jetzt habe ich ihn schon durch die Tür gesteckt«, sagte Anna.

Sie verabschiedete sich von der Frau und stieg wieder in den Wagen. Sie war auf dem Weg zum Haus ihrer El-tern, wo sie die nächsten zwei Wochen verbringen wollte. Anna hatte am anderen Ende der Stadt eine eigene Woh-nung, aber sie hatte ihren Eltern versprochen, sich um das Haus zu kümmern, während sie im Urlaub waren, und – nun kam es ihr wie eine seltsame Ironie vor – um ihre Katze.

Wenn die Fahrt planmäßig verlaufen wäre und sie sich durch den Unfall und den Tod der Katze nicht um eine halbe Stunde verspätet hätte, wäre sie rechtzeitig ange-kommen, um ihre Mutter und ihren Vater vor der Abfahrt zum Flughafen noch zu sehen. Aber als sie ankam, waren sie bereits weg. Auf dem Tisch im Flur lag ein Zettel von ihrer Mutter, auf dem stand, sie hätten fahren müssen, die Katze habe ihr Fressen bekommen und im Kühlschrank sei ein Brathähnchen für Anna zum Abendessen. Bestimmt hätte die Katze auch gern davon, um sich über den Abschiedsschmerz hinwegzutrösten.

Anna glaubte nicht, daß die Katze ihrer Mutter, ein riesiges, flauschiges, gespenstisch weißgrau getigertes Geschöpf namens Griselda, dazu fähig war, Abschiedsschmerz zu verspüren. Sie konnte einfach nicht glauben, daß sie überhaupt Gefühle hatte. Es kam ihr vor, als habe das Tier keinerlei Persönlichkeit oder Charme, als fehlten ihm jegliche liebenswerten Eigenschaften. Soviel sie wußte, hatte es sich bis auf ein gelegentliches dünnes Quieksen, das Hunger bedeutete, nie geäußert. Noch nie hatte jemand gesehen, daß es sich an menschlichen Beinen, ja nicht einmal an Möbelbeinen gerieben hätte. Anna war klar, daß es absurd war, ein Tier als egoistisch zu bezeichnen, natürlich war ein Tier zunächst einmal aufs eigene Überleben bedacht, da Selbstschutz ja sein wichtigster Instinkt war, aber Griselda hielt sie für zutiefst, für durch und durch, für gnadenlos egoistisch. Wenn sie nicht fraß, dann schlief sie, und zwar an den gemütlichsten Plätzchen, wo eigentlich ihre Besitzer gern säßen, es aber nicht übers Herz brachten, sie von dort zu vertreiben. Nachts lag sie bei ihnen auf dem Bett, und wenn sie sich bewegten, grub sie ihnen ihre scharfen Krallen durchs Nachthemd in die Beine.

Annas Mutter hörte es nicht gern, wenn man Griselda als ›es‹ bezeichnete. Sie verbesserte Anna dann immer und streichelte dabei Griseldas Kopf. Griselda, die heftig schnurrte, wenn sie gerade etwas zum Fressen bekommen und sich behaglich in die Kissen genistet hatte, hörte bei der Berührung einer menschlichen Hand immer auf zu schnurren. Das hätte Anna ja eigentlich ganz amüsant gefunden, wenn sie nicht gesehen hätte, daß es ihre Mutter anscheinend verletzte und sie die Hand zurückzog und ein unglückliches leises Lachen ausstieß.

Nachdem sie ihre Reisetasche ausgepackt, das Essen zubereitet und gegessen und Griselda ein Hühnerbein abgegeben hatte, überlegte sie, ob die Besitzerin der überfahrenen Katze vielleicht anrufen würde. Die Besitzerin mochte wohl denken wie oft Leute, die einen großen oder kleinen Verlust erlitten haben, daß nichts die Toten zurückbringen konnte. Diskussionen erübrigten sich demnach und natürlich auch Vorwürfe. Es war ja auch nicht direkt ihre Schuld gewesen. Sie war schnell gefahren, aber nicht *ungesetzlich* schnell, und selbst wenn sie dreißig Meilen pro Stunde gefahren wäre, bezweifelte sie, daß sie der Katze hätte ausweichen können, die so unerwartet aus der Hecke gesaust war.

Es wäre besser, sie würde einfach nicht mehr dran denken. Nachtruhe, ein Arbeitstag, dann verblaßten die Erinnerungen bestimmt. Sie hatte getan, was sie konnte. Sie war froh, nicht einfach weitergefahren zu sein, wie die Nachbarin angedeutet hatte. Es war ein gewisser Trost, zu wissen, daß die Frau viele Katzen besaß, so wäre der Verlust der einen vielleicht weniger tragisch.

Als sie das Geschirr abgewaschen und ihre Freundin Kate angerufen hatte und sich fragte, ob Richard, mit dem sie dreimal ausgewesen war und dem sie diese Telefonnummer gegeben hatte, wohl noch anrufen würde, was sie sich mit nein beantwortete, setzte sie sich neben Griselda, nicht *zu* Griselda, aber auf dasselbe Sofa, und sah fern. Es war schon fast zehn Uhr, und sie rechnete nicht mehr damit, daß die Katzenfrau – so nannte sie sie jetzt in Gedanken – noch anrufen würde.

Im Schlafzimmer ihrer Eltern gab es einen Nebenanschluß, aber nicht in dem Extrazimmer, wo sie schlafen würde. Es war beinahe halb zwölf, und sie legte sich gerade schlafen, als das Telefon läutete. Weil sie vermutete, es sei Richard, der imstande war, so spät anzurufen, vor allem, wenn er dachte, sie sei allein, ging sie ins Schlafzimmer ihrer Eltern und hob ab.

Eine eigenartig dünne, brüchige Stimme sagte etwas, das sich anhörte wie ›Maria Yackle‹.

»Ja?«, sagte Anna.

»Hier spricht Maria Yackle. Es war meine Katze, die Sie umgebracht haben.«

Anna mußte schlucken. »Ja. Ich bin froh, daß Sie meinen Zettel gefunden haben. Es tut mir sehr leid, es tut mir sehr leid. Es war ein Unfall. Die Katze ist mir vor den Wagen gelaufen.«

»Sie sind zu schnell gefahren.«

Es war eine barsche Feststellung, abrupt ausgestoßen. Anna konnte sie nicht widerlegen. Sie sagte: »Es tut mir sehr leid wegen Ihrer Katze.«

»Die gehen nicht oft raus, die fühlen sich drinnen wohler. Die Wahrscheinlichkeit stand eins zu einer Million. Ich denke, wir sollten uns treffen. Ich finde, Sie schulden mir Schadenersatz. Es wäre nicht recht, wenn Sie ungestraft davonkämen.«

Anna war völlig verdattert. Bisher hatten sich die Äußerungen der Frau ganz vernünftig angehört. Sie wußte nicht, was sie sagen sollte.

»Ich finde, Sie sollten mich entschädigen, oder nicht? Ich habe sie geliebt, ich liebe alle meine Katzen. Ich vermute, Sie dachten, weil ich doch so viele Katzen habe, würde es mir nichts ausmachen, eine zu verlieren.«

Das entsprach so genau der Wahrheit, daß Anna eine Art Schock verspürte, als ob diese Maria Yackle oder wie sie auch heißen mochte ihre Gedanken hätte lesen können. »Ich sagte Ihnen doch, es tut mir leid. Es tut mir leid, ich war ganz außer mir, ich finde es *schrecklich*, was passiert ist. Ich weiß nicht, was ich sonst noch sagen soll.«

»Wir müssen uns treffen.«

»Was würde das denn nützen?« Anna war klar, daß das grob klang, aber sie war ganz durcheinander von dem Tonfall der Frau, ihren barschen, unverblümten Worten.

Die Stimme überschlug sich, es klang sehr nach Schluchzen. »Mir würde es etwas nützen!«

Der Hörer wurde aufgelegt. Anna konnte es kaum fassen. Sie hatte gehört, wie aufgelegt wurde, aber sie wiederholte noch ein paarmal: »Hallo? Hallo?«

Sie ging nach unten, suchte das Telefonbuch für das betreffende Ortsnetz heraus und schlug unter Yackle nach. Da war nichts. Sie setzte sich hin und ging alle Namen mit ›Y‹ durch. Es gab außer Young nur ein paar Seiten mit

›Y‹, aber niemanden mit dem Anfangsbuchstaben Y an der Adresse auf der Straße mit den Cottages.

Sie konnte nicht einschlafen. Sie rechnete damit, daß das Telefon wieder klingelte, daß Maria Yackle noch einmal anrief. Nach einer Weile machte sie die Nachttischlampe an und blieb bei Licht liegen. Es war bestimmt schon drei, und sie hatte immer noch nicht geschlafen, als Griselda hereinkam, aufs Bett sprang und sich an Annas Bein ausstreckte. Sie knipste das Licht aus, beschloß, nicht dranzugehen, falls das Telefon läuten sollte, sich zu entspannen, die überfahrene Katze zu vergessen, sich auf etwas Schönes zu besinnen. Als sie sich auf den Bauch drehte und sich ausstreckte, fühlte sie Griseldas Krallen in ihre Waden pieksen. Als sie zurückwich, die Beine anzog und Griselda gut die Hälfte des Bettes überließ, setzte ein tiefes, rauhes Schnurren ein.

Das erste, was ihr beim Aufwachen in den Sinn kam, war die arme Katzenfrau und wie aufgelöst sie gewesen war. Zur Frühstückszeit erwartete sie wieder ihren Anruf, aber nichts geschah. Anna fütterte Griselda, überließ ihr das Haus, ihr Katzentürmchen, ihren Garten und die Umgebung und fuhr zur Arbeit. Kaum daß sie dort angekommen war, rief Richard an. Ob sie sich morgen abend treffen könnten? Sie sagte zu, wünschte aber insgeheim, er hätte heute abend gesagt, schlug selbst den heutigen Abend vor, nur um zu hören, daß er länger arbeiten und mit einem Kunden essen gehen müsse.

Sie war erst zehn Minuten zu Hause, als draußen ein Wagen vorfuhr. Es war ein altes Auto, mindestens zehn Jahre alt und nicht nur verbeult und zerkratzt, man hatte die schlimmsten Stellen auch in einem anderen roten Farbton überstrichen oder lackiert. Anna, die durch ein Vorderfenster seine Ankunft beobachtete, sah eine Frau aussteigen und aufs Haus zugehen. Sie war alt oder zumindest ältlich – ist ältlich nun älter als alt oder alt älter als ältlich? –, aber gekleidet wie ein Teenager. Anna bekam ihre Kleider, ihr Haar und ihr Gesicht etwas besser zu sehen, als sie die Haustür öffnete.

Es war ein runzeliges Gesicht, in Farbe und Beschaffenheit wie die Kehllappen eines Huhns. Kleine blaue Augen saßen irgendwo tief in der Erdbeerröte. Das leuchtende weiße Haar darüber stand in ebensogroßem Kontrast wie Schnee vor einem scharlachroten Tuch. Sie trug hautenge Jeans, die in den Socken steckten, schmutzige weiße Turnschuhe und ein geräumiges weites Sweatshirt mit einem Katzengesicht darauf, einer aufgemalten, lächelnden, schnurrbärtigen Maske, orangegelbweiß und grünäugig.

Irgendwo hatte Anna einmal den Kommentar eines jungen Mädchens über eine alte Frau gelesen, die sich damit brüstete, noch Minirock tragen zu können, da sie ja schöne Beine habe: Es sind nicht die Beine, es ist das Gesicht. Daran mußte sie beim Anblick von Maria Yackle denken, aber das war für lange Zeit das letzte Mal, daß sie an derartiges dachte.

»Ich bin etwas früher gekommen, weil wir viel zu besprechen haben«, sagte Maria Yackle und trat ein. Sie tat dies auf eine Art, die Anna zwang, die Tür weiter aufzumachen und beiseite zu treten. »Das ist *Ihr* Haus?«

Sie meinte damit wohl, Anna sei noch so jung, oder vielleicht hatte sie einen gehässigeren Grund, so zu fragen.

»Das meiner Eltern. Ich bin nur auf Besuch.«

»Hier rein?« Sie stand bereits auf der Schwelle zum Wohnzimmer von Annas Mutter.

Anna nickte. Sie war etwas verdattert, aber nur einen Augenblick lang. Am besten brachte sie es schnell hinter sich. Aber bevormunden ließ sie sich nicht.

»Sie hätten mir was sagen sollen. Ich hätte ja auch nicht da sein können.«

Sie bekam keine Antwort, denn Maria Yackle hatte Griselda gesehen. Die Katze hatte auf der Rückenlehne eines Ohrensessels gesessen, ein scheinbar unbequemer Platz, trotzdem einer ihrer Lieblingsplätze, hatte sich beim Anblick der Fremden jedoch gestreckt, war heruntergesprungen und kam nun auf sie zu. Maria Yackle streckte die Hand aus. Es war eine scheußliche Hand, groß und rot mit schnurartigen blauen Adern, die über den Knochen hervorstanden, einer schwieligen Handfläche und schwarzen, einge-

237

rissenen Nägeln; an Zeigefinger und Daumen saß tief eingegraben bräunlicher Schmutz. Griselda kam näher und steckte ihre rauchgraue Schnauze in diese Hand.

»Das würde ich nicht tun«, sagte Anna ziemlich scharf, denn Maria Yackle machte Anstalten, die Katze hochzuheben. »Sie ist nicht sehr freundlich. Sie mag keine Leute.«

»Mich wird sie mögen.«

Und das Erstaunliche daran war, daß Griselda sie tatsächlich mochte. Maria Yackle nahm Platz, und Griselda setzte sich auf ihren Schoß. Griselda, die Unfreundliche, eine Katze, die schnurrte, wenn sie allein war, und aufhörte, wenn man sie anfaßte, die mit den eisigen Augen, die unnahbare Einzelgängerin, ließ sich auf diesem unbekannten, ungewohnten Schoß nieder, nachdem sie Maria Yackle zuerst auf Brust und Schultern geklettert war und mit Ohren und rundlichen, haarigen Wangen an dem Sweatshirt mit dem aufgemalten Katzengesicht gerieben hatte.

»Anscheinend überrascht Sie das.«

Anna sagte: »Das kann man wohl sagen.«

»Gar kein großes Geheimnis. Das läßt sich ganz einfach erklären.« Sie sprach mit einer schrillen, barschen, vom Alter schon brüchigen Stimme, aber wortgewandt, mit korrekter Grammatik und einem starken Cockney-Akzent. »Sie und Ihre Mama und ihr Papa, Sie denken bestimmt alle, Sie riechen sehr hübsch und nett. Sie baden jeden Morgen mit Badeöl und parfümierter Seife. Sie bestäuben sich mit Puder und sprühen Zeug in die Achselhöhlen, Sie reiben Ihren Körper mit Cremes ein und bespritzen sich mit Parfüm. Vielleicht haben Sie sich gar noch die Haare gewaschen, mit Shampoo und Pflegespülung und – wie heißt das noch gleich? – Cremeschaum. Sie putzen die Zähne und spülen den Mund aus, tupfen sich noch ein Tröpfchen Parfüm hinters Ohr, malen sich das Gesicht an – nun, ich nehme an, daß Ihr Papa sein Gesicht nicht anmalt, aber er rasiert sich bestimmt, oder nicht? Also noch mehr Cremeschaum und Rasierwasser hinterher.

Sie ziehen Ihre Kleider an. Alle makellos sauber. Entweder kommen sie frisch aus der Reinigung oder aus der

Waschmaschine mit umweltfreundlichem Waschpulver und frühlingsfrischem Weichspüler. Oh, ich weiß Bescheid, auch wenn ich's selber nicht mache, ich seh's doch im Fernsehen.

Ihrer Meinung nach riecht das alles sehr gut, aber für sie nicht. O nein. Für sie ist das alles Chemie wie für Sie vielleicht Benzin oder Heizöl. Ein häßlicher, scharfer chemischer Geruch, der sie anekelt, so daß sie sich ganz zusammenzieht in ihrer kleinen Pelzhaut. Wie heißt sie?«

Die Frage klang wie ein scharfes Bellen. »Griselda«, erwiderte Anna und: »Woher wissen Sie, daß es ein Weibchen ist?«

»Das Gesicht, schauen sie mal her«, sagte Maria Yackle. »Sehen Sie ihr Näschen. Sehen Sie ihr lächelndes Mündchen und das Näschen und die dicken Bäckchen? Ein Kater hat eine große Nase, eine längliche Schnauze. Egal, ob kastriert, hat er trotzdem eine große Nase.«

»Weshalb sind Sie hergekommen?« fragte Anna.

Griselda hatte sich auf dem Schoß der Katzenfrau, den Kopf vergraben, leicht nach oben gedreht, in der Spalte zwischen Bauch und Schenkel zusammengerollt. »Ich mache mir nichts aus dem Zeug, wissen Sie.« Die große rote Hand streichelte Griseldas Kopf an der gestreiften Stelle zwischen den Ohren. »Die Katze mag meinen Geruch, weil ich meine Kleider nicht jeden Tag ins Seifenwasser lege, ich bade ein mal pro Woche, so war's schon immer und so wird es bleiben, und ich verschwende mein Geld nicht für Duftwässerchen und Deodorants. Ich wasche mich morgens, wenn ich aufstehe, die Hände, und das genügt mir.«

Als sie das wöchentliche Bad erwähnte, hatte Anna unwillkürlich ihren Stuhl etwas weiter weggerückt. Maria Yackle sah es, Anna war sich sicher, daß sie es sah, aber sie beantwortete diesen Rückzieher damit, daß sie mit dem eigentlichen Grund ihres Kommens herausrückte: die Entschädigung.

»Die Katze, die Sie umgebracht haben, war fünf Jahre alt; sie war die Königin der Katzen, ihr Name war Melusina. Ich habe immer eine Königin. Die davor hieß Juliana, und sie wurde zwölf. Ich habe geweint, ich habe um sie getrauert, aber das Leben geht ja weiter. Die Königin ist tot, sagte ich mir, es lebe die Königin! Ich ernenne nie eine, ich besorge immer ein neues Kätzchen. Manche Katzen sind eben Königinnen, verstehen Sie, und manche nicht. Melusina war acht Wochen alt, als ich sie aus dem Tierheim holte, und ich habe denen zwanzig Pfund gespendet. Der Tierarzt hat mir siebenundzwanzig Pfund fünfzig für die Impfung berechnet, alle meine Katzen sind gegen Katzen-Enteritis und Leptospirose geimpft, das macht also siebenundvierzig Pfund fünfzig. Dann hatte sie mit zwei ihre Nachimpfung, das waren also noch mal siebenundzwanzig fünfzig, ich kann Ihnen die quittierten Rechnungen zeigen, ich bewahre immer alles auf, und das macht fünfundsiebzig Pfund. Dann noch der Sprit für die Fahrt zum Tierarzt, sagen wir runde fünf Pfund, obwohl es mehr war, und damit kommen wir zum kritischen Punkt, ihr Essen. Sie war beileibe keine Kostverächterin.«

Anna mußte sich beherrschen, um über dieses läppische Wort nicht zu lachen, aber da sah sie zu ihrem Entsetzen Tränen über Maria Yackles Gesicht strömen. Sie liefen ihr hemmungslos aus den Augen, über die rauhe, rote, runzelige Haut, und eine tropfte unbeachtet in Griseldas silbriges Fell.

»Kümmern Sie sich nicht drum. Ich weine immer, wenn ich über sie sprechen muß. Ich habe diese Katze geliebt. Sie war die Königin der Katzen. Sie hatte ihren eigenen Platz, ihren Thron, sie saß immer mitten auf dem Kaminsims, ihre beiden Hofdamen aus Porzellan ihr zur Seite. Sie werden es sehen, wenn Sie mal zu mir kommen.

Aber wir sprachen ja gerade über ihr Essen. Sie hat täglich eine große Dose gegessen, es war zuviel, mehr als sie kriegen sollte, aber sie liebte ihr Essen, sie war ein rechtes Schleckermäulchen. Also, Katzenfutter wird natürlich auch immer teurer, was denn nicht, und inzwischen zahle ich fünfzig Pence die Dose, aber ich meine, sagen wir fairerweise vierzig Pence im Schnitt. Sie war acht Wochen alt, als ich sie bekam, also können wir nicht sagen fünfmal dreihundertfünfundsechzig. Sagen wir fünfmal dreifünfundfünfzig, und damit tu' ich Ihnen auch noch einen Gefallen. Ich hab's zu Hause schon ausgerechnet, obwohl ich kein Genie im Kopfrechnen bin. Fünfmal dreihundertfünfundfünfzig sind eintausendsiebenhundertfünfundsiebzig, das mal vierzig macht dreiundfünfzigtausend Pence oder fünfhundertdreißig Pfund. Dazu noch die vierundsiebzig plus die Tierarztrechnung mit vierzehn Pfund, als sie einen Bandwurm hatte, dann kommen wir auf eine Gesamtsumme von siebenhundertneunundneunzig Pfund.«

Anna starrte sie an. »Sie wollen, daß ich Ihnen fast achthundert Pfund gebe.«

»Ganz recht. Natürlich schreiben wir das alles auf.«

»Weil mir Ihre Katze unter die Räder gelaufen ist?«

»Sie haben sie ermordet«, sagte Maria Yackle.

»Das ist doch absurd. Natürlich habe ich sie nicht ermordet.« Unsicher fügte sie hinzu: »Ein Tier kann man nicht ermorden.«

»Haben Sie aber. Sie haben gesagt, Sie sind zu schnell gefahren.«

Wirklich? Es traf ja zu, aber hatte sie das gesagt?

Maria Yackle stand auf; sie hielt immer noch Griselda fest, schmuste mit Griselda, die sich schnurrend in ihre Arme kuschelte. Anna betrachtete es voller Widerwillen. Man hielt Katzen für mäkelige Geschöpfe, aber das stimmte gar nicht. Nur so etwas Unsensibles und Kritikloses würde sein Gesicht an dieses Gesicht halten, die Schnauze an diesen rauhen, schmutzigen Händen reiben. Beim Anblick der schwarzen Fingernägel fiel ihr ein jetzt unangenehm zutreffender Ausdruck ein, den ihre Großmutter immer zu Kindern mit schmutzigen Händen gesagt hatte: in Trauer um die Katz.

»Ich erwarte nicht, daß Sie mir jetzt gleich einen Scheck geben. Haben Sie etwa geglaubt, daß ich das vorhabe? Ich vermute, so viel Geld haben Sie gar nicht auf Ihrem Konto. Ich komme morgen oder übermorgen wieder.«

»Ich werde Ihnen aber keine achthundert Pfund geben«, sagte Anna.

Sie hätte sich die Worte sparen können.

»Ich komme nicht morgen, ich komme am Mittwoch wieder.« Griselda wurde behutsam in einen Sessel gesetzt. Die Tränen auf Maria Yackles Gesicht waren getrocknet und hatten salzige Spuren hinterlassen. Sie trat in den Flur hinaus an die Haustür. »Bis dahin haben Sie sich's überlegt. Jedenfalls hoffe ich, Sie kommen zur Beerdigung. Ich hoffe, es gibt keine Animositäten.«

Ab diesem Punkt war Anna klar, daß Maria Yackle verrückt war. Einerseits war das beunruhigend, andererseits eine Erleichterung. Es bedeutete, daß sie es nicht ernst meinte mit der Entschädigung, den siebenhundertneunundneunzig Pfund. Geistig normale Leute laden einen nicht zur Beerdigung ihrer Katze ein. Verrückte klagen nicht auf Entschädigung.

»Nein, ich glaube nicht, daß sie das tut«, sagte Richard bei ihrem gemeinsamen Abendessen. Er war kein Anwalt, hatte aber Jura studiert. »Du hast doch nicht zugegeben, daß du die Geschwindigkeit überschritten hast, oder?«

»Ich weiß nicht mehr.«

»Na, jedenfalls hast du's nicht vor Zeugen zugegeben. Du sagst, bedroht hat sie dich nicht?«

»O nein. Sie war eigentlich ganz nett. Sie hat geweint, das arme Ding.«

»Also, jetzt vergessen wir sie und machen uns einen schönen Abend, nicht?«

Obwohl kein Zettel vor der Haustür lag, kein Brief kam und niemand anrief, wußte Anna, daß die Katzenfrau am nächsten Abend wiederkommen würde. Richard hatte ihr geraten, zur Polizei zu gehen, wenn sie bedroht werden sollte. Sie brauchte denen aber nicht zu sagen, daß sie zu schnell gefahren war. Anna fand die ganze Idee mit der Polizei bizarr. Sie rief ihre Freundin Kate an und erzählte ihr alles, und Kate war auch der Meinung, zur Polizei zu gehen sei übertrieben.

Das zerbeulte rote Auto fuhr um sieben vor. Maria Yackle war genauso angezogen wie bei ihrem ersten Besuch, aber da es ziemlich kalt war, trug sie zusätzlich eine Kunstpelzjacke. Der rauhen, stark glänzenden Beschaffenheit nach war es zweifellos Kunstpelz, aber aus der Entfernung sah es aus wie das Fell einer schwarzen Katze.

Sie hatte Anna ein Album mit Fotos von ihren Katzen zum Ansehen mitgebracht. Anna blätterte es durch – was hätte sie sonst tun sollen? Einige waren leicht erkennbar von denen, die sie durch die Fenster gesehen hatte. Diejenigen, die sie nicht erkannte, waren vermutlich von Tieren, die nun unter den Holzkreuzen hinten in Maria Yackles Garten ruhten. Während sie die Bilder betrachtete, kam Griselda herein und sprang der Katzenfrau auf den Schoß.

»Die sind ja wirklich nett, sehr interessant«, sagte Anna. »Ich sehe, Sie hängen sehr an Ihren Katzen.«

»Sie sind mein Leben.«

Sie würde die Sache etwas auflockern. »Wann soll denn die Beerdigung sein?«

»Ich dachte, am Freitag. Am Freitag um zwei. Meine Schwester wird auch da sein mit ihren beiden. Katzen fahren normalerweise nicht gern Auto, darum nehme ich meine nicht oft mit, und sie in Käfige sperren widerstrebt mir, aber die beiden Birmakatzen von meiner Schwester fahren liebend gern Auto, die sitzen sogar darin, wenn es geparkt ist. Meine Freundin vom Tierheim kommt auch, wenn sie sich freimachen kann, und unseren Tierarzt habe ich auch gefragt, aber da habe ich wenig Hoffnung. Er hat freitags immer seine Ziegensprechstunde. Ich hoffe, Sie sind auch dabei.«

»Ich fürchte, ich muß arbeiten.«

»Bitte keine Blumen. Dafür Spenden an den Katzenschutzbund. Jeder Betrag, egal wie klein, wird dankend angenommen. Apropos Geld. Sie haben einen Scheck für mich.«

»Nein, habe ich nicht, Mrs. Yackle.«

»Miß. Und Yakob heiße ich. J.A.K.O.B. Sie haben doch einen Scheck über achthundert Pfund für mich.«

»Ich gebe Ihnen kein Geld, Miß Jakob. Es tut mir wirklich sehr leid um Ihre Katze, um Melusina, ich weiß, wie sehr Sie an ihr gehangen haben. Aber eine Entschädigung kommt nicht in Frage. Tut mir leid.«

Wieder hatten sich Maria Jakobs Augen mit Tränen gefüllt, waren übergelaufen. Ihr Gesicht verzog sich vor Kummer. Nur weil sie den Namen des elenden Viehs erwähnt hatte, dachte sich Anna. Das war der Auslöser für die Tränen gewesen. Eine Träne spritzte auf die eine rauhe, rote Hand. Griselda öffnete die Augen und schleckte die Träne auf.

Maria Jakob schob ihre andere Hand über die Augen. Sie blinzelte. »Dann müssen wir uns eben etwas anderes überlegen«, sagte sie.

»Wie bitte?« Anna glaubte, nicht recht gehört zu haben. Die Dinge ließen sich doch nicht so einfach lösen.

»Wir müssen uns eben etwas anderes überlegen. Wie Sie den Mord wiedergutmachen können.«

»Hören Sie, ich werde dem Katzenschutzbund eine Spende machen. Ich bin gern bereit, denen – sagen wir zwanzig Pfund zu geben.« Richard wäre fuchsteufelswild geworden, aber vielleicht erzählte sie es ihm gar nicht erst. »Ich gebe Ihnen das Geld, einverstanden, Sie können es ja dann weiterleiten?«

»Das hoffe ich doch sehr. Vor allem, wenn Sie nicht zur Beerdigung kommen können.«

Damit war die Sache erledigt. Anna verspürte eine große Erleichterung. Erst jetzt, als es vorbei war, merkte sie, wie sehr es ihr zu schaffen gemacht hatte. Sie rief Kate an und erzählte ihr von der Beerdigung und der Ziegensprechstunde, und Kate lachte und bemitleidete das arme Ding. In dieser Nacht schlief Anna so gut, daß sie die Ankunft von Griselda nicht bemerkte, die, als Anna aufwachte, neben ihrem Gesicht, aber ohne mit ihr in Berührung zu kommen, schlafend auf dem Kissen lag.

Richard rief an, und sie erzählte ihm die Geschichte, ließ aber das mit dem Spendenangebot weg. Er meinte, standhaft sein, in solchen Situationen nicht nachgeben, das habe sich noch immer bezahlt gemacht. Abends schrieb sie einen Scheck über zwanzig Pfund aus, aber anstatt auf den Katzenschutzbund stellte sie ihn auf Maria Jakob aus. Wenn die Katzenfrau ihn einfach behielt, wäre das auch kein Schaden. Anna ging an die Ecke, um den Brief einzuwerfen, denn sie hatte einen Begleitbrief zu dem Scheck geschrieben, in dem sie noch einmal ihren Kummer über den Tod der Katze zum Ausdruck brachte und hinzufügte, falls sie sonst noch etwas tun könne, so solle Miß Jakob sie es doch wissen lassen. Richard wäre fuchsteufelswild geworden.

Anders als die Jakobschen Katzen verbrachte Griselda sehr viel Zeit im Freien. Oft war sie den ganzen Abend weg und tauchte erst im Morgengrauen wieder auf, so daß Anna erst am nächsten Tag, erst am nächsten Abend anfing, sich über ihre Abwesenheit Sorgen zu machen. Soviel sie wußte, war Griselda noch nie so lange weggewesen. Ihr persönlich war es gleichgültig, sie hatte die Katze noch nie gemocht, allgemein mochte sie Katzen nicht besonders, und diese hier fand sie selbstsüchtig und kalt. Nur wegen ihrer Mutter, die das Tier unerklärlicherweise liebte, beunruhigte sie sich. Sie ging die Straße auf und ab, rief nach Griselda, obwohl die Katze ja noch nie gekommen war, wenn man sie gerufen hatte.

Sie kam auch jetzt nicht. Anna ging die nächste Straße auf und ab, um den Häuserblock herum und noch weiter. Sie rechnete fast damit, Griseldas Kadaver zu finden, und vermutete, daß sie das gleiche Schicksal ereilt hatte wie Melusina. Hatte sie nicht irgendwo gelesen, daß auf den Straßen Britanniens jährlich fast vierzigtausend Katzen überfahren werden? Am Samstagmorgen schrieb sie eine dieser melancholischen ›Katze entlaufen‹-Anzeigen, befestigte sie an einem Laternenpfosten und wünschte, sie hätte ein Foto. Aber ihre Mutter hatte Griselda nie fotografiert.

Richard nahm sie mit auf eine Party bei einem Freund, und als sie danach nach Hause fuhren, sagte er: »Du kannst dir doch denken, was passiert ist, oder? Die verrückte Alte hat sie umgebracht. Auge um Auge, Katze um Katze.«

»Oh, nein, das würde sie nicht tun. Sie liebt Katzen.«

»Mörder lieben auch Menschen. Sie lieben eben nicht die Menschen, die sie umbringen.«

»Ich bin sicher, du irrst dich«, sagte Anna, aber da fiel ihr wieder ein, daß Maria Jakob gesagt hatte, wenn das Geld nicht käme, müsse sie sich etwas anderes einfallen lassen, wie Melusinas Tod gutzumachen wäre, und eine Spende an den Katzenschutzbund hatte sie damit nicht gemeint.

»Was soll ich tun?«

»Ich wüßte nicht, was du überhaupt tun sollst. Du wirst es kaum beweisen können, dafür wird sie schon gesorgt haben. Sieh die Sache doch einfach so, sie hat ihr Fett abbekommen...«

»Knapp vierzehn Pfund Fett«, erwiderte Anna. Griselda war eine große, schwere Katze gewesen.

»Okay, knapp vierzehn Pfund. Sie hat's gekriegt, sie hat Rache genommen, dir hat es eigentlich nicht besonders leid getan, jetzt mußt du dir nur was ausdenken, was du deiner Mutter sagst.«

Annas Mutter war bestürzt, aber bei weitem nicht so bestürzt, wie Maria Jakob über den Tod von Melusina gewesen war. Um allzu große Aufregung zu vermeiden, war Anna weiter gegangen als beabsichtigt und hatte ihrer Mutter erzählt, sie habe Griseldas Kadaver gesehen und mit dem schuldigen Autofahrer gesprochen, der sehr betroffen gewesen sei. Etwa einen Monat später kaufte Annas Mutter ein junges Kätzchen, ein graugetigertes Katerchen, das gleich von Anfang an sehr anhänglich war, auf ihrem Schoß saß, laut schnurrte, wenn man es streichelte und sich in ihre Arme kuschelte, obwohl Anna sicher war, daß ihre Mutter weiterhin badete und Parfüm benutzte. So weit war es also her mit der Jakobschen Theorie.

Fast ein Jahr war vergangen, als sie wieder einmal die Straße hinunterfuhr, an der Maria Jakobs Haus lag. Sie hatte eigentlich nicht vorgehabt, diese Route zu nehmen. Man hatte ihr den Weg zu einem kleinen Bauernhof beschrieben, wo am Straßenrand Früherdbeeren verkauft wurden, aber sie hatte sich wohl verfahren, die falsche Abzweigung genommen und war hier gelandet.

Wäre Maria Jakobs Wagen vor dem Haus geparkt gewesen, dann hätte sie nicht angehalten. Eine Garage gab es nicht, in der er hätte sein können, draußen war er nicht, also mußte die Katzenfrau weggefahren sein. Anna dachte an die Beerdigung, bei der sie nicht gewesen war, sie hatte oft daran gedacht, an die komischen Leute und komischen Katzen, die daran teilgenommen hatten.

In jedem Erkerfenster saß eine Katze, eine Schildpattkatze und eine braungetigerte. Die schwarze Katze beäugte sie von oben herunter. Anna ging nicht zur Haustür, sondern hinten ums Haus herum. Dort, im tiefen Gras waren wie erwartet vier Gräber statt drei, vier Holzkreuze, und auf dem vierten stand in schwarzglänzenden Druckbuchstaben gepinselt: *Melusina, Königin der Katzen, ermordet in ihrem sechsten Lebensjahr. RIP.*

Das ›ermordet‹ mißfiel Anna. Es ließ alle Ressentiments über die ungerechten Anschuldigungen von vor elf Monaten wiederaufleben. Sie fühlte sich jetzt viel älter, viel klüger. Eines war sicher, Ethik hin oder her, wenn sie je wieder eine Katze überfahren sollte, würde sie sich hüten, hinzugehen und es zuzugeben.

Sie ging wieder vors Haus und sah durch das Erkerfenster. Wenn die Schildpattkatze noch auf dem Fenstersims gewesen wäre, hätte sie wahrscheinlich nicht hineingeschaut, aber die Schildpattkatze hatte sich auf den Kaminvorleger verlagert.

Eine weiße Katze und die orangegelbweiße lagen zusammengerollt nebeneinander auf einem Sessel. Das Porträt von Melusina hing über dem Kamin, und der diesjährige Katzenkalender war links davon an der Wand. Auf den vergoldeten Schnurrhaaren der Porzellankatzen schimmerte das Licht, und zwischen ihnen, an der leeren Stelle, die nicht mehr frei war, saß Griselda.

Griselda saß auf dem Platz der Königin mitten auf dem Kaminsims. Sie saß in Sphinx-Pose mit geschlossenen Augen da. Anna klopfte leise an die Scheibe, und Griselda öffnete die Augen, starrte mit kalter Gleichgültigkeit her und machte sie wieder zu.

Die Königin ist tot, es lebe die Königin!

Deutsch von Cornelia C. Walter

QUELLENNACHWEIS

John Grisham

Der neue Roman vom Autor des Weltbestsellers »Die Firma«.
Ein schonungsloser Blick hinter die Kulissen der Justiz, ver-
packt in eine hochexplosive Story.
»Ein äußerst packender Thriller« NEWSWEEK

01/8615

Wilhelm Heyne Verlag
München

Doris Lessing

Sprachliche Präzision, leiser Humor und ein unbestechlicher Blick auf die Wirklichkeit kennzeichnen ihre Romane und Erzählungen. Doris Lessing ist eine der bedeutendsten Schriftstellerinnen der Gegenwart.

Foto: Anita Schiffer-Fuchs

01/8602

Wilhelm Heyne Verlag
München

Stephen King

»Stephen King kultiviert den Schrecken . . . ein pures, blankes, ein atemloses Entsetzen.« Süddeutsche Zeitung

Wilhelm Heyne Verlag
München

Dean R. Koontz

»Er bringt den Leser dazu, die ganze Nacht lang weiterzulesen ... das Zimmer hell erleuchtet und sämtliche Türen verriegelt.« NEWSWEEK

Wilhelm Heyne Verlag
München